◎湖南省社会科学成果评审委员会课题（XSP19YBC057）成果

◎湖南省教育厅科学研究项目（19C0849）成果

家园·世界

——菲利普·罗斯和辛西娅·奥兹克研究

◎ 朱娟辉 著

厦门大学出版社

XIAMEN UNIVERSITY PRESS

国家一级出版社

全国百佳图书出版单位

图书在版编目（CIP）数据

家园·世界：菲利普·罗斯和辛西娅·奥兹克研究 / 朱娟辉著 . —厦门：厦门
大学出版社，2019.12
（外国文学研究丛书）

ISBN 978-7-5615-7542-0

Ⅰ . ①家… Ⅱ . ①朱… Ⅲ . ①菲利普·罗斯－文学研究②辛西娅·奥兹克－
文学研究 Ⅳ . ① I712.06

中国版本图书馆 CIP 数据核字 (2019) 第 167951 号

出 版 人　郑文礼
责任编辑　高奕欢
封面设计　李惠英

出版发行　厦门大学出版社
社　　址　厦门市软件园二期望海路 39 号
邮政编码　361008
总 编 办　0592-2182177　0592-2181406（传真）
营销中心　0592-2184458　0592-2181365
网　　址　http://www.xmupress.com
邮　　箱　xmup@xmupress.com
印　　刷　湖南省众鑫印务有限公司

开本　880 mm×1 230 mm　1/16
印张　10
字数　206 千字
版次　2020 年 1 月第 1 版
印次　2020 年 1 月第 1 次印刷
定价　68.00 元

本书如有印装质量问题请直接寄承印厂调换

厦门大学出版社
微信二维码

厦门大学出版社
微博二维码

朱娟辉　女，1981年12月12日生，湖南双峰人，本科毕业分获外国语言文学学士学位、中国语言文学学士学位；研究生毕业获比较文学与世界文学学科文学硕士学位。现为湖南理工学院外国语言文学学院副教授。研究方向为英美文学、大学英语教育教学。主持省级课题5项、厅级课题2项、市级软科学课题1项，参与国家级课题1项以及省部级、厅级课题数项。代表作有《由小说观照20世纪美国犹太文学发展历程》等。

目　录

绪　论 ………………………………………………………… 1

第一章　"流散"何以成为在美犹太裔作家的呈现主题 ………… 19

　　第一节　迷失无措的身份困境 …………………………… 23

　　第二节　漂浮不定的文化身份 …………………………… 32

　　第三节　渐行渐远的身份迷失 …………………………… 35

　　第四节　决然的身份抉择 ………………………………… 39

　　第五节　皈依无望的文化身份 …………………………… 42

第二章　"流散"视野下20世纪在美犹太裔作家的文学呈现

　　 …………………………………………………………… 49

　　第一节　边缘期 …………………………………………… 50

　　第二节　入主称雄期 ……………………………………… 53

　　第三节　平稳发展期 ……………………………………… 57

第三章　文化身份重构的男性书写 ……………………… 61

　　第一节　罗斯逆向书写中对犹太性的反叛 …………… 61

第二节　重构散居族裔之文化认同 ………………… 67

第三节　流散视阈下对犹太性的超越 ………………… 70

第四章　美国犹太文学与犹太性 ………………………… 75

第一节　美国文学中的犹太文学 ……………………… 79

第二节　美国犹太小说与犹太性 ……………………… 84

第五章　犹太性的女性书写 —— 辛西娅·奥兹克笔下的犹太性

………………………………………………………… 97

第一节　辛西娅·奥兹克笔下的犹太性含义 ………… 97

第二节　女性书写和"犹太性"的"艺术性"与"历史性"

呈现 ………………………………………… 105

第三节　正统犹太女性观的改写——《升空》《普特梅瑟和

赞西佩》 …………………………………… 197

第六章　菲利普·罗斯和辛西娅·奥兹克年谱 ………… 261

第一节　菲利普·罗斯年谱 …………………………… 261

第二节　辛西娅·奥兹克年谱 ………………………… 277

结　　语 …………………………………………………… 291

参考文献 …………………………………………………… 295

绪　论

　　美国犹太文学是美国文学的重要组成部分，自其发轫伊始就显现出强大的生命力，在 20 世纪 50 年代逐步进入美国主流文坛，于 20 世纪 60 年代和 70 年代称雄美国文坛，成为美国主要族裔文学中的佼佼者。文学是生活的真实再现，任何文学都势必以某种方式来书写某一种生存体验。美国犹太文学同样承载了于流散中诉说犹太移民的生存境况与心路历程的文化使命。

　　国内犹太文学研究的成果颇丰，对深具代表性的犹太文学巨擘 —— 菲利普·罗斯（Philip Roth，1933—2018）和辛西娅·奥兹克（Cynthia Ozick，1928—）进行研究的学术专著亦有数篇，但鲜有将这两位性别不同的犹太小说家的创作置于同一流散视野下进行研究的专论。基于此，本书力求突破，选取菲利普·罗斯早、中期三部前后相关联的作品 —— 小说集《再见，哥伦布》（*Goodbye, Columbus*, 1959）、《波特诺伊的怨诉》（*Portnoy's Complaint*, 1969）、《情欲教授》（*The Professor of Desire*, 1977），以及辛西娅·奥兹克的代表作品——《异教徒拉比》(*The Pagan Rabbi*,1971)、《斯德哥尔摩的弥赛亚》(*The Messiah of Stockholm*,1987)、《披肩》(*The Shawl*,1989)、《升空》(*Levitation*,1982)和《普特梅瑟和赞西佩》(*Puttermesser and Xanthippe*,1997),将这两位作家及其作品置于流散背景下,借鉴斯图亚特·霍尔(Stuart Hall)的"身份认同"理论、阿弗塔·布拉(Avtar Brah)的"流散空间"理念,引入社会学和人类学领域里关于流散研究的一些前沿性研究成果、理论术语和概念,以文化分析和文本阐释为基本方法,借助于文本的分析与解读,深入探讨美国犹太作家在面临和解决犹太身份危机与建构的过程中是如何以男性或女性叙事视角在各自作品里呈现犹太性的,进而对其小说中呈现的犹太性进行观照和界定。罗斯与奥兹克通过各自的文学实践于流散空间进行文学书写,对当代犹太性的主要特点加以叠加和拓展,对民族性和异质性加以整合,从而拓展、丰富了当代犹太性,凸显了别样的道德意识、道德观,从本质上提升了民族性的文学权力,使故园"少数"融入他乡"多数",最终使其走向世界,"在世界中发现家园,在家园中发现世界"。

一、流散与流散空间

"流散"(Dispora,亦作 Dispersion)一词源于希伯来语 speirein,意为"分散的"或"播种",它从字面上解释了种子传播的植物现象,意指植物依赖于花粉的飞散与种子的传播而繁衍生长[①]。

当用以指代特定的历史事件时，"流散"指的是"巴比伦囚房（Babylonian Exile，公元前 586 年）事件之后犹太人散布于异教徒中"[②]。"巴比伦之囚"在犹太流散历史上意义重大。在犹太人心中，"巴比伦"已不只是一个地理概念，它已成为深具象征意义的代码，指代处于流浪境遇中的犹太人无以避免的痛苦、疏离、焦虑与危机，它更指代不得不在家园以外生活的犹太人与本民族"地理家园"及其文化的隔绝、断裂。"自'巴比伦之囚'以来，犹太人无家可归的境遇已成为犹太文化、文学、艺术，以及日常祷告词中的主题。"[③]

当将"流散"用于人类时，它指的是"古希腊人认为的移民和殖民化"[④]。对于犹太人、非洲人、巴勒斯坦人和亚美尼亚人来说，"流散"这个词有更多不详和残酷的含义，因为它意味着"集体创伤和放逐，有此遭遇的人们梦想着回家却无奈地过着流亡生活"。此外，近些年来，身居国外但同时保持强大的集体身份认

....

① Mishra, Sudesh. *Diaspora Criticism*. Edinburgh: Edinburgh University Press, 2006.

② *Britannica Concise Encyclopedia*. Shanghai: Encyclopedia Britannica, Inc. & Shanghai Foreign Language Education Press, 2006: 472.

③ Cohen, Robin. *Global Diaspora: An Introduction*. London: UIC Press Limited, 1997: 4.

④ Cohen, Robin. *Global Diasporas: An Introduction*. London: UCL Press, 1997.

同的人们也将自己定义为流散者,尽管"他们既不是殖民化的有力推动者,也不是遭受迫害的受害者"。

形成流散者的所需地点有三个:故园、他乡和流散群体本身。①

苏德希·米什拉(Sudesh Mishra)认为,"到目前为止,流散批评流派已见证了三个范例式场景"②。

第一个场景被称为双重地域性场景。"其重点是地域上的分隔,因为范例会试图从本处与他处、他乡与故园地理心理实体之间的客观分裂层面解释流散的主体、文化和美学效果。"③这个场景理论建构的主要贡献者包括加布里埃尔·谢弗(Gabriel Sheffer)、沃克·康纳(Walker Conner)、威廉·赛峰(William Safran)和罗宾·科恩(Robin Cohen)。

第二个场景被描述为情境偏侧的场景。其涉及的范例"反对地域限制的说法,也反对流散主体在构成故园与他乡两者间的对立中所发挥的建构作用"④。保罗·吉尔罗伊(Paul Gilroy)通过阐释《黑色大西洋》(*The Black Atlantic*)中的流散方式"同时超

---

① Butler, Kim D. Defining Diaspora, Refining a Discourse. *Diaspora*(2001): 195.

② Mishra, Sudesh. *Diaspora Criticism*. Edinburgh: Edinburgh University Press, 2006: 15.

③ Mishra, Sudesh. *Diaspora Criticism*. Edinburgh: Edinburgh University Press, 2006: 16.

④ Mishra, Sudesh. *Diaspora Criticism*. Edinburgh: Edinburgh University Press, 2006: 16.

越了民族、种族和国家的束缚"[1]，强调"这种跨文化、全球化的根系式分形结构"[2]。1990 年，斯图亚特·霍尔在《文化认同与流散》(*Cultural Identity and Diaspora*)中首次提出了"策略性定位"的概念，对流散身份认同进行了论证。詹姆斯·克利福德（James Clifford）认为传播的横轴和源点与回归的二元概念截然不同：它是符号性的、心理性的或行为性的。他认为"多地流散不一定取决于特定的地缘政治边界"，因为这和"身体回归与心恋故土的矛盾心理"相悖[3]。维杰·米什拉(Vijay Mishra)认为这种矛盾与他提出的"连字符语义"有关[4]。阿弗塔·布拉认为流散呈现横向、流动、多极的特征，而非线性、固定、二元性[5]。

第三个场景是档案专向性场景，即评论和论证以上两种场景中的范例。第三个场景的典型范例是马丁·曼纳兰森（Martin Manalansan）关于散居于纽约的菲律宾酷儿（queer，自 20 世纪 90 年代起，西方那些在性和性别领域的少数人群，如同性恋者、

....

[1] Gilroy, Paul. *The Black Atlantic: Modernity and Double Consciousness.* Cambridge, MA: Harvard University Press, 1993: 19.

[2] Gilroy, Paul. *The Black Atlantic: Modernity and Double Consciousness.* Cambridge, MA: Harvard University Press, 1993: 4.

[3] Clifford, James. Diasporas. *Cu Bural Anthropology*(1994): 304-305.

[4] Mishra, Vijay. The Diasporic Imaginary: Theorising the Indian Diaspora. *Textual Practice*(1996): 433.

[5] Mishra, Sudesh. *Diaspora Criticism.* Edinburgh: Edinburgh University Press, 2006: 17.

双性恋者、易装者、虐恋者等自称"酷儿")的研究，唐娜·加巴奇亚（Donna Gabaccia）关于意大利人散居的叙述，布伦特·海耶斯·爱德华（Brent Hayes Edward）对《黑色大西洋》的研究以及马丁·鲍曼（Martin Baumann）对印度教特立尼达人（Hindu Trinidadians）宗教认同的分析[①]。

至 1996 年，随着"种族人类学研究的主客疆域二元之说的基石已土崩瓦解，留下了一个无根无基的中点或有缺失的社会、生活环境"[②]，"中点"概念应势而生。吉尔·德勒兹（Gilles Louis Réné Deleuze，1925—1995）和费利克斯·加塔里（Felix Guattari，1930—1992）称中点是"自发形成的持续震动的区域，其发展避开了朝向某个高点或外端的方向运动"[③]。

在"中点"概念的基础上，阿弗塔·布拉在《流散地图》（*Cartographies of Diaspora*）中提出了"流散空间"的概念。她认为那是"一个自相矛盾的非空间，或者也可以看作……第三空间"[④]。布拉认为，"'流散'是跨越地理、文化和心理界限的多地

....

① Mishra, Sudesh. *Diaspora Criticism*. Edinburgh: Edinburgh University Press, 2006: 18.

② Mishra, Sudesh. *Diaspora Criticism*. Edinburgh: Edinburgh University Press, 2006: 83.

③ Gilles, Deleuze, and Felix Guattari. *A Thousand Plateaus: Capitalism and Schizophrenia*. Trans. Brian Massumi. Minneapolis, MN. and London: University of Minnesota Press, 1987: 21-22.

④ Brah, Avtar. *Cartographies of Diaspora*. New York: Routledge Press, 1996: 181.

点过程"①。"在标记一个空间与另一个空间（或几个其他空间）之间的接合／断裂时，边界明显没有自己的空间，但它对于空间类别来说却是必不可少的"②，"一个人不可能绝对地成为此物或彼物，而是由断裂线相系的多部分组成的，按照这个逻辑，中点处的断裂线就是中缝线……一个人不可能只是此物或彼物，而是他物——真正的第三种存在"③。苏德希·米什拉进一步解释说："布拉提供了另一关于'差异'的版本，他认为'差异'就是对生命体存在的追寻，对自我或他人的追寻，对定位或错位的追寻，对分裂或融合的追寻，对民族或跨民族的追寻，对国家或跨国主体的追寻，这种'差异'总是不断地被补充的部分隔断。"④ 此外，布拉特别谈及了权力差异：

> 我认为流散体现在对权力的多轴理解之中：一个考察"少数／多数"概念的问题。权力的多轴向作用概念强调，一个分化维度上形成的"少数"可能在另一个维度上成为"多数"。⑤

阿弗塔·布拉认为"流散空间"中代表故园的"少数"与代表他乡的"多数"之间的界限由多轴权力作用决定。布拉进一步

---

① Brah, Avtar. *Cartographies of Diaspora*. New York: Routledge Press, 1996: 193.

② Brah, Avtar. *Cartographies of Diaspora*. New York: Routledge Press, 1996: 193.

③ Brah, Avtar. *Cartographies of Diaspora*. New York: Routledge Press, 1996: 193.

④ Mishra, Sudesh. *Diaspora Criticism*. Edinburgh: Edinburgh University Press, 2006: 84.

⑤ Brah, Avtar. *Cartographies of Diaspora*. New York: Routledge Press, 1996: 189.

解释说，代表他乡的"多数"与代表故园的"少数"分别象征占优势的"主流"和处于劣势的"边缘化"。

言"流散"必言及犹太历史，这几近约定俗成。因此，确有必要简要回顾犹太民族的流散史，特别是犹太民族在美国的流散史。

犹太民族是世界上最典型的族裔散居者，他们的历史可谓多灾多难。这要追溯到四千多年前，犹太人的祖先从两河流域来到位于中东地区的迦南。公元前13世纪中叶，摩西（Moses）率领希伯来人（即犹太人祖先）走出埃及和十二部落定居迦南。公元前586年，犹太人的第一圣殿遭到毁灭，犹太人沦为"巴比伦之囚"。

犹太人沦为"巴比伦之囚"之后，希伯来王国已成明日黄花，犹太民族迈入第一次大流散时期。

从公元前586年犹太王国灭亡到公元1948年以色列国家建立，在长达2000余年的漫长岁月中，犹太人分别在公元前586年、公元1世纪左右、13世纪、19世纪末、20世纪三四十年代历经5次大规模的流亡。如今，犹太人足迹遍布全球，世界各地均有犹太人安家落户。在犹太人大约2000年的流散史中，美国始终是世界上犹太人聚居数最多的国家。据1999年的研究所示，全世界约有犹太人1600万人，仅美国就有600多万人，占全世界犹太人口的37.5%，占美国总人口的2.3%。[1]

① 潘光.美国犹太人的成功与犹太文化特征[J].美国研究，1999 (3): 93-103.

纵观犹太人移居美国的历程，其移居浪潮大致可分为五个阶段：第一阶段自 1654 年 23 位塞法迪犹太人从巴西来到新阿姆斯特丹（即今纽约市）定居直至 19 世纪初年，主要是塞法迪犹太人；第二阶段为 19 世纪初拿破仑战争结束至 19 世纪 80 年代，主要是德国犹太人；第三阶段为 19 世纪 80 年代至 20 世纪 20 年代，这是犹太人移居美国历史上规模最大的一次浪潮，主要是俄国和东欧的犹太人；第四阶段自 20 世纪 30 年代希特勒发动反犹运动至第二次世界大战结束，主要是欧洲犹太人；第五阶段为第二次世界大战后至今，除战后初期来到的大屠杀幸存者和 20 世纪 80 年代末以前接纳的来自苏联、东欧国家的部分犹太移民仍带政治移民色彩外，其余大多数属于正常移民。

综上所述，我们不难看出，犹太民族史就是一部百转千回的流散史。而诞生之初的 Dispora 为犹太人所"专有"，且其首字母多为大写，对此词最初所下的定义主要囿于犹太历史及其文化范畴，Dispora 诞生伊始便与犹太民族在世界各地的流亡经历形影相随，犹太民族的移居经历也就成了界定 Dispora 内涵的主要参照。

二、犹太性

何谓"犹太性"（Jewishness）？犹太裔美国作家、学者、社会学家威廉·威尔·赫伯格（William Will Herberg，1901—1977）在其著作《新教徒 — 天主教徒 — 犹太人：论美国宗教社会学》

中表示,犹太性指"宗教和文化实体"[①]。梅莎・罗森伯格(Meisha Rosenberg)认为传统意义上的犹太性是指"犹太民族的归属性"[②]。这种观点主要是针对犹太血统[根据大卫・乔诺夫(David Chernoff)关于犹太身份的界定[③],父母一方只要有一人是犹太人,其子女即可认定为犹太人]的强调,即尊崇共同的祖先、有着特定的犹太血缘关系的人就可被认定为犹太人,并称自己是上帝选民中的一员,也自然具有犹太性。乔国强认为犹太性主要是犹太作家在其作品中所表达出来的某种与犹太文化或宗教相关联的一种思想观念。[④] 本书认为"犹太性"是指犹太人所独有的犹太民族特性,它与犹太民族的历史境遇、文化传统、宗教思想、道德观、传统习俗、思维观念以及特殊的社会境遇联系密切。

犹太性不是永恒不变的,它随着社会的变迁和犹太民族的"流散"发生着重大的变化。

回顾历史时我们会发现,20世纪60年代,同化过程已经极大地改变了第二代美国犹太人。他们大多数已是美国的中产阶级。

---

① Herberg, Will. *Protestant-Catholic-Jew: An Essay in American Religious Sociology.* New York: Doubleday & Company, Inc., 1960:183.

② Rosenberg, Meisha. *The New Jewish Identity in America.* New York: Hippocrene Books, 1985: 167.

③ Cohn-Sherbok, Dan. *Messianic Judaism: A Critical Anthology.* A & C, 2000: 132.

④ 乔国强. 美国犹太文学 [M]. 北京:商务印书馆,2008:17.

随着其经济、政治和社会地位的提高，犹太人与非犹太人通婚率的上升，大多数美国犹太人开始接受所谓的"象征性犹太教"——极少地遵守特定的犹太文化价值观和行为准则，在毫无保留地接受美国主流价值观的同时象征性地坚持犹太教、犹太文化价值观和行为准则。据估计，到 20 世纪 60 年代末，一百多万出生于美国的犹太人已完全放弃了犹太传统。[①] 大多数美国犹太人认为自己首先是美国人，然后才是犹太人。正如塞缪尔•C. 海尔曼（Samuel C. Heilman）指出的那样：

> 犹太人总在某些时刻提及犹太教——新生儿诞生时、婚礼或葬礼时，或群体遭遇攻讦时——反犹太袭击的场合或当以色列或其他犹太人遭遇困难需要提起它的时候……但他们却也不想在这个问题上做太多文章。犹太教并非他们推崇的宗教，犹太人的种族自我意识也无法完全占据他们的认知和支配他们的行为。犹太人的身份不再影响他们看待、理解世界和现实的方式，也不再对他们感知世界、自身、他人行为的方式产生过多影响。[②]

同化的结果就是，美国犹太人正在放弃自己独特的犹太信仰并改变他们的行为模式。1952 年，犹太牧师组织主席莫里斯•凯

---

① 周南翼. 追寻一个新的理想国：索尔•贝娄、马拉默德和辛西娅•奥芝克小说研究 [M]. 厦门：厦门大学出版社，2005：28.

② Heilman, Samuel C. *Portrait of American Jews: The Last Half of the 20th Century*. Seattle & London: University of Wash, 1995: 66-67.

特泽拉比（Rabbi Morris Kertzer）宣布：

> 美国犹太人唯一的忠诚就是无理由地对美利坚合众国的忠诚。尽管以色列国是他们祖先的诞生地，信仰的发源地。……但精神纽带和情感关系与政治忠诚完全不同。[①]

因此，犹太性已经从故乡的"多数"转变为他乡的"少数"。而随着犹太性的边缘化并最终成为"少数"，犹太性的具体体现也因此成为"少数"，其中包括犹太教（犹太信徒）坚持反对偶像崇拜，犹太人坚持将历史作为解释和判断的标准，对犹太教的忠诚，以及希望保持犹太身份的愿望。

三、文学呈现

《现代汉语词典》（第7版）对"呈现"一词的释义是"显出；露出"。呈现的对象既可以将实实在在之事物的形状、色彩、大小等特征"显出；露出"，也可以将无形之相，如神情、信仰、观念、情感等"显出；露出"，而且有时无形之相的呈现需要借助或通过实实在在的事物才能或更好地达到和完成。正因为"呈现"对象可实可虚、虚实相生，决定了呈现形式的多元化：语言、文字、图画、声音、影像、雕刻、符号等。

不同于"再现"的客观、不带感情色彩，也不同于上帝全

---

① Heilman, Samuel C. *Portrait of American Jews: The Last Half of the 20th Century*. Seattle & London: University of Wash, 1995: 17.

能视角的"说书""呈现"看似客观实则是不动声色的主观表达，正因如此，"呈现"与文学之间具有天然的耦合性。文学可以通过对一系列形象的娓娓道来，慢慢地将所思所想所感"呈现"出来，由不同人生阅历和情感状态的读者自行解读和判断，于是，文学创作由作家手上转移到了读者心中，"文学呈现"也就功到自然成了。

"文学呈现"之所以存在，首先在于人是需要表情达意的情感动物，"情动于中而形于言"；其次在于"文学呈现"具有强大的表意功能和张力，"横看成岭侧成峰""一千个读者就有一千个哈姆雷特"就是文学呈现的魅力体现。

犹太民族经历几千年"离散"而民族性屹立不倒的原因就在于对"离散"之因和"犹太性"孜孜不倦的文学呈现——通过文字书写寄寓作者的主观意识（情感、观念、信仰等）。作为上帝的选民，犹太民族的背井离乡之痛、漂泊无依之感、屠杀之惧比任何一个民族经历的时间都要长、范围要广、程度要深。对这些主题如何抒发和书写，成为犹太作家绕不过去的呈现主题和宿命般存在。

自20世纪70年代以来，小写的dispora不断涌现，其含义已超出该概念之本意，被浸染上浓重的后殖民理论色彩，反复出现在少数族裔文学研究领域，用于描述人类历史上出现过的种族或人种在较大范围内的迁徙移居现象，族裔散居者不得不在家园以外生活却又割不断与家园文化的种种联系，其生存境遇、生活习惯、民族意识、传统文化、宗教信仰、精神追求、价值观念等客民身份内涵与移入国居民在社会、经济、文化交流中的遭遇、碰撞、冲突、融合等问题。在全球化语境之下，"流散"这一概念业已突破社会历史、文化范畴，进入政治、经济等领域。罗宾·科恩（Robin Cohen）在《全球流散概论》中就将"流散"细化为：劳工和帝国流散（主要以印度人为例）、贸易流散（主要以海外经商的华人为例）、受害者流散（主要以非洲人、亚美尼亚人为例）、文化流散（主要以加勒比地区的文化为典范）①。

在全球化语境之下，"流散"已非犹太人独有，它已成为一种世界性现象，不同种族基于文化、政治、经济等原因，离开家园身居异乡之状况在所难免。因此，对"流散现象"之研究必然涉及科恩所言及的相关领域，而由此衍生的族裔、文化、身份认同等诸多议题，则不是彼此孤立存在的研究对象，因为"流散一词的语义存在于跨民族关联（transnational networks）的动态之中"②。

19世纪下半叶以来，伴随全球化进程，基于"流散现象"及现代散居经验的独特性之上的一种特殊的写作类型——"流散写作"（diasporic writing）应运而生。作为当代深具魅力的写作方式之一的"流散写作"，因其跨文化的独特视角而彰显出一种更

① Heilman, Samuel C. *Portrait of American Jews: The Last Half of the 20th Century*. Seattle & London: University of Wash, 1995:17.

② 童明. 飞散 [J]. 外国文学，2004（6）：52.

为深刻的洞察力。比之于单一文化背景下的创作者，"流散写作"者往往拥有两种甚或多种文化，游离于故土文化与他乡文化之间，表现出民族与文化的二元乃至多元身份。其创作是多种文化的交汇，是民族性与异质性的整合：既保留了母体文化的某些特性，是母体文化在新的移入地的延伸，同时也蕴含新的移入地文化即异质文化。从文学批评和文化研究的视角观照，处于犹太文化与西方文化汇合点，即跨文化语境中的"流散现象"及与之相关联的"流散写作"所体现出来的现实意义和学术研究价值就不言而喻了。

（一）文学类型理论

提到文学类型，必然离不开讨论韦勒克（René Wellek，1903—1995）。在《文学理论》中，韦勒克引用了 N. H. 皮尔逊（N. H. Pearson）对文学类别的界定："可被视为惯例性的规则，这些规则强制着作家去遵守它，反过来又为作家所强制"，并把文学类别比喻为"一个公共机构（literary kind as an institution）……一个人可以在显存的公共机构中工作和表现自己，可以创立一些新的机构，或尽可能与机构融洽相处，但不参加其政治组织或各种仪式；也可以加入某些机构，然后又去改造他们"。[①]

....

① 勒内·韦勒克，奥斯丁·沃伦.文学理论 [M].刘象愚，等译.南京：江苏教育出版社，2005：266-267.

文学类型"定体则无,大体须有"①,据此,以犹太民族的"流散"和"犹太性"为主题的文学类型涵括了影视、诗歌、小说、戏剧等。显然,20世纪六七十年代美国文坛涌现的大批获得诺贝尔文学奖的犹太裔作家,他们在美国文坛,甚至在整个世界文坛都熠熠生辉。这些星光璀璨的美国犹太裔作家群的三重身份(犹太人、美国人、作家)以及他们书写的文学作品和身份认同焦虑、危机等等使之成为引人注目的"文学类型",这是本书选取菲利普·罗斯和辛西娅·奥兹克作品为例进行研究的理论依据。

(二)"冰山"理论

"冰山"理论是美国作家厄内斯特·米勒·海明威(Ernest Miller Hemingway,1899—1961)提出的一种创作论:"冰山在海上移动很是庄严宏伟,这是因为只有八分之一露出水面,八分之七是在水面以下的……如果一位散文家对于他所写的东西心里很有数,那么他可以省略他所知道的东西。读者呢,只要作者写得真实,会强烈地感觉到他所省略的部分,就像作者自己已经写出来似的。"②

"冰山"理论揭示了成功创作的内在原则:首先,作者心中纵有千言万语,也切忌絮絮叨叨和盘托出,而是要言简意赅,用简

---

① 王若虚.滹南遗老集(第三册)[M].北京:商务印书馆,1935:236.
② 崔道怡."冰山"理论:对话与潜对话[M].北京:中国工人出版社,1986:79.

洁传神的文字刻画出生动可感、丰富的文学形象，此即浮在海面上的"八分之一"，而这"八分之一"是读者挖掘海面之下作者感受和思想的"八分之七"的通道和切口，即可视化的"八分之一"是为了彰显藏而不露的"八分之七"，这与我国传统书画艺术创作中常用的"留白"手法有异曲同工之妙。其次，充分尊重和信任读者的解读能力、想象力和创造力，通过"创造性的阅读"确立读者在文学创作中的作用和地位。

对于犹太裔作家而言，对"流散"以及"犹太性"的文学呈现以"冰山"理论为观照框架，非常契合。首先，犹太民族几千年的颠沛流离，跨越的时间之长、空间之广、遭遇之悲惨是极其罕见的，想通过经典的艺术形象和有限的篇幅向读者传达作者深切的感受和厚重的思想，需要作家有极强的文学驾驭能力和取舍能力，诚如英国著名的评论家赫伯特·厄内斯特·贝茨（Herbert Ernest Bates，1905—1974）对海明威一针见血的评价——他认为海明威是一个拿着板斧的人，力求砍去遮住读者视线的一切障碍，把并不代表大树本身的叶子砍去，给读者一个基本枝干的清楚的面目。这样可以把作者、读者和描写对象三者之间的距离缩到最短[①]，否则，一不小心就会掉入控诉的漩涡而将作家的主观情感和思想凌驾于作品之上，失去了文学的言尽而意不尽的想象空间。

---

① 董衡巽 . 海明威研究 [M]. 北京：中国社会科学出版社，1980：132.

其次，在特殊的历史时期，由于意识形态或其他原因，作家迫于现实，需要隐藏自己的主观思想和深沉感受，通过海面之上的"八分之一"激发读者探究和补全水面以下的"八分之七"。这种藏实露虚的创作手法既符合读者猎奇和探究的阅读心理，充分激活了读者的想象力，使作品本身充满魅力[①]，又避免作家在文学创作中因过多地暴露人物丰富的感情世界和作品复杂的主题思想而带来不必要的麻烦。

---

① 李丛立. 从《老人与海》看海明威的"冰山"原则 [J]. 文科爱好者（教育教学版），2010（3）: 11-12.

第一章 "流散"何以成为在美犹太裔作家的呈现主题

整体观照在美犹太裔作家的书写，其核心关键词当推"身份认同"。所谓身份（identity）有两种基本的文化内涵：其一是身份的本体意义，即确认某人（物）之为某人（物）的事实依据和表示特征，如性别、阶级、种族等；其二是认同意义，即某个个体或群体试图追寻、验证自己在文化上的"身份"①。前者是身份的外在表现，后者是身份的内在反映。在两者重叠时，身份的意义才算完整与真实。美国著名的精神分析学家埃里克森在其论著中将"identity"表述为"同一性"，即所谓的"认同"，即人们对于自我身份的确认②。身份认同带有社会、文化与历史的影响及烙印。

....

① 阎嘉.文学研究中的文化身份与文化认同问题 [J]. 江西社会科学，2006
（9）：63.

② 埃里克•H. 埃里克森.同一性：青少年与危机 [M]. 孙名之，译. 杭州：浙江教育出版社，1998：125.

而身处异域文化、异质空间中的流散者对文化身份的追寻、重建、认同和确认,则构成流散理论的一个核心部分,是全球后殖民语境中文化研究的一个重要课题。探其因就在于"文化身份"必须参与庞杂的当代文化环境,借由文本书写或文学作品来追索与构建。当流散者跨越国界在地理位置上重新定位后,其民族性、文化性必然会受到异域主流文化和其他诸多方面的影响,包括抗拒、渗透、消解、融合,会面临与经历不断的变化,同时也促使流散者在母族文化与异质文化冲突中不得不重新寻找、建构与确认新的文化身份。

"文化身份"(cultural identity)又称为"文化认同",是"认同"概念的扩展使用,指人在文化上的归属感。对此,斯图亚特·霍尔曾在其著作《族裔散居与文化身份》中给予了精辟的论述,他认为"文化身份"及其特征有两种理解方法,一种认为文化身份体现了集体的身份与特征,即拥有共同的祖先、历史和文化,归属于同一个民族。在此定义下,文化身份和特征反映了共同的历史经验和文化密码,这些特征使人们成为"一个整体"[①]。这个集体的文化身份被认为是稳定并持久的。简言之,在斯图亚特·霍尔看来,"文化身份"是指某一群体共有的文化标志和徽记,即在某个社会结构中人所具有的合法居留标志及其所处的位置。作

----

① 斯图亚特·霍尔.族裔散居与文化认同[M]// 罗钢,刘象愚.文化研究读本.陈永国,译.北京:中国社会科学出版社,2000:209-223.

为文化研究的一个分析工具，身份是一个族群或个体界定自身文化特性的标志，是"人们对世界的主体性经验与构成这种主体性的文化历史设定之间的联系"①。

在"文化身份"的形成中，流散经验作为一种特殊的生存方式和生存体验，显得意味深长。究其根源，在于流散者离开家园之后，迁徙于他者空间，一方面，千方百计贴近与融入当地社会、文化生活即"主流文化"，并获得如"身份证""户口""绿卡""永久居民"等合法居留标志；另一方面，总是无法忘怀原来母族的记忆。于是，身处主流文化与边缘文化之间的流散者进行身份选择时必然经历焦虑与希冀、民族性的坚守与异化、痛苦与欣悦并存的主体体验。

在美犹太裔作家处于犹太文化与西方文化的交汇处，故而对自身文化有了"内外结合"的审视视角：内省本民族历史文化传统，外观异质文化的浸淫与影响，从而在犹太文化与西方文化的碰撞中构筑起流散族裔的精神家园。一方面，这种带有双重生存经验而形成的"文化身份"使身处流散文化语境中的移民作家对世界的审视、体悟和表达更为独特；另一方面，在犹西文化的碰撞中努力实现身份重建，乃至文化重建，是历史与现实赋予美犹太裔作家的神圣使命。而移民作家于流散中书写"文化身份"则极为

....

① Gilroy, Paul. Dispora and the Detors or Identity. , *Identity and Difference*. Ed. Kathryn Woodward. London: Sage Publications Ltd., 1997: 301.

常见。他们的书写表现了移民及其后裔的一种尴尬：既疏离于故乡，又疏离于异乡。整体观照在美犹太裔作家的写作，他们不仅描写这种困惑，直面美国犹太文学中因白人主流强势文化和犹太少数民族弱势文化冲撞所产生的文化身份认同危机，并思考如何在西方强势文化背景下保持自身的民族性与文化性，求得生存与发展；也试图透过书写重构来解决自己文化身份的归属问题。

而这在菲利普·罗斯的小说创作中表现得尤为浓烈。作为第三代美国犹太人作家，作为 20 世纪六七十年代美国高涨的犹太文学热潮中的新一代犹太作家代表，相比于前辈作家，菲利普·罗斯有着自己的独特视野。传统的犹太作家主要从积极的方面展现犹太文化的历史精髓以及主人公们对民族精神与宗教信仰的坚守。然而菲利普·罗斯已不拘泥于对历史、现实的浅层书写，作为新一代的犹太作家，他的创作表现出"由外向内"之倾向，即通过审视自我，探寻自我认同之永恒主题。罗斯在其作品中以其自身的生活经验与体验为基础，竭其所能地探索人与人之间的各种关系以及人们在相互交往中所产生的冲突与矛盾，并将其表现在人与社会、历史环境的对抗中。他用灵魂聆听犹太人的话语，用心观察他们生活中具有讽刺性的细节，洞悉他们在异邦文化夹缝中生存的困惑与非我意识，故而他能以与众不同的方式描写各色美国犹太裔的生活状态，揭示美国犹太人的身份危机。菲利普·罗斯曾说："先辈以这样或那样的方式将我紧紧与这星球上的两大苦难之洲……以色列和美国联系起来。"①

　　"以色列"是他的望乡，而"美国"则是他成长的国家；"犹太"与"美国"是罗斯的两种文化身份代码，他将这两种文化身份代码注入了《再见，哥伦布》《波特诺伊的怨诉》及《情欲教授》之中，使其作品呈现出民族性与社会历史性相交织的文化新特质。罗斯的这些作品反映与夸大了犹太生活中不健康甚至阴暗的因素，揭示、嘲讽了传统犹太教义的墨守成规，以真实动人的细节，刻画了作为流浪民族的犹太人在美国丰裕社会强大的物质生活诱惑下，面临被同化的危险和强烈的归入意愿，从中也折射出"异类"流散作家罗斯文化身份观的流变过程及其对自我身份认证的超越。

第一节　迷失无措的身份困境

　　小说集《再见，哥伦布》真实地描写了美国郊区被同化的犹太人的生活，从不同方面揭示出美国文化对犹太传统的冲击，全方位地重新审视了犹太文化特质。在该部作品中，罗斯"将种族特性和美国的普遍性有机地结合起来，从而使其在这 50 多年的

① 万志祥.从《再见吧，哥伦布》到《欺骗》——论罗斯创作的阶段性特征 [J].
　外国文学研究，1993（1）：39-43.

时间里依然富于生命力"①。该小说集包括中篇小说《再见,哥伦布》与5部短篇小说,分别为《犹太人的改宗》(*The Conversion of the Jews*)、《信仰的卫士》(*Defender of the Faith*)、《爱泼斯坦》(*Epstein*)、《狂热者艾利》(*Eli, the Fanatic*)及《世事难测》(*You Can't Tell a Man by the Song He Sings*)。

在《再见,哥伦布》中,罗斯刻画了一位在跨文化环境下寻找文化认同,"穿着借来的袍子"却又想成为真正自我的23岁的普通犹太青年尼尔·克勒门。

尼尔寄居在新泽西州纽瓦克的格拉迪斯舅母家,是一名出身贫寒的图书管理员。在夏季的游泳池边,他邂逅了犹太富家女布兰达·帕丁金——她有着一头金棕色短发,个子高挑,没有鼓包的鼻子(为了去"犹太"外貌特征,已去医院做了隐形手术)。尼尔无视布兰达是从头到脚散发着新暴发户铜臭味的犹太富翁之女,无视两人的出身以及人生经历的巨大差别,一下子坠入了爱情之河。布兰特的家仿若一个童话的国度,同时也代表着一种尼尔从未享受过的物质文明:金质餐具、各种运动器械、高尔夫球场、宽敞的住房、巨大的储藏室、堆放着各色物品的地下室、豪车、家族产业……作为一家之主的帕丁金先生以其精干与聪明于市场竞争中获得成功,实现了"美国梦"。这一切让尼尔觉得自

① Royal, Derek Parker, ed. *Philip Roth: New Perspectives on an American Author*. London: Westport Connection, 2005: 9.

己似乎也成了哥伦布，在漂向一个神奇的新世界（这也是该小说篇名的由来）。为了求得物质意义上的"美国化"，靠近并融入已跻身美国主流社会的帕丁金家族，尼尔虚情假意地百般逢迎帕氏家族的每一个人。潜意识中，尼尔幻想也许自己能轻而易举地学会做"巨人"帕丁金那样的人。一次刚回到图书馆，斯格培罗先生就来问尼尔关于高更的书。一个颧骨突出的男人写来了一封讨厌的信，告发尼尔的鲁莽之举。尼尔却以愤慨的声调胡诌一通，来为自己开脱与推卸责任。实际上，他甚至把事实颠倒过来了。斯格培罗先生一边向他道歉，一边领他到新的岗位，管理百科全书、自传、索引和入门书籍等。尼尔的讹诈使他自己也感到吃惊，猜测自己的这种本领可能部分是无意识地从帕丁金先生那儿学来的。

然而不管尼尔如何努力都无法摆脱现状与命运的羁绊。尼尔曾与布兰达肩挨着肩一起坐在橡树下，布兰达向尼尔诉说自己每买一件开司米毛衣都要与她的母亲发生交锋，并以讥讽的语气嘲讽母亲"连怎么享用金钱也不知道，以为我们还住在纽瓦克"①。这句"以为我们还住在纽瓦克"在尼尔的脑海里挥之不去。其后，尼尔不愿再说一句话，因为那将会毫无掩饰地暴露出他一直对布兰达怀有的反感甚至怨恨。这反感被爱情遮盖着，但它不会永远

---

① 菲利普·罗斯.再见，哥伦布[M].喻理明，等译.北京：人民文学出版社，2009：24.

埋藏在下面——尼尔越来越忍不住了。第二天早晨，不想马上穿过马路到对面图书馆上班的尼尔，决定去公园里散散步。看着纽瓦克博物馆、曾经是银行的建筑物、布洛德街……回想曾经的种种，坐在公园里的尼尔深感"自己对纽瓦克了如指掌，对他的依恋如此之深，以致这种感情不能不发展成为热爱"[①]。背靠美国白人主流文化与传统犹太文化的尼尔，拒绝贫富两个阶级的价值观，却苦于找不到属于自己的价值观。他在矛盾中挣扎着，无所适从。深负身份危机感与焦虑感的尼尔在一天清晨，做了一个使人不安的梦：事情发生在一条船上，一条类似于在海盗电影中所看到的古老的帆船，和我一起在船上的是那个来自图书馆的黑小孩——我是船长，他是我的大副，我们就是船上的全部船员。……我们在太平洋一个岛屿的港湾里抛锚停泊……但突然我们动了，我们的船驶出了港湾，黑人妇女们慢慢地跑到岸边，开始向我们投掷花圈，并嚷着："再见，哥伦布，……再见吧，哥伦布……再见。……"[②]

"穿着借来的袍子"而又要成为真正的自我；既面临强大的美国白人文化，又面临传统的犹太文化——尼尔与美国主流社会既依附又脱离的边缘身份一度使其茫然无措，迷失于身份的荒野。

---

① 菲利普·罗斯.再见，哥伦布 [M].喻理明，等译.北京：人民文学出版社，2009：27.

② 菲利普·罗斯.再见，哥伦布 [M].喻理明，等译.北京：人民文学出版社，2009：67.

《犹太人的改宗》则浓墨重彩般地刻画了主人公身处双重文化夹缝中的茫然与困惑。作品采用了反讽的手法，展示了一个13岁的犹太小学生对自己文化和宗教的质疑和"改宗"。主人公奥齐·菲德曼长在美国，却在一所犹太学校读书。聪明伶俐、爱动脑子的奥齐·菲德曼有着自己的独立思想，总爱发异论。在奥齐看来，根据犹太律法《妥拉》(*Torah*，即《摩西五经》)和《塔木德》，犹太民族是"上帝的特选子民"，是特殊一族；可《独立宣言》却说人人生而平等，那么《妥拉》《塔木德》和《独立宣言》的精神岂不是"以子之矛攻子之盾"了？尽管"宾达拉比试图用政治平等和精神合法性两者的区别来说服他，但奥齐感情激烈地坚持说，他想要知道的与此不相干"[1]。在奥齐的眼里，宗教的神圣性因缺乏人性与合理因素而倍显滑稽。而拉比则要他的母亲菲德曼太太来一起教育这个看似叛逆的孩子，因而导致他母亲第一次被召往学校。其后，奥齐再次在课堂上质疑拉比，既然上帝无所不能，能在六天内创造一切，能从一片乌有中选取出这六天，那么耶稣为什么不能使女人不交合就生孩子呢？这让他的同学们吃惊不已，而拉比自然无法回答这样的问题，难以自圆其说的他所能做的是一次又一次地把奥齐的母亲叫来，一起管教这个质疑宗教神圣性的孩子。小说中奥齐与拉比之间的冲突在十一月刮着风的

---

[1] 菲利普·罗斯.再见，哥伦布[M].喻理明，等译.北京：人民文学出版社，2009：67.

一个傍晚达到了高潮，拉比最终因奥齐那句脱口而出的"上帝为什么做不了他想做的事情！"①而恼羞成怒。他把手猛然挥向奥齐的面颊，不巧击中奥齐的鼻梁。血渍斑斑的奥齐一边尖声大叫宗教老师为小兔崽子，一边冲出教室。束手无策又不肯让步的奥齐爬上了犹太会堂的屋顶，就在那一瞬间，他"看到"星星在他脚下，宾达拉比在他脚下，世界是如此变幻莫测。片刻之间，曾两次把宗教老师骂作兔崽子的他无法控制自己的身体，他茫然自问："这真是我吗？是我我我我我吗！一定是我吗——但这是我吗！"②

　　奥奇的茫然与困惑凸显了生存于异质空间饱受犹太亚文化与美国白人文化冲撞的新一代犹太移民观念、心理和行为的冲突及焦虑体验：一方面，受到美国社会这个大熔炉的影响，他们不断美国化并有着越来越多的美国特色，自认为是美国文化的一部分；另一方面，他们生活在犹太人聚居区（如奥齐长在美国，却依旧在犹太学校上学），虽然不再严格遵守犹太法典的道德规范，却又在其潜移默化的影响下生存，故而本民族的文化传统对他们或多或少有些影响，难以割舍犹太人的独特性。

　　短篇小说《信仰的卫士》发表于1958年5月14日，最早载于杂志《纽约人》上。《信仰的卫士》刻画了两类对立的犹太人

---

① 菲利普·罗斯.再见，哥伦布[M].喻理明，等译.北京：人民文学出版社，2009：135.

② 菲利普·罗斯.再见，哥伦布[M].喻理明，等译.北京：人民文学出版社，2009：137.

物形象：一类是以内森·马克思中士为代表的久经沙场、恪守职责的老兵，一类是以自我为中心并已完全同化的谢尔登·格罗斯巴特为代表的犹太籍新兵。马克思历尽世间风霜，即使老人的颤抖、小孩的哭叫乃至昔日骄横的敌人那犹豫恐惧的眼神都不再使他动情，但他对于犹太教所怀有的那颗恭敬、虔诚之心却尚未完全泯灭。故而，当他遇上谢尔登·格罗斯巴特、拉里·菲西贝、米基·哈尔佩三个叛逆的犹太籍新兵后，就深深地坠入内心矛盾的漩涡中——是听任他们为追求特权在宗教的幌子下做种种违反军纪的行为呢，还是以上司的名义厉行督职？最初，懒惰、拈轻怕重的格罗斯巴特以宗教信仰为由在文书室向马克思喋喋不休地抱怨：星期五晚上，犹太人都要去做礼拜，而军中一星期七个夜晚，偏偏星期五晚上搞大扫除。马克思最终在"教堂、神父、弥撒、忏悔"前作出让步与妥协，特许以谢尔登·格罗斯巴特为首的三个犹太士兵随时可去犹太会堂做犹太弥撒。而马克思自己受内心的驱使，竟也随着格罗斯巴特的足迹来到3号教堂，却意外发现讲坛上牧师正吟诵着祷文，而讲坛下格罗斯巴特在自顾自地玩弄纸杯，祈祷书却仍旧在兜里合着。[①] 第二次，格罗斯巴特以父亲的名义写信给议员控诉军营伙食如同灰末一般，既不清洁又不合口味，以宗教信仰的名义拒食军中食物。而事实上他像一

---

① 菲利普·罗斯.再见，哥伦布 [M].喻理明，等译.北京：人民文学出版社，
2009：156.

条饥饿的狗一样吞食着军营伙食。因被马克思识破其诡计，格罗斯巴特无奈之下选择急流勇退。在即将开赴前线时，打着宗教信仰旗号的格罗斯巴特不惜背叛朋友，再次利用拉里·菲西贝的顺从与米基·哈尔佩的软弱为自己谋求特权。在归档分配处，马克思读到了所有新兵月底前将开拔西征的命令，只有格罗斯巴特除外。终于，格罗斯巴特的厚颜无耻使马克思怒不可遏，最终下定决心采取报复行动。但事后，马克思却又遭受着恶行与德行的双重折磨，饱受良心的谴责。为此，维护宗教信仰的马克思陷入种种自我冲突之中，深感困惑与忐忑，他的自我寻求之路注定要一直走下去。

《世事难测》中，罗斯刻画了两位少数族裔学生——阿伯特·帕拉格提和杜克·斯加帕。他俩都住在纽瓦克城另一头的"下角落"，都在当今美国处于社会的中下层。叛逆的他们都有犯罪前科：年方十七的阿伯特上过三所中学，刚离开詹姆斯堡少教院，曾偷过东西，也曾同妓女打过交道。杜克也毫不示弱，曾在五所中学就读过。他们都爱掩饰自己的过去，都爱捉弄班上的老师苏拉。①害怕遭边缘化的融入思维使他俩千方百计地想摆脱自己少数族裔的身份，消解自身原有的文化特性，将自己的棱角磨平，追求进步，都想成为货真价实的美国人。然而他们总是事与愿违，与周边环

---

① 菲利普·罗斯.再见，哥伦布 [M].喻理明，等译.北京：人民文学出版社，2009：221.

境格格不入，从而陷入对自我身份归属的迷茫与焦虑中。

《狂热者艾利》最初发表在美国著名的文学和政论杂志《评论》上。这篇小说围绕着美国中产阶级社区——伍登屯的一所犹太寄宿学校的建立而展开。在开办人 L. 图里夫看来，此学校既是他教授《塔木德》之所，也是他与流离失所的 18 个犹太孩子的家。然而，伍登屯的犹太人既无法容忍学堂的犹太教师穿戴着在 20 世纪的美国社会代表着"历史"与极端的犹太传统服饰成天晃悠在小镇上，又担心这所"过于正统"而与周遭环境格格不入的学校会引起非犹太人的反感，使他们苦心孤诣经营的和睦关系毁于一旦，于是便委托犹太籍律师艾利·派克与图里夫交涉，希望将新来的犹太人赶出小镇或将他们的一切活动限制在学校区域内。一方是在民族融合过程中深受美国文化生活方式与思想意识冲击与影响的犹太"本地犹太人"，另一方是饱经流散之苦、被当地人视为"外来者"的犹太人，处在这场"本地人"与"外来者""传统"与"现代""同化"与"反同化"的交锋中的艾利，时刻经历着谈判挫折与心理煎熬，几近精神崩溃。其深处两难境地，为所有犹太人或许还有更多处于"熔炉文化"中的民族提出这样一个问题：在民族融合过程中，面对强势文化，如何守住自己的根？

第二节　漂浮不定的文化身份

在 1969 年到 1979 年间，罗斯逐渐摆脱了犹太批评家对他猛烈批判所带来的心理影响，开始大胆地描写犹太人，反叛犹太传统，其中以《波特诺伊的怨诉》最为典型。

出版于 1969 年的《波特诺伊的怨诉》是菲利普·罗斯又一部以犹太男性作为主人公并采用第一人称叙述视角的小说。该小说通篇都是弗洛伊德式的臆想，向读者呈现了躺在心理治疗师沙发上的亚历山大·波特诺伊荒谬的"自白"式的心理倾诉。小说借此反映了主人公犹太身份的矛盾性与不确定性，将新一代美国犹太人与传统道德的冲突表现得更为激进，对犹太主题的拓展"为新一代的犹太作家铺平了道路"[1]。

故事糅合了真实的纽约犹太聚集区的生活经历，真实与虚构并置。书中的主要人物波特诺伊的家，是一个典型的犹太传统家庭，父亲辛苦操劳却很少在家，母亲强悍。传说中强悍的母亲会逼儿子变成同性恋，而波特诺对此伊深信不疑，将这一民间传说视为现实写照。因为他从小就生活在一个矛盾窘迫的关系场和心态氛围中。而这一切痛苦的起因正是他的家庭、母亲等父辈因素。

[1] Safer, Elaine B. *Mocking the Age: The Later Novels of Phillip Roth*. New York: State U of NY, 2006: 165.

小说所刻画的专制母亲索菲亚·波特诺伊是全家的道德中心，对小波特诺伊影响至深，为他设置了诸多条条框框——应该这样，不许那样。小说第一章"我此生最难以忘怀的人"见证了幼小的波特诺伊被压抑的怨恨："她已深深地潜入我的意识里，无孔不入。在我上学的头一年，我感觉每个老师都是我母亲伪装的。"[1] 而这怨恨源于母子关系的衍生物，更准确地说，其神经官能症起因于母亲对他的压制以及他对母亲的畏惧。结果，波特诺伊发现他获得快乐的唯一方式是做他母亲禁止他做的事情，而绝食则是有力的反击方式之一：绝食意味着反抗父母的命令，挑战父母的权威。因为在犹太传统文化中，对父母孝敬恭顺是犹太自律的前提和基础。然而，在主人公波特诺伊所处的特定社会、历史语境（美国20世纪60年代反传统反文化的自由风潮）下，做个遵守犹太清规戒律的乖孩子成为犹太青年的精神枷锁。梦想脱离父母的严加管教、渴求像真正的美国青年一样自由的内驱力使压抑的犹太儿子逆反。年幼的波特诺伊试图以绝食反抗母亲的权威、反叛犹太传统，而母亲却在就餐时拿着刀站在他旁边强迫他吃饭。痛苦难堪的波特诺伊行动失常，即使在吃饭中途，都借口跑到浴室手淫。在波特诺伊的世界里，父母仿若无处不在的法官。这里的犹太父辈人物与其说是某种形象典型，不如说是一种心理梦魇。波特诺伊因承受过重的压力而心理变态，最终只得以无节制的手淫获取

---

[1] Roth Philip. *Portnoy's Complaint*. New York: Houghton Mifflin Co., 1970: 1.

感官的陶醉并升华为自由的虚假满足。

　　青年时期的波特诺伊反叛传统犹太家庭观念，彻底颠覆犹太传统观念所要求的有责任、守规矩的好男孩形象的反叛途径则是性。在20世纪60年代的美国，性是青年表达自我、张扬个性的语言，也成为犹太青年借以反叛传统、张扬自我的手段。波特诺伊要成为"坏男孩"，他放言"要征服美国，要引诱48个来自美国每个州的女孩"①。具体而言，波特诺伊想要的人物角色，是活生生的真人——"她穿着蓝色大衣，戴着红耳罩，双手套着白色的连指大手套——美国小姐！她以槲寄生灌木的枝叶为装饰，她能做葡萄干布丁，她家独门独户的房子有带扶手的楼梯，她父母温文尔雅，举止端庄。……"②波特诺伊对非犹太女孩的追逐既是出于对异教女子的征服欲望，也是对美国反传统反文化运动中性自由风潮的响应。小说中，作为波特诺伊性伙伴的异教女子形形色色，如来自弗吉尼亚西部、仅有初等文化、绰号为"猴子"的女人玛丽·简·里德（Mary Jane Reed），来自美国中西部代表着西部价值观的凯伊·卡普贝尔（Kay Campebell），代表着美国贵族阶层价值观的萨拉·阿伯特·玛尔兹比（Sarah Abbot Maulsby）等。国内学者陶家俊认为："在更为广泛的含义上，身份认同主要指某一文化主体在强势与弱势文化之间进行的集体身

---

① Roth, Philip. *Portnoy's Complaint*. New York: Houghton Mifflin Co., 1970: 235.
② Roth, Philip. *Portnoy's Complaint*. New York: Houghton Mifflin Co., 1970: 61.

份选择，由此产生了强烈的思想振荡和巨大的精神磨难。其显著特征可以概括为一种焦虑、痛苦与欢愉并存的主体经验。"① 波特诺伊一方面在美国式生活与社会自由风潮影响下，蔑视犹太传统所赋予的道德，试图用性放纵来获得自由，突出自我生命价值；另一方面，因自小深受父母传统而又严苛的犹太式教育的影响而不能自拔，体现着内心矛盾和行为冲突的两面性。受美国文化与犹太文化双重影响的波特诺伊，其内心一直纠葛着文化身份之焦虑，"犹太意识"和"美国意识"在他身上汇成两股力，使其不得不在两种文化之间抉择、思考，其潜意识中势必体现出双重文化认同倾向。罗斯以其犀利的笔触刻画出一脚离不开犹太文化而另一只脚想要跨入美国文化的骑墙一代。

第三节　渐行渐远的身份迷失

罗斯 1977 年发表的《情欲教授》被美国评论界称颂为 "70年代最优秀的作品之一，我们这个时代最主要的文学成就"②。相比《再见，哥伦布》与《波特诺伊的怨诉》中的主人公，《情欲教授》

---

① 陶家俊. 身份认同导论 [J]. 外国文学，2004（2）：38.

② 查尔斯·贝瑞曼. 菲利普·罗斯与查克曼 [J]. 当代文学，1990，32（2）：170.

中的文学教授大卫·凯普什（David Kepesh）的家庭异化程度更高。正因如此，他面对的诱惑也不同，他灵魂深处的欲望也就呈现出不同的形态。

罗斯继《波特诺伊的怨诉》之后，在《情欲教授》中继续通过凯佩什对女性的追逐来展示性的异化，通过性的异化来解释罗斯自己对文化冲突的看法，性在其笔下成了犹太人受压抑的根源之一。《情欲教授》通篇叙述的是主人公凯普什困扰在情欲强烈而能力低下的冲突之中。凯普什异常迷恋异族美女尤其是白人美女，他的性欲目标也一直是有着正统文化标签的美貌又性感的白色人种的女子。凯普什从 20 岁左右上大学同时与两个瑞士女孩丽莎白（Elizabeth）及其好友波玑苔（Birgitta）交往开始，至后来遇到的海伦（Helen）及克莱尔（Claire），凯普什的一见钟情都是因为她们的美貌。在与波玑苔的交往中，每当她恣意放荡，做出出格之举时，凯普什都羞愧难当。他觉得自己还不能像波玑苔那样坦然地接受性解放。此外，他对伊丽莎白一直怀有愧疚感，这也势必影响到他与波玑苔的关系。后来他决定回美国继续深造，波玑苔表示愿意和他一起去，而他此时只想避开浪荡不堪的波玑苔，便毅然宣称："我要一个人回加利福尼亚！一个人！只有我自己。"① 凯普什为什么会突然决然斩断与两个瑞典女孩的情丝，

----

① Roth, Philip. *The Professor of Desire*. New York: Farrar, Straus, and Giroux, 1975: 45.

逃回美国呢？深层的动因源于凯普什内心深处潜在的母族文化基因——他内心深处仍旧留有犹太教所产生的潜移默化的影响，故而他在因违反宗教教义而受良心谴责与追求美式文化生活的反叛冲突中感到深深的不安与自责。年轻的凯普什的心灵一直处于饱受压抑与分裂的状态，在异常频繁的男欢女爱的肉体欢愉中虽有满足，却更饱受良心的谴责与性放纵中的羞怯感的侵扰。他既想做一个传统犹太文化下的犹太好男儿，更想成为一个地道的美国男孩。纠结于是选择与他有关系的瑞典女孩，还是选择适合他完成向美国人蜕变的"最美国"的女孩克莱尔，足以彰显出凯普什陷两难境地中无所适从的矛盾心态。他既希望遵守犹太传统，成为父母的好儿子，又想脱离自己的童年、父辈，完全融入美国社会之中。这就是冲突与反叛的典型表现。冲突表现之一是异族在正统文化操控下的被同化而产生的文化冲突。新生代的少数族裔如在美犹太裔在正统文化的熏陶下成长，但是相伴相生的家庭文化（母族文化）又是融入其血液、深入其骨髓的，于是年轻的凯普什就出现了反叛行为,通过叛逆的性行为来对抗家庭文化（母族文化）的统治，迎合美国主流文化的诉求与社会风潮。

总的说来，不论是尼尔、马克思、艾利、波特诺伊还是凯普什，其认同欲望的产生总是与某种缺失或丧失感密切联系的。因为美国犹太人快速同化的同时意味着其犹太性与犹太身份也在被迅速地弱化，而弱化的最终结果就是犹太性与犹太身份的完全丧失。而民族身份的丧失使得尼尔、波特诺伊、凯普什等美国犹太人在美国主流社会中处于边缘人、局外人和无根人的异化状态之中。当面对自身身份与归属问题时，他们面临的是一种两难的悖论——既不能完全摆脱他们的犹太身份，成为真正意义上的美国人，被美国文化同化的他们又无法接受和认同犹太性与犹太身份。诚如欧文·豪（Irving Howe，1920—1993）在 1946 年的一篇文章中所写："做犹太人难，不做犹太人也难。"由于其社会与其传统、其地位与其愿望互相冲突，其陷入紧张状态，作为一个人与一个犹太人而受难。在这种两难状态下，他们陷入困惑与迷茫，这种困惑与迷茫正是美国犹太人的犹太身份被美国主流文化同化下导致异化的表征。因此，美国犹太人所处的美国社会是一个犹太身份被同化的世界，是一个对于犹太人来说，犹太身份被异化了的世界。异质文化环境下，在美国的犹太裔身上呈现出的却不是犹太性的强化，而是犹太性淡化和犹太身份被美国人身份所替代的同化趋势。因此，这种"同化"的境遇正是罗斯所试图阐释的美国犹太人的生存境况。而罗斯笔下的"边缘人"现象说明，在身份寻找过程中，"'文化认同'的发生源自于异质感与危机感"[①]。而"文化身份"问题的提出总是在与异质文化的交往中浮出意识层面的，其多质性、流动性、文化观念的巨大反差使人们面临身份界定之困惑与身份归属之虚空。

---

① 斯图亚特·霍尔.族裔散居与文化认同 [M]// 罗钢，刘象愚.文化研究读本.陈永国，译.北京：中国社会科学出版社，2000：211.

第四节 决然的身份抉择

在犹太人几千年的民族流散历史里，犹太人始终处于迁移异乡、颠沛流离的痛苦生命体验中。如萨义德所言："流亡是最悲惨的命运之一。……因为多年漫无目的的流浪不只意味着远离家乡与熟悉之所，而且意味着永远背井离乡，永远四处飘零，成为永远的异乡客，一直与环境冲突，对于过去难以释怀，对于现在与未来则满怀悲情。"[①] 迁移至一个陌生国度的流散者，不得不直面家园的失落和异质文化的冲击。当他们面临一个全新世界、一种全新生活方式之时，不得不在异域文化坐标系中重新定位自己的身份。他们大多经历双重文化甚至多重文化所给予的"痛苦的抉择与抉择的痛苦"。因为对于流散者而言，那种与血统、出生地、居住地有关的（地方的、民族的、文化的）身份很难予以舍弃。流散者的精神文化思想的碰撞、交融、变异过程远不及其身体跨越国界那般容易；相反，因为母体文化的基因与成规已深深融入民族血液，文化的跨界生存异常艰难，文化身份的超越更是遥不可及。由于每一个文化个体的经历、文化、价值取向等诸多差异，

---

① 爱德华•W.萨义德.知识分子论 [M].单德兴，译.陆建德，校.北京：生活•读书•新知三联书店，2002.

同一文化对不同文化主体所起到的影响作用也不尽相同，因而其文化身份的选择也不尽相同。而在其文化身份选择过程中，不可避免地形成了斯图亚特·霍尔所言的文化属性两轴性，即差异与类同、延续与断裂。

作为文化主体的犹太人，长久以来一直处于双重甚至多重文化之间，他们不得不将其中一种文化视为"我者文化"，而将另一种文化视为"他者文化"。然而，由于每一个文化个体的生命体验、学识、价值取向等诸多差异，并非任何强势文化都能在每一个文化个体身上取得决定性的胜利。

中篇小说《再见，哥伦布》里，受过高等教育，更善于思考的犹太知识分子、犹太青年尼尔虽生活在美国社会，但尚未彻底被白人主流文化所同化。面对交往以来一直倍感身份优越的布兰达，尼尔陷入了沉思："'我所爱的究竟是什么，主啊？为何我已做出抉择？布兰达是什么样的人？''我的肉欲会变得多大？我有欲求，我到哪里去满足呢？'"①尼尔曾经幻想自己成为"哥伦布"，能成功进驻帕氏家族这个已染上美国色彩的"神奇王国"，因此百般逢迎布兰达的母亲，与她谈论宗教信仰问题；不惜放下自尊讨好她妹妹朱丽叶，陪她打球并有意输给她。然而，即便他如此费心，在帕氏夫妇的眼中，他终究只不过是"一个萍水相逢

---

① 菲利普·罗斯.再见，哥伦布[M].喻理明，等译.北京：人民文学出版社，2009：93.

的陌路人"而已。种种横亘在布兰达与尼尔之间绕不开的因素，致使两人愈行愈远。在决定是否分手的那天晚上，尼尔站在布兰达所在的哈佛大学莱蒙图书馆窗前，望着自己的影子再度陷入了沉思。迷惘过后，他终于对一直都在寻找与确认的自我价值有了全新的认识，燃起了他对新生活的希望。而书柜上的新书也使他幡然醒悟：犹太新年即将到来，格拉迪斯舅母正在纽瓦克盼他回家过节，自己的"根"依旧在纽瓦克。就在犹太新年的第一天，尼尔搭上了去纽瓦克的列车。

《狂热者艾利》中的犹太籍律师艾利·派克夹在深受"美国意识"影响的"本地"犹太人与严格恪守犹太传统清规戒律的"外来犹太人"之间，在经历了一系列谈判挫折与心理煎熬后，终于替社区的左邻右舍打赢了一场看似胜利的"战役"：那位成天穿着长襟黑色礼服、头戴镶边黑色礼帽，貌似公元前 1000 年的古人的犹太教师，在艾利的一再请求下，终于脱下象征犹太传统的服装，换上了艾利所提供的深具现代美国文化表征意义的绿色西服。然而历经"传统"与"现代"激烈碰撞、"同化"与"反同化"的交锋煎熬、几近崩溃的艾利最终欣喜若狂地找到了自我身份的归属，其犹太族裔的文化身份最终得以确认，不再迷失与焦虑。他兴奋于犹太教师所脱下来的黑色礼帽、衣服和漂亮的内衣，他甚至觉得身上的黑衣服就如同他皮肤的皮肤。潜意识中，象征犹太传统的那抹黑色已渗入其每寸肌肤。最终舍弃了美国西服的他丝毫不理会"同胞"们诧异的目光，穿上了身着"令伍登屯人不安"

的犹太教传统服饰，穿过学校、街道，至妻子所在的妇产科医院，满怀期待迎接新的犹太一代（其子）的到来。

第五节　皈依无望的文化身份

《世事难测》中，处于社会底层的少数族裔后代的阿尔比·帕拉格提是一个极力想要抹去"局外人"形象的人。他刻意隐瞒自己不堪回首的旧人旧事，刻意规避自身的少数族裔特性，全心全意想要成为一个货真价实的美国人。于是他努力接受所谓的"高雅的文化"教育并发誓不再做蠢事。为成功入选学校棒球队，他谎称自己曾是詹姆斯堡少教院棒球队的球星。当愿望成真的那刻，他似由被判无期徒刑的囚犯被保释出来般如释重负。因为棒球是美国的国民运动，甚至可以说不会打棒球者不能称为美国人，它已成为隐喻美国文化的象征。然而，赛场上，对棒球一窍不通的他出尽了洋相。这直接导致他在新的环境中陷入窘境，深受老师与同学的嘲讽与责难。无论阿尔比如何掩饰与包装自己，到头来终只是一厢情愿，终遭"高雅文化"无情丢弃，被迫离开校园。另一方面，从头到脚都已受过"美国意识"洗礼的他已很难回归至其少数族裔身份，无奈似无根之人四处漂泊，成为永远的局外人与"永远卑贱的粗人"，无以为家，无所倚靠。

《波特诺伊的怨诉》中，对美国式生活充满渴盼的亚历山大·波特诺伊曾经试图抛弃自己的犹太身份，融入美国文化。他发疯似地追逐非犹太女性，为此不惜与犹太家庭闹翻。尽管在波特诺伊所追逐的白人女子中，玛丽·简·里德是他的最爱，但在小说的末章，他为了追寻心中的"望乡"最终舍弃了她，远走（exile）以色列。波特诺伊认为自己是个犹太人，他的祖国当是以色列。在以色列，他在陆军部队任过职，后来体验过集体农场工人的生活。在这片土地上，波特诺伊惊奇地发现，犹太人占据主导地位，分布于各行各业。他无意识地常常将他们与美国的非犹太人联系在一起。相比之下，波特诺伊发现，较之于以色列，他更适应美国的人文社会环境，他是彻底地被美国文化所同化了。而末章标题"放逐"（In Exile）讽刺性地喻示了波特诺伊的美国人身份。就连农场的以色列女人第一次见到他时，也没认出他是个以色列人，甚至劝他应当回到自己的祖国去。一边是深感陌生却有点留恋的以色列，一边是生活已久的美国，究竟何处才是波特诺伊的"望乡"？最终，波特诺伊带着满腹的失落回到了美国，以色列他终究是回不去了。

《情欲教授》中年轻的凯普什为了在美国主流社会中赢得一席之位，响应社会自由风潮的召唤，刻意以主流社会认可的行为方式和思维模式约束自己。在凯普什心中，成为一个美国人是其人生理想，而犹太传统和犹太文化已成久远的过去，病态、特立独行的犹太生活方式让他窒息，逃脱、疏离成为其必行之举。因而他渴望去掉自身的"局外人"特征、同化于主流社会。他寄情于与异族女子的肉体欢愉中，乐此不疲，似乎只有这样，才能同化于美国主流社会，实现其"美国化"的人生理想。与之有关系的女子是瑞典人，与之结婚的是漂亮的白人女子海伦，而对他最有吸引力的比较文学教师克莱尔则貌美年轻，比凯普什小了十几岁，是"最美国"的女子。小说中，年轻的凯普什放浪形骸戏逐异族女子，与异族女子海伦结婚又离婚，并最终与"最美国"的女子结婚。其对异族女子的态度、对婚姻的态度与犹太传统相悖，皆反映了他深受特定历史、社会语境下的美国自由解放思想的影响，极端异化，而其犹太性却已高度弱化。

霍尔认为："主体在不同的时间获得不同的身份，统一自我不再是中心。我们包含相互矛盾的身份认同，力量又指向四面八方，因此身份认同总是一个不断变动的过程。"[①] 通过对当代散居族裔犹太人和以色列犹太人生活中复杂的迂回曲折的关系的描绘，罗斯重新审视了犹太人的本质和犹太性在界定犹太人中的作用。纵观罗斯于流散中的书写，其核心大都是犹太亚文化和美国主流文化的冲撞。而其独特的叙事方式与视角，展示了他笔下的人物对真正犹太身份的追求和探索。小说集《再见吧，哥伦布》《波特诺伊的怨诉》《情欲教授》里的形象中存在某些恒量的犹太男性主

---

① 斯图亚特·霍尔.族裔散居与文化认同[M]//罗钢，刘象愚.文化研究读本.陈永国，译.北京：中国社会科学出版社，2000：211.

人公在异邦文化的夹缝中遭遇身份困境、身份迷失：一方面，这些年轻一代犹太移民渴望摆脱犹太根子融入美国主流社会，另一方面,他们又因自己的所作所为有悖于犹太传统而产生"羞耻感"，生命难以承受"一手举起美国文化，一手举起犹太文化"之重，以致到最后既疏离于美国文化，又疏离于犹太文化，成为迷失在身份荒野中的精神流浪汉。借由对第二次世界大战后美国犹太移民在传统漩涡中的挣扎和游离的叙述，罗斯探究了犹太传统与美国社会文化在美国犹太人身上呈现出的张力。犹太人在战后的美国并非身处天堂而是身陷困境，并非生活在新的家乡而是被放逐在新的流散异乡，并非栖居于新的"应许之地"而是置身于一片现代荒原。同时，作品中对犹太人身份的探索暗示了罗斯对不同的犹太追梦人、犹太传统和美国文化复杂多维的情感和立场。通过对罗斯笔下这些人物的分析和解读，反映出罗斯在探寻犹太身份过程中所面临的身份困惑与反思。

与众多移居美国的犹太移民一样，生于美国长于美国、身上流淌着犹太血液的罗斯，其内心同样纠葛着文化身份之焦虑：自小在美国犹太人聚居区——纽瓦克长大的罗斯以"美国作家"自居，却不喜欢被称为"犹太作家"；将美语视作自己的语言，却在创作中不断夹杂意第绪语（Yiddish）；面对来自犹太组织与团体的抨击与指责，却言说自己对犹太文化及犹太传统的传承；关注大屠杀中犹太人的悲惨境遇，却反对流散在外的犹太人回归以色列；强调其美国人身份，却又坦言自小生存的犹太环境所给予他的影响。

罗斯的美国人与犹太人的双重身份使其在创作中自然融入了犹太传统文化与美国主流社会之文化。生活于两种文化下的罗斯可以放弃对犹太血统的信仰，放弃对犹太上帝的信仰，但他无法放弃犹太文化。犹太文化与传统似一根无形的绳子，时刻牵引着他。作为犹太人所具有的种种焦虑与怀疑促使罗斯回到自己的根，回归于自己的民族性。这体现在罗斯小说创作中自觉不自觉地对具有核心意义的各种犹太要素与资源进行特定加工与运用，使之显现出浓郁的犹太性；同时，特定的民族历史、文化机制与现代社会处境又促使其将犹太性（传统的民族和民族主义）消解。罗斯之创作在演绎犹太民族的流浪史程、受难精神和自我困惑的同时，实际上也在诠释整个人类的生存境况，其作品中表现出来的犹太性几乎都包含普世意义。以此观照罗斯及其小说，就不难理解为何罗斯似戴上了一副有色眼镜，其笔下的犹太生活尽是陈腐、虚伪和保守之色。

细读《再见，哥伦布》《波特诺伊的怨诉》《情欲教授》中典型犹太人物形象"文化身份"的流变：在身份的迷失与困境中折射出罗斯一直于变动中追寻"犹太人"的真正含义，在文化身份皈依无望的绝境中进行着动态性思考。他在毅然决然地在对客体文化身份进行抉择中赋予"文化认同"以深刻、丰富的内涵。基于对民族性与异质性的整合至上，罗斯确立并重构了在美犹太裔之"身份认同"，那就是：面对犹太与美国双重文化身份的困惑、认同，在冲突中不断趋向交融，一手托起两个太阳，肩负世俗文化和犹太文化两项重任，最终形成新的更加适应时代与环境的"混杂化"文化身份。"在世界中发现家园，在家园中发现世界"，这也是罗斯对"流散"之新解。

第二章　"流散"视野下
20 世纪在美犹太裔作家的文学呈现

犹太人移民美国的初衷无外乎逃避屠犹排犹，获得起码的生存权利。但对移民，尤其是犹太移民而言，美国并非反犹排犹的净土，在美国，他们同样遭受了两次反犹高潮和针对犹太移民恶化其生存环境的麦卡伦法和麦卡伦 - 沃尔特移民和归化法[①]。

因此，对于移居美洲新大陆的犹太移民而言，其第一要务是解决人类最基本的生存问题以及身处异国他乡遭遇文化冲突和碰撞带来的身份同化问题。而文学是生活的真实再现，任何文学都势必以某种方式来书写某一种生存体验，美国犹太文学同样承载了于流散中诉说犹太移民的生存境况和心路历程的文化使命。美国国家意第绪语图书中心曾公布一份现代犹太文学百大排行榜，认为定义犹太文学有两项标准：首先，作者必须是犹太人；其次，作品必须与犹太主题或经验有关。以此为标准，同时

---

① 张军 . 美国犹太文学之荆棘路 [J]. 学术界，2008（6）：209.

鉴于小说作为现代四大文学体裁之一，其容量大，可提供整体的、广阔的社会生活，表现错综复杂的矛盾冲突，描述人物所处的生活环境，捕捉人物生活的感觉经验，故可由小说观照20世纪在美犹太裔作家的文化书写发展脉络。其发展大致分为三个时期。

第一节　边缘期

美国犹太文学是美国文学的重要组成部分，肇始于19世纪下半叶，而此时美国经历了国内战争（1861—1865），美国文学则进入现实主义发展阶段。现实主义作家们将视线投向了日常生活中的凡人琐事，并以主要人物对其所处生活环境的态度和反应为主题，迥异于早期追求情节和对称美的浪漫派。

到19世纪晚期，现实主义流派的另一分支——乡土文学开始盛行，它以言语描写、服饰描写、行为描写和富有地域色彩的思维习惯描写为特征。同时，描写美国某些族群生活方式的族裔文学也得以发展。族裔文学以描写美国非主流族裔文化的方言、服饰、族群品性及其价值观为创作焦点，故事性强，富于民间传统的乡土气息和神秘色彩。

20世纪美国犹太文学正是产生和发展于在美国现实主义传统及乡土文学、族裔文学兴起的背景下。亚伯拉罕·卡汉（Abraham

Cahan，1860—1951）所著《戴维·莱文斯基的发迹》(*The Rise of David Levinsky*，1917）被视为20世纪美国犹太文学第一部重要作品。小说记述了主人公移居美国以及在美国发迹的历程，书中主人公莱文斯基在成为百万富翁之后却沦为情感上的乞丐，已然背叛犹太人作为"上帝的特选子民"的宗教传统。这标志着美国犹太文学中一个重要母题的诞生 —— 美国早期犹太移民为美国文化所同化过程中的犹太人身份认同问题。

20世纪30年代的世界性严重经济萧条期，几乎所有美国人都深受其影响，已经开始改善其经济状况的城市犹太社区最先遭受严重经济困难。与此前美国犹太小说中的主人公（如戴维·莱温斯基、乔·波施尔）相比，20世纪30年代犹太小说中的主角都是社会主义者。在大量无产阶级犹太小说中，犹太主人公的宗教性为布尔什维克主义所颠覆，如迈克尔·戈尔德（Michael Gold，1893—1967）的《没有钱的犹太人》(*Jews Without Money*，1930），阿尔伯特·哈尔彭（Albert Halper）的《陡沟》(*The Chute*，1937），社会主义则成为新的救世主耶稣的化身。

此外，在这些小说中，家被视为保护家人远离美国资本主义压迫的天堂；家也被描述成没有内部纷争的紧密团结的组织，这成为后来美国犹太文学的重要主题。这里没有令人厌恶的犹太母亲或其他家庭成员的固化类型，相反，每个人物都被正面描绘。

第二次世界大战期间与之后，世界重大事件 —— 原子弹的投放、600万犹太人被纳粹赶尽杀绝以及以色列政权的建立都极大地影响了当代美国犹太文学。尤其在 20 世纪 40 年代期间，美国犹太作家所做的贡献与日俱增。这一时期出版的名家的名作有：索尔・贝娄（Saul Bellow，1915—2005）的《晃来晃去的人》（*Dangling Man*，1945），诺曼・梅勒（Norman Kingsley Mailer，1923—2009）的《裸者与死者》（*The Naked and the Dead*，1948），欧文・肖（Irwin Shaw，1913—1984）的《幼狮》（*The Young Lion*）。这一时期，美国犹太文学与美国主流文学有着相似的主题，小说中的人物与情节都契合着第二次世界大战中的事件或战时心理影响。

纵观处于美国文学边缘区的犹裔文学家之作品，主要以犹太人的"美国化"为主题。初到美国的犹太作家感慨于犹太人在美国之境遇，他们基于自身艰辛的流散经历创作了大量关于犹太移民面对美国主流文化冲击的小说。其创作主要书写了物质生活的匮乏以及由此带来的煎熬，着墨于挣扎在生存边缘的普通犹太人的奋斗、梦想以及奋斗失败、梦想破灭的痛苦，其中的内核主要是犹太民族 2000 多年的流浪性这一不可规避的犹太性，表现为在现世生活居无定所、漂浮不定的放逐，以及精神和心灵无处栖居的"百年孤独"两个层面。但由于其没有过多地挖掘人性而失之深度，在美国主流文学之外彷徨。

第二节 入主称雄期

20世纪50年代至70年代，美国犹太人于各方面取得长足进展，经济、政治上的相对独立使犹太人能在思想、文化等诸多方面与主流社会以及其他族群分庭抗礼；作为文化交流的一方、文化交流的主体，他们参与到文化间的互动中，充分体现出在美国多元文化中犹太文化地位之提升。在这种文化交流中，犹太人开始重新审视历史与传统、认识自我，进而于政治、社会、阶级、种族等维度审视犹太传统、犹太文化。

在此种背景下，犹太文学于20世纪50年代逐步进入美国主流文坛，而到20世纪六七十年代，美国犹太作家已在美国文坛占据举足轻重的地位，成为美国主要裔族文学中的佼佼者。期间涌现出众多文学家，有分别于1976年和1978年荣获诺贝尔文学奖的索尔·贝娄和艾萨克·巴舍维斯·辛格（Isaac Bashevis Singer，1904—1991），荣获美国国家图书奖（National Book Award）等多种文学奖的20世纪"最优秀的短篇小说家之一"的伯纳德·马拉默德（Bernard Malamud，1914—1986），获得普利策奖（Pulitzer Prize）的菲利普·罗斯，以及诺曼·梅勒、约瑟夫·海勒（Joseph Heller，1923—1999），等等，可谓群星璀璨、星光熠熠。据统计，当代美国一流的作家中，犹太裔作家占了60%以上，诚如约翰·厄普代克（John Updike，1932—2009）所言，"现在是犹太作家统治着美国文坛"①。

20 世纪 50 年代，美国犹太作家站在了美国文学的最前沿。享有很高声誉的犹太小说家的数量锐增。在第二次世界大战后崛起于美国文坛的犹太作家群中，有继续创作的贝娄、梅勒和肖，还有加入该行列中的杰出作家：J. D. 塞林格（J. D. Salinger，1919—2010）、伯纳德·马拉默德、约瑟夫·海勒、埃利·韦瑟尔（Elie Wiesel，1928—2016）、赫伯特·戈尔德（Herbert Gold）、菲利普·罗斯。由犹太作家创作的畅销书的数量和知名度也在不断增加和提高，如赫尔曼·沃克（Herman Wouk，1915—）的《玛乔丽晨星》（*Marjorie Morningstar*，1955）、利昂·尤里斯（Leon Uris，1924—2003）的《出埃及记》（*Exodus*，1958）。

20 世纪 50 年代的美国犹太小说继续把家描绘成充满爱的环境。在马拉默德的小说《店员》（*The Assistant*）中，犹太家庭被视为理想的家庭。非犹太教信徒的主人公最后接受了割礼，皈依了犹太教。尽管对犹太教知之甚少，但他羡慕、欣赏犹太家庭的温馨与和谐。而 20 世纪 50 年代小说中的犹太主人公与其他现代美国小说中的人物没有太大差异。他们的犹太性只是他们特有种族背景的部分，例如，一直被视为现代人物的哈克·贝利芬的奥吉·玛琪（*The Adventures of Augie March*，《奥吉·玛琪历险记》，1971）和霍尔顿·考尔菲德（*The Catcher in the Rye*，《麦田里的

---

① 钱满素 . 美国当代小说家 [M]. 北京：中国社会科学出版社，1987：336.

守望者》，1951）。尽管这些小说已获得美国读者的广泛赞誉，然而小说中的主要人物却没有接受 20 世纪 50 年代美国社会的主流文化。事实上，他们甚至感觉到自己被婚姻、家庭或他们自己的犹太背景所排斥，既疏远美国文化又疏远犹太文化。

而讽刺作家们在其作品中仍辛辣地激讽被现代作家所忽视的现实社会的虚伪，菲利普•罗斯、约瑟夫•海勒、玛丽•麦卡锡（Mary McCarthy，1912—1989）就是其中之典型。约瑟夫•海勒的《第二十二条军规》（Catch-22）辛辣讽刺了军营生活；玛丽•麦卡锡的讽刺作品《学院丛林》（The Groves of Academe，1952）用富于创意的漫画形式勾画了大学校园里的师生，其浓厚的学究式的冷嘲热讽让人过目不忘；菲利普•罗斯所讽喻的对象则是美国犹太社群。罗斯与该时期主流犹太作家截然不同，他深入挖掘其笔下的犹太人物或好或坏的特性，"揭幕式"描写了犹太社区。在 1959 年出版的《再见，哥伦布》中，菲利普•罗斯对犹太形象的刻画为他赢得了盛誉，同时也因为这部小说，他被视作"犹太逆子"且被诋毁为反犹作家。按桑福德•皮斯科（Sanford Pinsker）所说，"《再见，哥伦布》不仅为年近 26 岁的作者获得了美国图书奖，更重要的是它改变了人们创作关于美国犹太人生活的作品时所遵循的原则"[①]。

....

① Sanford, Pinsker. *The Comedy That "Hoits"—An Essay on Philip Roth*. Columbia: University of Missouri Press, 1975: 4.

　　先前，美国犹太作家将犹太人的家庭视为有利于主人公成长的环境。然而，在《再见，哥伦布》一书中，罗斯透过主角——尼尔·克勒门的双眼，讽刺性地描绘了犹太人的家庭生活。

　　20世纪60年代美国兴起的"民权运动"得到有色人种和边缘族裔群体最热烈的响应，掀开了美国少数民族争取民主自由和平等地位的新篇章。其结果不仅使美国社会中的族裔意识得到较大的提升，而且使得种族成为社会人文科学研究中的一种隐形的力量。在"大熔炉"日益被"美式拼贴"文化所取代的背景下，美国族裔文化与文学在这一土地上开始不断发出新声，其中极具代表性的就属美国犹裔文学的兴盛。

　　20世纪60年代以来，美国许多主要作家，如索尔·贝娄、菲利普·罗斯、诺曼·梅勒、伯纳德·马拉默德、J. D. 塞林格、约瑟夫·海勒、E. L. 多克托罗（E. L. Doctorow，1931—2015）、阿瑟·米勒等等，以创作丰富而深刻的思想主题和独特的艺术风格的作品而成为当今美国文坛上一支引人瞩目的劲旅。1976年和1978年两次诺贝尔文学奖均被美国犹太作家获得，促使形成了强劲的美国犹太文学运动。

　　入主称雄期，美国犹太文学以文化冲突中犹太身份认同的迷失而导致心理病态现象为主线以及"受难"的犹太性。前者如索尔·贝娄在1944年出版的反映犹太移民尴尬处境的长篇小说《晃来晃去的人》，表达了"做犹太人难，不做犹太人也难"[①]的尴尬境地。后者则如莫里斯·迪克斯坦在《伊甸园之门》中说道："受难是地道的犹太主题，这个主题是从犹太人大量最凄惨的历史经历中提炼出来的"。而这一时期最重要的是美国犹太文学超越了其民族性，"人人都是犹太人"的受难主题应对了现代世界面临的普世困境，诚如艾萨克·巴什维斯·辛格获得1978年诺贝尔文学奖的颁奖原因所言，"栩栩如生地反映了世界人类的状况"。

第三节　平稳发展期

1977年美国著名文学批评家欧文·豪曾经预言，"美国犹太文学的高潮已经过去了"[②]。

新一代作家将因缺乏对传统文化的深刻体验而难以创作出高水平的体现自己民族特色的作品。然而众多犹太作家丰硕的创作成果有力地证明了欧文·豪看法的局限性、片面性。20世纪80年代后，不仅文坛老将菲利普·罗斯创作力不减当年，而

① 丹尼尔·霍夫曼. 美国当代文学 [M]. 林凡，译. 北京：中国文联出版公司，1985：272.

② Grauer, Tresa. Identity Matters: Contemporary Jewish-American Writing. *Jewish American Literature*. Eds. Michael P. Kramer and Hana Wirth-Nesher. Cambridge: Cambridge University Press, 2004: 269.

且出现了新生代作家群，如辛西娅·奥兹克、休·尼森桑（Hugh Nissenson，1933—2013）、库尔特·莱文恩特（Curt Leviant，1932—）、霍华德·施瓦茨（Howard Schwartz，1919—1990）等。

　　这一时期，新生代美国犹太作家虽然脱离了祖辈和父辈成长的特殊历史环境，浸淫于生于斯长于斯的美国生活方式之下，但是其犹太传统非但没有成为镜花水月，相反，"遥看草色近却无"的犹太民族历史、宗教信仰、犹太文学典籍和民间文艺却成为他们创作中的底色和主题。辛西娅·奥兹克的短篇故事集《升空：五个短篇故事》（*Levitation: Five Fictions*，1982）和中篇小说《流血》（*Bloodshed*，1976）集中体现了犹太的救赎母题，充分反映了犹太民族的救赎意识和救赎躬行。而休·尼森桑的《一堆石子》则着力探讨了现代社会中的宗教信仰这一犹太传统母题。因此，与前辈犹太作家有别的是，新生代作家比老一辈作家走得更远、更彻底、更溯本求源：他们不是在当下生活或社会事件中（如战争和屠犹、萧条和失业等）寻找创作题材和塑造角色，而是在犹太历史、文献典籍、民族传说和神话、民间故事中挖掘题材和生成角色。

　　平稳发展期，在美犹太裔作家群由于长期置身于异国环境下，对异域社会与异质文化有切实的体验，皆面临族裔、文化、身份认同等无以回避的问题。因此，犹太性在他们的创作中更具民族特质。与单一文化背景下的作家相比，这些作家的人生态度，价值选择，身份建构，文化观念，写作的主题、视角、风格都明显不同。虽然"他们是生活于两种文化和社会边缘的人",但正如沃·本·迈克尔斯在《"从未到过那里的你":奴隶制与新历史主义——解构与大屠杀》一文中所言:"犹太人可以放弃对犹太血统的信仰,放弃对犹太上帝的信仰,他们无法放弃的是犹太文化。"无论是艾萨克·辛格、索尔·贝娄,还是伯纳德·马拉默德,抑或本书专门解读的菲利普·罗斯、辛西娅·奥兹克,这些作家都以关注犹太人在美国的生存及其命运为己任,他们意蕴丰富的创作成就了一代犹太人抒写集体情怀、反映特殊生存的梦想。他们的创作虽然存在如上所述的恒量,却又风格各异,如辛格之辈自觉坚守母族文化——只为犹太人而写,固执地使用意第绪语进行创作;曾言自己是美国人也是犹太人,其作品是写给所有人看的马拉默德等却已超越对犹太民族自身身份问题的思考,探究生活在美国的众移民群体的身份选择问题;而生于美国、长于美国、一直以美国人自居的罗斯则更为"惊世骇俗"——他以自己独特的方式通过对移民到美国的第二代、第三代犹太人的刻画,通过对犹太社区的"揭幕式"描写,揭示在现实生活中人性中最本真、最内隐的部分(其中必然涉及相对丑陋的部分),重新审视了犹太人的本质属性即"犹太性",亦即"民族性",生动地呈现了当代美国犹太人在多元文化中所面临的身份困境。

第三章 文化身份重构的男性书写

第一节 罗斯逆向书写中对犹太性的反叛

"犹太性"是指犹太人所独有的犹太民族特性。实质上，它与犹太民族的历史境遇、宗教思想、传统习俗、思维观念以及特殊的社会境遇联系密切。被放逐了近 2000 年的犹太民族，没有因为是上帝的"特选子民"而备受宠爱、享有特权，反而饱尝了人世间一切的苦难，颠沛流离、漂泊无依。犹太民族历经种种苦难，但是，犹太作家们的创作并非仅局限于表现犹太人苦难的历史。在他们的笔下，众主人公在默默承受生命苦难的同时，往往借由思考感悟到了生命、生存的意义。

第二代犹太作家主要从积极的方面展现犹太文化的历史精髓以及主人公们对民族精神与宗教信仰的坚守。他们的作品强调犹太人的传统道德伦理价值，对生活持乐观、肯定的态度，在作品的结尾，主人公往往能通过各种各样的方式获得灵魂的救赎，如伯纳德·马拉默德《魔桶》(*The Magic Barrel*) 中的里奥·芬克尔，索尔·贝娄《洪堡的礼物》(*Humboldt's Gift*) 中的查理·西特林等。

　　而菲利普·罗斯作为第三代美国犹太人作家。作为 20 世纪六七十年代美国高涨的犹太文学热潮中的作家代表，较之前辈作家，有着自己独特的视野。他不拘泥于对历史、现实的浅层书写，其创作表现出"由外向内"之倾向，即通过审视自我，探寻自我认同之永恒主题。当众犹太作家都朝着同一个方向书写"移民同化""文化交流"或"重新发现"时，罗斯敢于反传统反常规之道而行，反向书写——或称为"逆向书写"①——其熟知的犹太传统与在美犹太裔于文化碰撞下的生命体验。

　　罗斯在早期小说集《再见，哥伦布》中对犹太传统的泥古不化与美国犹太人表现出的对民族性的困惑和荒唐行径毫不吝啬其嘲弄与批判。中篇小说《再见，哥伦布》中，罗斯通过尼尔·克勒门之口辛辣讽刺了浸染上美国物质主义色彩的帕丁金家族;《信仰的卫士》则对犹太宗教和信仰进行了"大逆不道"的揶揄和讥讽，讽刺性地描绘了打着信教幌子而道德败坏的犹太士兵格罗斯巴特，而维护宗教信仰的中士——内森·马克思在罗斯笔下却成了滑稽可笑的人物。罗斯并没有就此罢休，随后又在小说《犹太人的改宗》里以滑稽、夸张的笔调把犹太教嘲笑讽刺了一番，以闹剧般的形式完成了对犹太教的"改宗"。而被美国编辑、评论家诺曼·波德霍瑞兹(Norman Podhoretz)称为"基调阴郁"② 的《随

① 刘洪一 . 走向文化诗学 [M]. 北京：北京大学出版社，2002：175.

② Podhoretz, Norman. *The Gloom of Philip Roth, Doings and Undoings*. New York: Farrar, Straus & Co., 1964: 239.

波逐流》(*Letting Go*，另译作《放任》，1962)与稍后出版的《当她是好人》(*When She Was Good*，1967)揭示了处在犹太传统与美国主流文化夹缝中的犹裔所面临的种种困惑，但因其塑造的犹太男性懦弱无能(如盖比·沃勒迟、罗伊·巴萨特)与犹太女性浪荡强悍(如玛莎·里根哈特、路斯)而遭犹裔读者抨击。之后的代表作《波特诺伊的怨诉》一问世便激起了千层浪。该小说通篇弗洛伊德式的臆想，借由躺在心理治疗师沙发上的亚历山大·波特诺伊荒谬的"自白"式的心理倾诉、对母亲的怨诉，体现了罗斯对犹太传统的消极判断及与犹太传统相悖的价值观念。年幼的波特诺伊试图以绝食反抗母亲的权威、反叛犹太传统，而母亲却在就餐时拿着刀站在他旁边强迫他吃饭；痛苦难堪的波特诺伊行动失常，即使在吃饭中途，都借口跑到浴室手淫。青年时期的波特诺伊反叛传统犹太家庭观念，彻底颠覆犹太传统观念所要求的有责任、守规矩的好男孩形象的反叛途径则是性。他放言"要征服美国，要引诱 48 个来自美国每个州的女孩"[①]。

在这些作品中，罗斯仿若戴了一副有色眼镜，他看到的犹太生活尽是陈腐、虚伪和保守的方面。而其创作中的"逆向书写"，令菲利普·罗斯不似马拉默德、辛格一样成为受美国犹太人欢迎的犹太作家，他甚至被许多评论者视为一个美国人而不是犹太人，

---

① Roth, Philip. *Portnoy's Complaint*. New York: Houghton Mifflin Co., 1970: 235.

同时也被冠上了"反犹主义者""犹太逆子"的帽子。欧文·豪在其论文《重新审视菲利普·罗斯》里的尖刻攻击深具代表性，他说罗斯的作品里"目及之处，皆为逃避责任的犹太士兵，通奸的犹太丈夫，好色的犹太儿子，以及挥霍无度、物质主义的女儿，总之尽是往犹太人脸上抹黑的家伙"①。

难道罗斯真是背弃自己传统的"反犹主义者"？

罗斯如此回应来自犹太组织与团体的抨击与指责："那些对我的作品进行诬蔑、诽谤的人认为我的作品对犹太民族痛苦的历史做出轻率的处理或者我本人对待它就是幼稚的；事实上，当我创作之时，我了解犹太历史甚至它的后果、重要性。"②

在美国犹太人聚居区——纽瓦克长大的罗斯毫不讳言自小生存的犹太环境对他的影响。他说："我是一个善良、有责任感、举止得体的男孩。我受制于我所成长的环境——中产阶级的下层部分所信奉的社会规范。……同时，我也受制于一些禁忌，这些禁忌主要来自于那些身为移民的祖父辈的传统宗教观。"③

犹太文化似一根无形的绳子，时刻牵引着罗斯。他可以放弃对犹太血统的信仰、放弃对犹太上帝的信仰，无法放弃的是犹太

① 欧文·豪. 重新审视菲利普·罗斯 [J]. 评论，1972（12）：70.

② Ranen Omer-Sherman. *Dispora and Zionism in Jewish American Literature*. London: Brandeis University Press, 2002: 203.

③ Roth, Philip. *Reading Myself and Others*. New York: Farrar, Straus and Giroux, 1975: 3-4.

文化。

追本溯源，一方面，罗斯对犹太传统文化并不陌生。1933 年，罗斯出生于新泽西州纽瓦克市，其居住地的邻里街坊基本上都是犹太人。另一方面，作为新生代的犹太作家，菲利普•罗斯生于美国，长于美国，一定程度上对于犹太传统已经有了一种疏离感，这使得他能够跳脱自身文化身份的视域审视父辈留下的精神遗产，以一种"局外人"的目光，在异质文化与故土文化的碰撞中去审视母族文化，这使罗斯的笔触探索得更深、更广。在两种截然不同的文化融合的文化环境里，罗斯不是一味地认可犹太传统，反而开始以理性客观的时代精神审视与深刻自省本民族文化，反思犹太文化中的弊端及局限性，重新对其进行估量。

怀抱民族感情的罗斯因"爱之切"而"责之切"，由此，就不难理解他为何常以一种反叛的眼光着重观察传统中的阴暗因素，嘲笑与讽刺犹太传统文化中落后愚昧的成分。纵观罗斯从《再见，哥伦布》到《情欲教授》的小说创作，我们可以发现罗斯始终在犹太传统的对立面踯躅。小说中所折射出的思想都是对犹太宗教与传统文化的回避与反叛。而罗斯在创作小说中的犹太人主角时则融入了他对本民族的诸多思考。这些犹太主角自身所携带的犹太文化，在第三代犹太美国人身上，反而成为相对于主流文化——美国文化的异质文化。在主流文化的异化中，本族文化的声音反而变成了异质的。虽然各个主角都想逃离家庭的束缚，反叛传统的本族文化，但是流淌在他们血液中犹太文化的无意识以及家庭环境潜移默化的影响，还是在这些犹太主角身上显露出来。虽然罗斯的小说主题常带有叛逆性，但却从来都是围绕犹太精神、犹太格托（ghetto，另有译名"隔都"，指在犹太散居地域的犹太人聚居区，是犹太人在异质文化居住地的隔离区）而展开的。

罗斯很多作品所传达出的往往都是其对犹太传统的逆向认知，特别是早期创作冷静、客观、全面地审视民族的生活和传统甚至是民族的"劣根性"。而他对犹太传统的反拨正是他对犹太性的一种逆向性认知的表现，并不代表着他背弃犹太传统与犹太文化。这恰恰表明以罗斯为代表的新一代犹太作家已经不再一味地宣扬和推销自己的民族，故而罗斯在创作中不断夹杂意第绪语，既关注大屠杀中犹太人的悲惨境遇，亦书写流散于异域文化下的犹裔的特殊生存境遇与梦想。然而正是因为创作中的"逆向书写"与对犹太身份问题的多维思考，罗斯更进一步地提升了犹太文学。罗斯的作品体现出了西方人的最根本特点——身处熔炉式社会中所面临的空虚与迷茫，这也是他对美国文学的巨大贡献。

而无论以何种方式创作，作为从小受到犹太传统文化的熏陶、骨子里流淌着犹太血液的当代作家，罗斯一直都在努力探索本质文化的根源、新的历史境遇及其在主流文化中的生存与发展，并注重反映犹太人的生存状态与犹太民族的伦理道德观念，关注民族精神的坚守、传承与发展。

第二节　重构散居族裔之文化认同

如前所言，所谓"文化认同"，亦可具体化为我们通常所说的"我是谁？""我的身份是什么？""我的身份是怎样形成的？"等问题。于犹太人而言，同大多散居族裔一样，他们对上述问题的回答往往不只限于一种文化色彩，长期与其他族群杂居的特殊经历使犹太人将上述问题具化为："我是犹太人吗？""我的犹太身份是什么？""我的犹太身份是怎样形成的？"而于罗斯，其无可避免地要面对如此的心灵拷问："我是犹太人还是美国人？""我在双重文化甚至多重文化中如何选择？""怎样在文化多元化的美国确立自己的文化身份？"

罗斯借其笔下人物，借由美国犹太人的两种身份的冲突与对比的视角思考作为犹太人的宗教精神身份与作为美国社会中的普通人的世俗身份之间的摩擦。其以犀利的笔触、独特的视角刻画了于流散中遍寻心灵家园、饱受双重文化冲击之苦却依旧游移不定于自己的文化身份之犹太"边缘人"形象：犹太穷小子尼尔曾经一度希望挤入"伊甸园"——帕丁金家族，最终摔倒在美国世俗文化面前，为现实所惊醒，跌跌撞撞地走出伊甸园，孤独前行；迅速同化于美国社会的年轻人波特诺伊与凯普什，一方面希望拥抱"美国式的未来"，另一方面却又为自己渐行渐远的犹太文化身份而惴惴不安。从这些"边缘人"身上，读者能感知在美犹太裔双重边缘的生命体验造成他们在生理、宗教、文化等意义上的抽离感与局外感，用犹太或西方的任何一种文化都不能完全填补其心灵断裂。如果美国犹太人坚持自身的民族性即犹太性，将与美国人的生活和思想格格不入；如果融入并接受美国的生活与思想，将失去自己的民族性。无论他们怎么选择，都将面临这样或那样的痛苦，就有了不同的苦难。作为在文化夹缝中苦苦寻觅心灵的猎手，罗斯殚精竭虑、始终不渝地苦苦思索迷失在身份荒野之人的归属问题，不懈努力探索摆脱身份选择的两难危机所采取的文化生存策略。

再度观照罗斯的创作，我们可以看出，罗斯对"犹太人"之定义确已颠覆了传统犹太作家之所想。其创作体现了他对犹太身份的态度：犹太文化身份并非固化不变的，而是在文化身份选择主体不断建构和定位中形成的。在罗斯的作品中，这种对文化身份的选择一方面体现为身份个体在自我身份选择过程中对自己所在的种族文化（犹太传统文化）的认同，另一方面体现为文化主体对他者文化的接受、吸纳过程。罗斯眼中的犹太身份恰恰体现了"与时俱进"的特征：今日之世界，处于流散状态中的文化主体可能频繁出入家园，"在家园中发现世界，在世界中发现家园"[1]。

处于美国这个"大熔炉"中、以罗斯作品为代表的犹太文学

---

① 童明. 飞散 [J]. 外国文学，2004（6）：54.

无疑为散居族裔人物形象的文化身份研究提供了丰富的素材，因
为这些素材既揭示了犹裔文化传统，尤其是其种族特征的历史性、
延续性，同时也显示了在美犹太裔文化身份在当代社会中的种种
变化。这些变化给予我们的启示是，文学形象的各种民族文化身
份不会是一成不变的，而是在历史长河中不断发展和建构的。这
一流变过程中，对立是相对的、暂时的，互动则是绝对的、永恒
的。如斯图亚特·霍尔的文化身份理论所言，我们不可能精确地、
长久地谈论"一种经验，一种身份"。身份并不像人们所认为的
那样一成不变，相反，它与一切有历史的事物一样是动态的，永
不完结，处于流变过程之中。文化身份是有源头、有历史的，其
属于过去也属于未来。它与过去、将来相联系。它不是已经存在的，
它是超越时间、地点、历史和文化的东西。"与一切历史事物一样，
它们也经历了不断的变化。它们绝不是永恒地固定在某一本质化
的过去，而是屈从于历史、文化和权力的不同嬉戏。"①

　　曾处于边缘状态的在美犹太裔作家能得到美国主流文化的认
可，根本原因就在于他们笔下的犹太性具有全人类性，体现了所
谓民族的即世界的。其作品中的犹太小人物揭示了在强势文化背
景下弱势群体相似的文化体验——罗斯所试图阐明的民族性即
犹太性代表普遍的人性。正如美国学者格戈斯对罗斯作品的评语：

---

① 斯图亚特·霍尔.族裔散居与文化认同 [M]// 罗钢, 刘象愚.文化研究读本.
　陈永国，译.北京：中国社会科学出版社，2000：208-211.

"如果说马拉默德认为'所有的人都是犹太人',那么罗斯想着重强调所有的犹太人都是人。"①

第三节　流散视阈下对犹太性的超越

作为犹太美国人所具有的种种焦虑与怀疑促使罗斯回到自己的根,回归于自己的民族性。作为犹太裔作家,罗斯以自己独特的智慧与敏锐的悟觉述说犹太移民生活在异邦文化的夹缝中所显示出来的种种矛盾现象:一方面,它揭示了犹太生活与犹太传统中的阴暗面,书写了普通犹太人的劣根性;另一方面,更重要的在于这种揭示本身作为犹太文化整体发展和整体结构中的一部分,促成了犹太文化充满矛盾的、动态的发展过程。

对罗斯而言,建构在美犹太裔的身份认同势必在理性审视不同文化的基础上,创造出一种犹太文化、西方文化精神浑然一体的全新文化,这是历史赋予他的责任与使命,无可推卸。罗斯最终在两种文化间找到了某种平衡,实现了对民族性与异质性的整合,从而重构了散居族裔的文化身份,即:遵从所在国家的法律与习俗,但同时也坚定地维护父辈的宗教与信仰,尽其所能地挑

① 万志祥.从《再见吧,哥伦布》到《欺骗》——论罗斯创作的阶段性特征 [J].
外国文学研究,1993（1）:39-43.

起这两副担子，一手托起两个太阳，肩负世俗文化和犹太文化两项重任 —— 这才是实现流散群体文化身份重塑的唯一路径。从中也折射出罗斯文化身份观的流变过程，即面对犹太与美国双重文化身份的困惑、认同，在冲突中不断趋向交融，最终形成新的更加适应时代与环境的"混杂化"文化身份。这既是罗斯对文化的认同，又是对文化某种程度上的肯定。

罗斯对犹太性的超越主要体现在以下两个方面：

其一，罗斯将犹太民族的流散历史消解为文学的潜在介质，借由典型人物形象"精神流浪汉"的塑造将传统犹太意义上的"悲情"流散化作对跨越不同文化的越界思考。其作品所体现的"流浪"意识尤其是"精神流浪"意识，反映了当今世界普通人的精神困境。

《我嫁给了共产党人》（*I Married a Communist*，1998）中的主人公，广播剧演员艾拉·林格是典型的"精神流浪汉"，他的一生都在执着地追寻梦想中的"应许之地"（the Promised Land）。在锌镇矿场、在唱片工厂、在工会、在激进的政治中、在资产阶级的生活中、在婚姻关系中，他无处不在寻找。正如艾拉哥哥所言，艾拉是"一个永远渴望着一份属于自己生活的男人，而那便是激怒他、困扰他并毁了他个人的东西"。①《垂死的肉身》（*The Dying Animal*，2001）中戴维·凯普什是处于第二次世界大战后的文化

---

① 菲利普·罗斯.我嫁了一个共产党人 [M].李维拉，译.台北：中国台湾木马文化实业有限公司，2005：353.

风范（美国性文化）与传统道德冲撞下的美国当代知识分子。身
处信仰动摇、传统解构的时代，内心焦灼的他游走于形形色色的
女人中，频繁更换性爱对象，沉溺于欲海。他在充斥着诱惑和欲
望的现实世界、在满目疮痍的现代荒原中找不到可以依靠的支点。
行至暮年，学生情人康秀拉·卡斯底洛的生命凋零、密友乔治·
奥希恩的突然离世使他坠入疾病与衰老、生与死、自由与责任的
矛盾纠葛中，苦苦挣扎。纵观凯普什的一生，迷失的不是性，而
是自我。罗斯观照主人公在外部世界流浪的同时，走进人心隐秘、
黑暗的深处，深入揭示了他们内心焦虑的情感状态所导致的精神
层面的流浪。

其二，基于对民族性（犹太性）与异质性的整合，淡化并提
升了犹太身份。罗斯将目光投射到更广阔的社会，努力在创作中
摆脱犹太情结。他说："我并非写犹太书，我不是犹太作家；我是
个犹太裔作家，我人生的最大关切和激情是写小说，并非当个犹
太人。"[①]事实上，罗斯后期创作中的犹太主人公虽然带有较为明
显的犹太背景特征，但其犹太身份已然淡化，更多的是体现了西
方世界某些带有普通意义的社会身份，倾向于对普世意义的追寻。

"主题三部曲"之三——《人性的污秽》（*The Human Stain*，
2000）涉及麦卡锡时代、越南战争以及比尔·克林顿的桃色事件，

---

① 钱满素.美国当代小说家论 [M].北京：中国社会科学出版社，1987：
336.

以 1998 年克林顿的桃色事件为背景。小说主人公科尔曼·希尔克是置身于历史洪流中命运波折起伏的现代美国人的写照。他在麻省西部的雅典娜学院任院长，是美国第一批在高等院校执教的古典文学教授。1996 年因在课堂中对两名缺课的素未谋面的非裔美国学生使用了"幽灵"（spook）一词而被指控种族歧视。事实上，肤色较浅的希尔克自己就是黑人，为了获得更好的前途与人生，从青年时起他就以犹裔美国人的身份自居。为此，他不惜断绝母子关系、抛弃兄弟情谊、欺瞒热恋中的女友。而千方百计换来的犹裔身份却使其遭遇一系列的悲剧性事件，更在晚年付出了沉重的代价。他的妻子由于受"幽灵事件"的刺激，死于大规模脑栓塞。深具讽刺意味的是，她至死都不知道自己的枕边人是黑人。两年后，71 岁的希尔克邂逅了 34 岁的挤奶工佛妮亚·法利，却又因此走上了不归路。佛妮亚的前夫莱斯是越战老兵，也是极端的反犹主义者。孩子的夭折、妻子的离去、战争留下的创伤带给他无尽的痛苦,他患了"创伤后压力心理障碍症"（Post-traumatic Stress Disorder）。得知前妻与一"犹裔"老头在一起时，疯狂的他精心制造了一场车祸。小说对希尔克身份的处理，体现出罗斯把主人公的犹太身份作为一种背景要素来运用，并力图探勘潜藏于犹太身份与一般社会身份之间的深刻联系。而希尔克、佛妮亚、莱斯各自的遭遇在相当程度上也代表着当代美国人普遍的生存境况。罗斯以一个作家的视角与人文情怀关注美国社会问题，揭露了当代美国社会中的种种阴暗面，包括政治正确性和道德观以及人性中的利己本性等。诚如蒂莫西·帕里什（Timothy Parrish）所说："罗斯并非视自己为某一特定种族的代表作家……与其说他是个犹太人，不如说他是个小说家。"①

　　作为第三代美国犹太人作家，菲利普·罗斯对今日世界"犹太人"之定义、对多元文化下的"犹太性"之诠释确已颠覆传统犹太作家之所想。综观菲利普·罗斯之创作，他以对犹太性的独特的认知方式触摸人类内心世界普遍存在的两难境地：以"揭幕式"书写逆向审视犹太性；当流散日趋成为一种全球性大气候时，借由"家园中发现世界，世界中发现家园"的流散观书写对犹太性的超越性认知。因此，他的作品体现出一种别样的形而上的超越意义与普世情怀。

....

① Parrish, Timothy. *The Cambridge Companion to Philip Roth*. New York: Cambridge University Press, 2007: 127-141.

第四章　美国犹太文学与犹太性

美国作为一个"大熔炉"，多元文化是其重要特征。由于持续到来的犹太移民潮，犹太人及犹太文化对丰富美国多元文化氛围、塑造美国文化起到了重要作用。犹太人从欧洲来到美洲殖民地以及后来的美国，主要有三次移民潮，他们将犹太文化带到了美国。

第一次犹太移民潮发生在 17 世纪 30 年代至 1776 年美国独立战争之间的大约一个半世纪，他们最初来自西班牙和葡萄牙。这些移民当中很多人并非直接从西班牙或葡萄牙到达美洲的，而是在 1492 年从西班牙或 1497 年从葡萄牙被驱逐后，逃到巴西、荷兰和英国，然后经由这些地方到达美洲。虽然此次移民的数量并不大，但"他们对那个时代的生活和思想做出了真实的贡献，而且成为美国独立战争的一部分"。[①]

....

① Brownstone, David M. *The Jewish-American Heritage*. New York: Facts On File Publications, 1988: 2.

　　第二次犹太移民潮主要来自德国以及欧洲其他德语国家，总人数大约在 25 万人到 30 万人之间。这些移民在 19 世纪 30 年代至 80 年代陆续到达美国。"德国犹太人在美国西进运动、南北战争期间以及战后美国工业化的发展中发挥了重要作用。"[①]

　　第三次犹太移民潮人数众多，约有 250 万人，时间从 19 世纪 80 年代早期到 20 世纪 20 年代中期，这些人为了逃离俄国和东欧国家的严酷压迫而前往美国。然而 20 世纪 20 年代早期，美国国会通过了严格限定移民的法案，自此之后大规模的移民潮在美国已是明日黄花。最终在此次移民潮中到来的犹太移民，与此前来自西班牙和葡萄牙以及来自德语国家的犹太移民相互影响，并实现了一定程度的融合，形成了美国的犹太族群以及美国犹太文化。此外，近年来来自俄罗斯的几万犹太人与少数的以色列犹太人也加入了美国犹太人的行列。[②]

　　在几千年的历史中，来自各个国家和不同的历史文化背景的犹太人，将犹太文化注入多元的美国文化。正如大卫·M. 布朗斯通（David M. Brownstone）所述，犹太人带来的，除了"对自由的渴望"、"力量"、"骄傲"、"即使身处黑暗依旧保持希望的能力"以及"对家庭和社区的热爱"，还有"技艺与才能"。

① Brownstone, David M. *The Jewish-American Heritage*. New York: Facts On File Publications, 1988: 2.

② Brownstone, David M. *The Jewish-American Heritage*. New York: Facts On File Publications, 1988: 4.

犹太族裔人才济济。长期以来，犹太人从事着科学家、医生、哲学家、翻译家、地图制作者和教师等职业，在人类知识的各个领域举足轻重。由于其出色的银行业务及其他金融技能，犹太人中诞生了出类拔萃的贸易者和商人。不管是在西班牙、德国、俄罗斯还是在美国，都有许多犹太画家、雕塑家、作家和各类表演艺术家。在很长一段时间内,喜剧界由犹太人统治。犹太人的绘画、音乐艺术源远流长，给美国文化做出卓越贡献。犹太人的影响同样延伸到心理学、人类学和社会学领域。在物理学、经济学领域犹裔美国人获诺奖者人数众多。[1] 他们的知识与才华都是犹太遗产的一部分。

正如哈纳·纳希尔（Hana Wirth-Nesher）和迈克尔·P. 克雷默（Michael P. Kramer）所说，"现当代美国文化的里程碑与美国犹太人息息相关"[2]，并列举了诸多艺术创作领域的典型例子，如小说领域，有格特鲁德·斯泰因（Gertrude Stein）的《三个女人》（*Three Lives*），贝娄的《赫索格》（*Herzog*），菲利普·罗斯的《再见，哥伦布》，纳撒尼尔·韦斯特（Nathanael West）的《孤单佳

① Norwood, Stephen H. and Pollack, Eunice Q. eds. *Encyclopedia of Jewish American History*. Santa Barbara: ABC-CLIO [2 volumes], http: //www.abc-clio.c.

② Wirth-Nesher, Hana and Kramer, Michael P. Introduction: Jewish American Literature in the Making. *The Cambridge Companion to Jewish American Literature*. Cambridge: Cambridge University Press, 2003.

人》(*Miss Lonely Hearts*),辛西娅·奥芝克与格雷斯·佩里(Grace Paley)的小说,保罗·奥斯特(Paul Aust)的《纽约三部曲》(*New York Trilogy*);如诗歌领域,有艾伦·金斯堡(Allen Geinsberg)的《嚎叫》(*Howl*),艾德丽安·里奇(Adrienne Rich)的《潜入沉船的残骸》(*Diving into the Wreck*);如戏剧领域,有亚瑟·米勒(Arthur Miller)的《推销员之死》(*Death of a Salesman*),莉莲·海尔曼(Lillian Hellman)的《孩子们的时刻》(*The Children's Hour*),以及大卫·马麦特(David Mamet)的《美国野牛》(*American Buffalo*);此外,电影领域,有伍迪·艾伦(Woody Allen)的《安妮霍尔》(*Annie Hall*)和斯蒂芬·斯皮尔伯格(Steven Spielberg)的《外星人》(*E.T.*);美国音乐剧领域,有《波吉与贝丝》[*Porgy and Bess*,节选自《乔治和伊拉·格什温》(*George and Ira Gershwin*)],《窈窕淑女》[*My Fair Lady*,节选自《勒纳与勒韦》(*Lemer and Lowe*)],《西区故事》[*West Side Story*,节选自《伯恩斯坦、桑德海姆、劳伦斯和罗宾斯》(*Bernstein, Sondheim, Laurents, and Robbins*)];美国歌坛,也有欧文·柏林(Irving Berlin)的《天佑美国》(*God Bless America*)和鲍勃·迪伦(Bob Dylan)的《在风中飘荡》(*Blowin' in the Wind*)。虽其经常被美国的历史学家和教科书边缘化,甚至被忽视,却对美国文学、戏剧、电影和电视影响重大。如上所述,犹太人对美国社会影响深远,并在一定程度上塑造了美国文化,因此,美国犹太文学的形成尤其值得关注。

第一节　美国文学中的犹太文学

现存最早的犹太移民的书面材料，大多是写给荷兰西印度公司的请愿书，内容主要是抗议总督的排外政策，要求享有经济和政治权利。

而由犹太移民创作的最早的文学作品则在 18 世纪出版。总体来看，此时犹太移民的文学创作方兴未艾。尽管还有一些学者对此持怀疑态度，但是以裘德·莫尼斯（Judah Monis，1683—1764）的名义发表的一系列传教作品如《真相，全部真相，完完全全的真相》（*The Truth*, *the Whole Truth*, *and Nothing But the Truth*），让这个可能是葡萄牙后裔的意大利犹太人成了美洲第一位犹太作家。接下来犹太人在美国出版的重要作品是翻译作品。1766 年，艾萨克·平托（Isaac de Pinto，1717—1787）出版了《安息日、哈桑纳节与赎罪日祷告》（*Prayers for Shabbath*, *Rosh-Hashanah*, *and Kippur*）。他指出，对于希伯来语"很多人只是一知半解，还有人完全一无所知"，并以"按照神的旨意将我们希伯来语的祷告词翻译成英语"为己任。①

在 19 世纪早期的几十年间，当塞缪尔·B. H. 裘德（Samuel

---

① Norwood, Stephen H. and Pollack, Eunice Q. Eds. *Encyclopedia of Jewish American History*. Santa Barbara：ABC-CLIO [2 volumes]: 538.

B. H. Judah，1799—1876）、乔纳斯•B. 菲利普（Johas B. Philips，
1805—1869）、艾萨克•哈代（Isaac Hardy）在创作"他们所谓
的独立的美国文学"时，莫德凯•曼纽•诺亚（Mordecai Manuel
Noah，1785—1851）就"一直在书写犹太人相关的话题，并通常
偏爱那些不同寻常的、华丽的事物"，他自认为是直言不讳的犹
太人表率，从而被认为是战前美国最引人注目的犹太人。[①]

19 世纪后半叶，犹太文学的面貌随着第二次犹太移民潮的到
来，发生了巨大的变化。书写犹太主题的文学创作有了更多的读
者，在接下来的几十年中，美国犹太人创作、阅读的文学作品数
量都大大增加。此外，犹太文学的特征、创作领域也发生了重大
转变，究其因，这转变主要是撒•麦耶•怀斯（Isaac Mayer Wise，
1819—1900）、艾萨克•利瑟（Isaac Leeser，1806—1868）这样的
美国出版界的犹太领袖带来的：利瑟于 1843 年创办《欧美犹太人
的倡导者》(The Occident and American Jewish Advocate)，怀斯于
1854 年创立了《美国以色列人》(American Israelite)。内森•梅
耶（Nathan Mayer，1838—1912）曾被视为成就最高的早期美国
犹太人小说家，同时他也创作音乐、戏剧评论和诗歌。埃玛•拉
扎勒斯（Emma Lazarus，1849—1887）是当时人们眼中知识渊博、

---

① Norwood, Stephen H. and Pollack, Eunice Q. Eds. *Encyclopedia of Jewish American History*. Santa Barbara：ABC-CLIO [2 volumes]: 540.

最有才华并且成功获得读者青睐的作家。[1]

20 世纪见证了美国犹太文学的发展。1912 年，玛丽·安廷（Mary Antin）出版了自传《应许之地》（*The Promised Land*），在书中描述了她融入美国文化的过程。1917 年，亚伯拉罕·卡汉（Abraham Cahan，1860—1951）所著《戴维·莱文斯基的发迹》（*The Rise of David Levinsky*）以正统犹太价值观为视角，揭露了犹太人融入纽约的幸与不幸：以道德精神的堕落为代价，积累财富从而实现世俗意义上的崛起。1930 年，迈克尔·戈尔德（Michael Gold，1893—1967）的《没有钱的犹太人》（*Jews Without Money*），讲述了在第一次世界大战前的几年里，作为一个犹太人、穷人和曼哈顿东区移民的后代意味着什么，以唤醒犹太人追求正义的权利。亨利·罗思（Henry Roth，1906—1995）于 1934 年出版《就说是睡着了》（*Call It Sleep*），被认为是那些站在 20 世纪 30 年代的角度回顾几十年前贫民窟生活和犹太移民社区的最好的小说。在《孤单佳人》（1933）和《蝗虫之日》（*The Day of the Locust*，1939）中，纳撒尼尔·韦斯特（1903—1940）"展示出难得的洞察力，捕捉到新英格兰和犹太人性格之间的契合。这一事实几乎已经被外邦人甚至犹太人遗忘"。[2]

① Norwood, Stephen H. and Pollack, Eunice Q. Eds. *Encyclopedia of Jewish American History*. Santa Barbara：ABC-CLIO [2 volumes]: 544.

② Brooks, Cleanth. R. W. B. Lewis, Robea Penn Warren. *American Literature: The Makers and the Making*. New York: St. Martin's Press, 1973: 2354.

20 世纪 50 年代见证了美国犹太文学的崛起和成熟，代表人物有伯纳德·马拉默德（Bernard Malamud，1914—1986）、索尔·贝娄（Saul Bellow，1915—2005）、艾萨克·巴舍维斯·辛格（1904—1991）和菲利普·罗斯（1933—2018）。

伯纳德·马拉默德对无根性、不忠、虐待、离婚等时代的弊端有着清晰的认识，他的作品带有少许神话色彩，并在小说中探索了如孤立、阶级、资产阶级与艺术价值之间的冲突等主题。他认为爱是"救赎"，而牺牲则具有升华作用。在《纽约时报》（*The New York Times*）刊登的一篇名为《马拉默德的肖像》（"Picture of Malamud"）的文章中，菲利普·罗斯将马拉默德称为"一个具有严肃道德观的人"，认为他以"长久、严肃地思考要求过高、不堪重负又因永无休止的人类需求而愈加恶化的良知的每一个命令"[1]为内在动力。1959 年和 1967 年，伯纳德·马拉默德分别以《魔桶》（*The Magic Barrel*）和《基辅怨》（*The Fixer*）两次摘得国家图书奖。《基辅怨》还获得了 1967 年的普利策小说奖（Pulitzer Prize for Fiction）。而 1969 年的欧·亨利奖（O. Henry Award）颁给了伯纳德·马拉默德的《抽屉里的人》（*Man in the Drawer*）。

索尔·贝娄看到了现代文明的弊端（如由此滋生的疯狂、对物质的追求等）。贝娄在作品中探讨了现代文明令人迷失的本质，以及人类克服自己的脆弱通往伟大心灵（或者至少实现觉醒）的

---

[1] Roth, Philip. Pictures of Malamud. *The New York Times*, April 20, 1986.

可能性。贝娄小说中的主人公都有成为英雄的潜力，也多次与社会的消极力量对抗。这些人物通常都是犹太人，并且带有被孤立和异化的色彩。

贝娄虽对自己"犹太作家"的称号表示不满，他的作品中也体现了对美国和在美国的经历所呈现的独特活力的赞赏和着迷，然而犹太人的生活和身份始终是他作品的重要主题。

《洪堡的礼物》（*Humboldt's Gift*）大获成功之后，贝娄借由这部作品斩获了 1976 年的诺贝尔文学奖。此外，他还拿下了美国国家图书奖、普利策奖和美国国家艺术勋章（National Medal of Arts）。贝娄是唯一一位三次获得美国国家图书奖的作家，也是唯一一位六次获得美国国家图书奖提名的作家。

作为 20 世纪最著名的意第绪语作家，艾萨克·巴舍维斯·辛格描绘了东欧被摧毁的犹太世界，反映了犹太移民的恐惧、渴望和矛盾心理。借鉴民间回忆和神秘传统，他将现实与想象融入作品。作品中的主人公常常是犹太大屠杀的幸存者，他们尚未逃脱过去的梦魇，又迷失在美国现实世界。

菲利普·罗斯因中篇小说《再见，哥伦布》声名渐起，小说以调侃和幽默的笔调描绘了美国犹太人的生活，为他赢得了美国国家图书奖。1969 年，随着备受争议的《波特诺伊的怨诉》发表，他步入了文化名人的行列。他两次获得美国国家图书奖，三次获得国际笔会 / 福克纳文学奖（PEN/Faulkner Award）。其小说《美国牧歌》（*American Pastoral*，1997）获得普利策奖。小说《人性的污秽》(*The Human Stain*, 2000)夺得英国 WH 史密斯文学奖 (The United Kingdom's WH Smith Literary Award)的年度最佳图书。罗斯小说以打破现实与虚构之间的分隔,深入探索犹太身份和美国身份而著称于世。

事实上,当代美国犹太文学自 20 世纪经由一系列的变革而发展壮大,杰出作品不断涌现,犹太性在此期间也已成型。

第二节　美国犹太小说与犹太性

美国犹太小说既是美国文化的产物又是对美国文化的背离,其特征是犹太传统和美国文化之间的冲突所导致的双重性。在经历 20 世纪的发展壮大之前,美国犹太小说经过了一系列的变革。这些变革围绕美国文化和犹太传统的冲突、碰撞与交汇,重心从犹太传统转向美国文化,最终又转向两者的融合。

20 世纪 50 年代,小说关注的核心问题是同化和对美国的探索,通常以第二代移民为表达视角,他们与上一代的联系已经日益微弱,就像贝娄同名小说中的奥吉·玛琪,蒂莉·奥尔森(Tillie Olsen)的《给我猜个迷》(*Tell Me a Riddle*)中那对老夫妇的孩子们,以及格雷斯·佩里和马拉默德笔下不同族群的各色人等。

20 世纪 60 年代和 70 年代的小说中,这一冲突通常都以美国文化占据上风而告终,虽然他们对此结果感情复杂。这一现象在索尔·贝娄、伯纳德·马拉默德和菲利普·罗斯的小说中展现得淋漓尽致。这些作家及其作品的评论经常出现在文学刊物上，他们的作品颇受广大读者的喜爱。

　　文学批评作品，如约翰·J.克莱顿（John J. Clayton）的《索尔·贝娄：为人类辩护》（*Saul Bellow: In Defense of Man*，1967），马克斯·沃尔特·舒尔茨（Max Walter Schulz，1921—）的《激进的复杂性：美国当代犹太小说家研究》（*Radical Sophistication: Studies in Contemporary Jewish-American Novelists*，1969），桑福德·皮斯科的《作为隐喻的倒霉蛋》（*The Schlemiel as Metaphor*），以及路斯·R.维斯（Ruth R.Wisse，1936—）[①]的《作为现代英雄的倒霉蛋》（*The Schlemiel as Modern Hero*，1971），通常把贝娄、马拉默德和罗斯这三人称为"一种独特的文学模式的代表人物"，并认为"这一文学模式呈现了20世纪四五十年代生活在美国城市的犹太移民所具有的文化精神，这种带有道德意味的文化精神认可个人与现代世界社会力量的对抗，认为勇于独自顽抗的个体——所谓

....

① Ruth R. Wisse，1936年生于罗马尼亚，今属东欧乌克兰境内的泽诺维兹（Czernowitz）城，哈佛大学犹太裔比较文学教授，文学大师，曾在加拿大蒙特利尔大学学习、教书，师从路易·杜德克（Louis Dudek），后居住在美国，代表作有《大都市曼哈顿的一点爱：两个意第绪诗人》（*A Little Love in Big Manhattan: Two Yiddish Poets*，1988)、《现代犹太正典：语言与文化之旅》（*The Modern Jewish Canon: A Journey through Language and Culture*，2000)、《犹太人与权力》（*Jews and Power*，2005)等。

的倒霉蛋——具有崇高的精神"。[1]

在贝娄、马拉默德和罗斯的小说中,这一世俗的"倒霉蛋"模式,这种道德精神,恰如舒尔茨所说,"美国当代最出色的犹太小说家……探索了随其本性、情感外露、率性而为的'倒霉蛋'在批量生产的现代工业文明中生存的主题"[2](现代工业文明所带来的最大危害就在于从根本上消灭事物的多样性,不仅包括自然生态的多样性,还包括人类社会内部的人类文化的多样性)。

尽管与犹太人相关的话题在他们的小说中占据了重要地位,索尔·贝娄、伯纳德·马拉默德和菲利普·罗斯却都否认自己是"犹太作家",他们通常更愿意接受"美国作家"这样的称号。在各类采访中,他们都多次表达了类似的观点。犹太性在他们小说中的呈现,与他们对"犹太作家"称号的拒绝,两者之间的冲突原因是 20 世纪 60 年代的美国对犹太性的边缘化。甚至有评论家预言了美国犹太小说的终结,比如 1977 年欧文·豪宣称就作家对移民经历的依赖程度来看,"犹太小说的巅峰时期已过"。一些犹太作家为美国主流文化同化,诺曼·梅勒就是其中最杰出的代表。

---

[1] Levinson, Julian Arnold. *The Messiah is Uptown: Jewish Literary Practice in Postwar America*. Dissertation. Columbia University, 2000: 3. UMI Number: 9985920.

[2] Levinson, Julian Arnold. *The Messiah is Uptown: Jewish Literary Practice in Postwar America*. Dissertation. Columbia University, 2000: 3. UMI Number: 9985920.

诺曼·梅勒集小说家、记者、散文家、诗人、剧作家、编剧与电影导演等多重身份于一身，在过去的 60 年间一直是美国文学的巨擘。梅勒生于美国新泽西州东部城市朗布兰奇（Long Branch）一个颇有名望的犹太家庭，外祖父是位非官方拉比。然而，梅勒在其长达 59 年的文学生涯中发表了 11 本小说，其中并无任何与犹太性相关的内容。

1948 年，诺曼·梅勒基于自己第二次世界大战期间在军队服役的经历，创作了《裸者与死者》。该作品连续 62 周占据《纽约时报》畅销书榜单，被许多人奉为美国最好的战争小说之一，并入选现代文库"一百本最优秀的英文小说"。诺曼·梅勒的小说《刽子手之歌》（*The Executioner's Song*）讲述了杀人凶手盖雷·吉尔摩（Gary Gilmore）的故事，赢得了普利策小说奖。1992 年，诺曼·梅勒获得塔尔萨图书馆信托基金会颁发的佩吉·赫利默里奇年度杰出作者奖（Peggy V. Helmerich Distinguished Author Award）。2005 年，他获得了美国国家图书基金会的美国文学杰出贡献奖章（Medal for Distinguished Contribution to American Letters）。

此外，诺曼·梅勒被视为非虚构创意写作的开拓者，这一流派又被称为"新新闻写作"，它将小说的创作风格与手法运用于以事实为基础的新闻报道上，并将真实事件、自传、政治评论与小说的丰富多彩结合起来。诗人罗伯特·洛威尔（Robert Lowell，1917—1977）盛赞他是美国最好的记者。他的另一译名为罗伯特·洛厄尔，是一位以高超复杂的抒情诗、丰富的语言运用及社会批评而著称的美国诗人。他曾在哈佛大学求学，20世纪60年代后任教于哈佛大学，晚年常住英国。其代表作有获普利策文学奖的诗集《威尔利老爷的城堡》（*Lord Weary's Castle*，1946），1959年出版的"自白"诗集《人生研究》（*Life Studies*）于1960年获得美国国家图书奖，此外还著有诗集《给联邦死难烈士》（*For the Union Dead*，1964）等。

诺曼·梅勒的作品以其格调十足的悖逆传统和他对美国生活颇有争议的看法而闻名。由于他的作品具有很高的文学声誉，并且不带任何犹太特征，梅勒成为被美国主流同化的典型，他的文学创作完全无视犹太性。

然而在20世纪70年代，原本作为"少数"的犹太性变成了"多数"，这一时代也见证了另一种类型的美国犹太小说的诞生，以阿瑟·A. 科恩（Arthur A. Cohen）、休·尼森桑以及辛西娅·奥兹克为主要代表，他们崇尚将犹太传统规范作为创作标准。他们的小说"带有明显的犹太文学节奏、神学关怀和仪式意识"①，从而被路斯·维斯称为第二代美国犹太小说作家。

路斯·维斯指出，新一代的美国犹太作家从老一辈留给世人的遗产中汲取营养，"不再为狭隘主义这种真实或想象的罪名辩护，新一代犹太作家……更自由地探索犹太教的'部落'特征或

----

① Berger, Alan L. Jewish American Fiction. *Modern Judaism*. Baltimore: The Johns Hopkins University Press, 1990: 221.

其他排他层面"。①

此前索尔·贝娄、伯纳德·马拉默德和菲利普·罗斯只是偶尔将犹太文学传统、历史文化作为他们小说的重要部分，但第二代美国犹太作家总是将"犹太思想、文学先例和历史作为他们小说的重心"。因此，他们的创作普遍涉及犹太主题和价值观，以及对犹太教文本的参考，并引入了"米德拉西式叙事模式"（The Midrashic Narrative Mode）。这预示着美国犹太文学的复兴，在美国思想和文学史上留下了浓墨重彩的华章。

索尔·贝娄、伯纳德·马拉默德和菲利普·罗斯等著名前辈作家所采取的那种世俗的、人本主义视角早已不复存在，而在莫里斯·迪克斯坦（Morris Dickstein）看来，恰是这些作家"将犹太人带入了现代美国文学却将犹太教摒弃在外"②。路斯·维斯则认为，正在崛起的犹太作家所关注的，不是"犹太背景下的社会或心理遗产，而是在看似合理的神话中犹太教的国家设想和宗教命运"。③

因此，第二代美国犹太作家的创作特征，不光体现在以犹太人或者犹太文化为创作背景的作品数量上，也体现在作品的视角上，如对宗教问题的关注。残存的以世俗的"倒霉蛋"模式为表

---

① Wisse, Ruth. Jewish American Writing, Act II. *Commentary* 1976, 61: 40-41.

② Dickstein, Morris. Ghost Stories: The New Wave of Jewish Writing. *Tikkun* 1987, 12: 34.

③ Wisse, Ruth. Jewish American Writing, Act II . *Commentary* 1976, 61: 40.

现手法的犹太性被"带有更浓厚的宗教色彩的作品"所取代，犹太教被引入文学作品中。S. 莉莲·克雷默（S. Lillian Kremer）指出："大量当代美国犹太小说因对犹太道德标准的坚守和对犹太教文本的引用而普遍带有犹太特征。"①

尽管如此，第二代美国犹太作家的创作风格各异，在文学作品中凸显犹太传统文化与民族特色的方式多样。其中，阿尔弗雷德·卡津（Alfred Kazin, 1915—1998）和阿瑟·A. 科恩由于对"犹太作家"身份的理解各异而呈现出两种截然不同的模式。

美国社会文化批评家阿尔弗雷德·卡津摒弃将犹太文化的普世化视为"感伤主义传统生发出来的美国产物"的观点，推崇犹太传统文化——"希伯来文化"，即希伯来《圣经》中先知们代表的宗教立场、伦理道德意识。1951年，卡津在自传《城市行人》（*A Walker in the City*）中，将自己塑造成一个受犹太传统文化影响，受神明启示，通过英译的祷词与上帝直接交流的男孩。卡津评论拉尔夫·瓦尔多·爱默生（Ralph Waldo Emerson）和沃尔特·惠特曼（Walt Whitman）的作品彰显出他与犹太传统文化的接触充满热情奔放、富有个性的浪漫主义色彩。阿尔弗雷德·卡津不希望文学受到政治的制约，声称自己独立于任何传统的唯信仰论者（antinomian，唯信仰论：维多利亚时代盛行的理论，认为律法

---

① Kremer, Lillian S. Post-Alienation: Recent Directions in Jewish-American Literature. *Contemporary Literature*.Vol.34, No.3, Special Issue: *Contemporary Jewish American Literature*. University of Wisconsin Press, Autumn, 1993: 571.

比起上帝的恩宠来是不值一提的），同时他也承认自己受犹太教规的约束与影响，坚持文学的标准和道德的关怀。

有别于阿尔弗雷德·卡津的"浪漫"，阿瑟·A. 科恩呈现了另一种犹太文学创作模式。科恩起初自称为"犹太神学家"，之后转而创作小说，最终转向介于神学和文学之间的独特体裁的创作。科恩否定欧文·豪提出的真正的犹太身份离不开犹太小镇或下东城这样的民族空间的假说，认为真正的犹太人兼具宗教天命和自然命运。他"赋予了文学表现犹太宗教命运的特殊范式的使命"，其中最为突出的范式就是"流亡"或"加路特"（Galut），并于1973 年在《西蒙斯特恩的时代》（*In the Days of Simon Stern*）中对这一范式的意义和可能性进行了论述。[1] 总而言之，犹太神学作家科恩创造了一个神话，体现了他将"流亡"作为犹太人存在的基石这一形而上的观念。

简而言之，基于他们对"犹太作家"身份的不同解读，阿尔弗雷德·卡津和阿瑟·A. 科恩分别以浪漫主义和神学模式将犹太传统文化注入作品中。

阿伦·L. 白尔杰（Alan L. Berger）提出："20 世纪80 年代形成了美国犹太文学写作的第三代。"[2]

----

[1] Levinson, Julian Arnold. *The Messiah is Uptown: Jewish Literary Practice in Postwar America*. Dissertation. Columbia University, 2000: 8.

[2] Berger, Alan L. Jewish American Fiction. *Modern Judaism*. Baltimore: The Johns Hopkins University Press, 1990: 221.

首先，涌现了如休·尼森桑、辛西娅·奥兹克、查姆·波托克（Chaim Potok）、托娃·莱赫（Tova Reich）、阿内·罗菲（Anne Roiphe）等知名作家，其犹太性体现在他们更多地利用传统犹太人物和经典文本讲述现代故事，他们对犹太历史的复杂性有着米德拉西式的理解，并且保有对犹太人生存的神学含义的强烈意识，而不是担心"基督徒会怎么想"。

其次，也出现了托马斯·弗里德曼（Thomas Friedman）、阿莱格拉·古德曼（Allegra Goodman）、罗达·勒曼（Rhoda Lerman）和史蒂夫·施特恩（Steve Stern）等新兴作家，他们因为坚持"用犹太神话和神秘主义来想象"而有别于其他作家。①

最后，20 世纪 80 年代的美国犹太小说的一个特点是对大屠杀的关注，这是 20 世纪犹太历史的两个重要事件之一，另一个是以色列国的建立。

直到 20 世纪 60 年代后期，大屠杀都并非美国犹太小说的常见主题，只有爱德华·刘易斯·沃伦特（Edward Lewis Wallant，1926—1962）的《典当商》（*The Pawnbroker*，1961）有所触及。从此时起，以文学叙事呈现大屠杀的作品不断涌现，引发了关于历史和文化记忆的话题，代表作品有索尔·贝娄的《萨姆勒先生的星球》（*Mr. Sammler's Planet*，1971）、菲利普·罗斯的《鬼作家》

....

① Berger, Alan L. Jewish American Fiction. *Modern Judaism*. Baltimore: The Johns Hopkins University Press, 1990: 222.

（*The Ghost Writer*，1979）、阿特·斯皮格曼（美国作家、漫画家，Art Spiegelman，1947— ）的《鼠族》（*Maus*，1991）。这些作品将犹太幸存者塑造成"大屠杀"的"次要证人"，提出了幸存者出于各自的目的在讲述遇难者的故事时记忆偏颇等重要问题，但对文学反应的关注往往盖过了对文学创作过程本身的关注。犹太作家被定位成集体创伤的代言人，用 S. 莉莲·克雷默的话来说，被定位成历史的"证人"。就大屠杀文学叙事所体现的犹太性来说，"美国犹太人已经将真实材料改编成虚构的世界，将历史人物融入其中，并依赖文献材料创造出一个小说式的大屠杀世界"。① 如莱斯利·爱泼斯坦（Leslie Epstein）根据罗兹贫民窟（The Lodz ghetto）的历史文献创作了《犹太人之王》（*King's of the Jews*，1989）；诺玛·罗森（Norma Rosen）将艾希曼审判（The Eichmann trial）中的文献材料融入了《触摸邪恶》（*Touching Evil*，1969）中；苏珊·福隆伯格·谢弗（Susan Fromberg Schaeffer，1940—2011）在《安雅》（*Anya*，1974）中描绘了维尔纳贫民窟和凯瑟瓦德劳教所（Kaiserwald labor camp），她的创作素材源于与幸存者的多次访谈；玛吉·皮尔斯（Marge Piercy，1936— ）在史诗般的战争小说《从军去了》（*Gone to Soldiers*，1988）中描述了多条民事和军

---

① Kremer, Lillian S. Post-Alienation: Recent Directions in Jewish-American Literature. *Contemporary Literature*.Vol.34, No.3, Special Issue: *Contemporary Jewish American Literature*. University of Wisconsin Press, Autumn, 1993: 576.

事战线，树立了"研究小说"的典范。总的来说，文学是反映社会的棱镜，S. 莉莲・克雷默认为作家的"忠于事实主要是通过小说这面棱镜来呈现"[①]。

自 20 世纪 90 年代以来，像阿莱格拉・古德曼、史蒂夫・施特恩和玛拉・戈德堡（Myra Goldberg）这样年轻的犹太作家一直在他们的文学创作和家族先辈已经放弃了的犹太教中寻求一种身份认同。[②]

进入 21 世纪，犹太性也染上了犹太传统与现代创新相互碰撞下的共同产物的色彩。一些作家对传统小说创作持质疑甚至否定的态度，如诺纳德・苏可尼克（Ronald Sukenick，1932—2004）在罗兰・巴特（Roland Barthes，1915—1980）宣告"作者之死"之后，进一步提出了"小说之死"。苏可尼克认为，被消解的有"现实""时间"或者"人物性格"。一些犹太作家将后现代文学手法、存在主义与流畅易读的创作风格加以结合，放入由偶然和荒诞主宰的小说世界中，其中就包括集小说家、诗人、剧作家、翻译家、电影导演于一身的保罗・奥斯特（Paul Auster，1947— ）。犹太主题如"父与子""牺牲与救赎"一直困扰着奥斯特，他同时也关

....

① Kremer, Lillian S. Post-Alienation: Recent Directions in Jewish-American Literature. *Contemporary Literature*.Vol.34, No.3, Special Issue: *Contemporary Jewish American Literature*. University of Wisconsin Press, Autumn, 1993: 577.

② Levinson. Julian Arnold. *The Messiah is Uptown: Jewish Literary Practice in Postwar America*. Dissertation. Columbia University, 2000: 2.

注犹太人对写作的态度："为了玩神圣又严肃的文本游戏，更为了见证与铭记。"[1] 有些犹太作家，如 E. L. 多克托罗，其作品的吸引力就在于对后现代世界的仿真呈现。

　　综上所述，在 20 世纪 60 年代与 20 世纪 70 年代早期，美国犹太小说的主要特征体现在书写一种世俗的"倒霉蛋"模式、以道德精神为内涵的犹太性。到了 20 世纪 70 年代，犹太性的文学书写表现在"带有更多宗教色彩的作品"的出现，虽然其表现模式并不相同。20 世纪 80 年代，美国犹太小说中的犹太性的艺术呈现已转向以传统人物和经典文本为特质，利用犹太神话和神秘主义的素材来进行文学想象，并且以文献资料为基础对大屠杀进行呈现，坚持历史真实性。20 世纪 90 年代以来，犹太写作为了寻找犹太身份而再度对犹太传统进行探索。进入 21 世纪，文学叙事呈现的犹太性表现出不同类型的创新。总体而言，犹太性在当代美国文学不同时期的呈现主要体现在三个层面，即道德意识、犹太教渗透，以及在大屠杀的呈现中坚守对历史的忠实。

---

[1] Finkelstein, Norman. *The Ritual of New Creation*. Albany: State University of New York Press, 1992.

第五章　犹太性的女性书写
——辛西娅·奥兹克笔下的犹太性

在"第二代美国犹太写作"即"美国犹太文学的复兴"中,[①]辛西娅·奥兹克作为公认的"领军人物",有意识地将自己定位为犹太作家。奥兹克文学创作的突出特征是书写真实的犹太性。

第一节　辛西娅·奥兹克笔下的犹太性含义

奥兹克力图解决作为犹太人、女性和流散作家三种身份间的冲突,从道德角度对三种身份间的冲突进行了衡量,并坚持在流散空间中将代表故园的"少数"与代表他乡的"多数"融合,试

---

① Kremer, Lillian S. Post-Alienation: Recent Directions in Jewish-American Literature. *Contemporary Literature*.Vol.34, No.3, Special Issue: *Contemporary Jewish American Literature*. University of Wisconsin Press, Autumn, 1993: 572 .

图在她的文学创作中将"少数"凸显出来，也由此彰显其犹太性。奥兹克从道德角度凸显这一"少数"主要源自她在流散空间中面临的犹太人和作家身份间的冲突，以及她作为一名犹太女作家面临的冲突，这两者都是犹太性在流散中作为少数被边缘化的结果。

在美国，尽管犹太教和犹太性已不再"决定"或"影响"大多数犹太人的"认知和行为世界"，但奥兹克坚守美国犹太文学的民族性，声称犹太人在流散中创作的小说，除了"以犹太性或以民族性为中心"的作品，其他并不具有深远价值①。同样，她坚持犹太教对犹太人身份的重要性。奥兹克在她的散文中详述了犹太人的愿景，试图定义犹太性，从而将自己与许多美国犹太作家区分开来，犹太性对这些人来说不需要特意去否定或界定。

尽管"对于如何定义犹太性，仅有的共识就是没有共识"②，但奥兹克首次将犹太性定义为五个层面："与上帝订立盟约③，融入历史，反偶像崇拜，区别于其他宗教，崇尚学习"④。

....

① Ozick, Cynthia. Innovation and Redemption: What Literature Means. *Art & Ardor*. New York: E. P. Dutton，1983: 155.

② Brauner, David. *Post-War Jewish Fiction: Ambivalence, Self-Explanation and Transatlantic Connections*. New York: Palgrave, 2001: 3.

③ Ozick, Cynthia. *Art & Ardor*. New York: E. P. Dutton, 1983: 123.

④ Cooper, Janet L. Triangles of History and the Slippery Slope of Jewish American Identity in Two Stories by Cynthia Ozick. *MELUS* 2000, 25(1): 181-195.

一、与上帝订立盟约

1970 年 11 月辛西娅·奥兹克在《评论》上发表了《贝克，转瞬即逝》（"Bech，Passing"）。文中，奥兹克认为约翰·厄普代克创造了一个"没有神学色彩"的"犹太"主角。[①] 奥兹克认为，厄普代克是"隐秘的基督徒，反面的马拉诺，藏在泳衣内庆祝耶稣的身体"[②]，他笔下的"神圣的犹太人形象"缺乏想象，因此他的主角也缺乏犹太身份的本质。

> 像贝克这样的犹太作家（我自己也认识一个）从俄罗斯经过而从未想起以往大屠杀的地点，从未嗅到一个犹太同胞的气息……（但是贝克所说）斯拉夫人口中的"犹太农民"有一种愚蠢的自相矛盾——农民在土地上劳作，犹太人却被迫与故土分离。……如果有"犹太农民"，那么就不可能会有犹太复国主义，也没有以色列这个国家……贝克！……尽管你长着犹太人的鼻子和头发，你——作为犹太人来说——是个彻底的蠢货。[③]

① Ozick, Cynthia. Bech, Passing. *Art & Ardor*. New York: E. P. Durton, 1983: 113.

② Ozick, Cynthia. Bech, Passing. *Art & Ardor*. New York: E. P. Durton, 1983: 115.

③ Ozick, Cynthia. Bech, Passing. *Art & Ardor*. New York: E. P. Durton, 1983: 117.

奥兹克进一步将厄普代克"创作的失败"[①]归因于他的愚蠢，认为他没有理解犹太人的本质：

> 作为犹太人不只意味着身具卷发的外形，还有被异化和边缘化的情感。简单来说：作为犹太人意味着与上帝订立盟约。或者，如果没有如此坚定，至少要意识到订立神约的可能性。或者至少要了解"神约"本身。……如果作为犹太人就意味着成为立约者，那么在没有考虑到这一点的情况下塑造犹太形象也就完全不得要领。[②]

因此，奥兹克认为犹太性的要领就是立约，遵守或者说忠实于和上帝的盟约，以维持完整的犹太身份。

二、融入历史

奥兹克在其论文《比亚利克的暗示》（"Bialik's Hint"）中谈及犹太性时表示，她深感沮丧是因为看到许多美国犹太作家以舍弃犹太人的历史记忆和犹太文明为代价，以求得在美国主流文化中的一席之位。作为犹太人就意味着你的民族历史悠久，作为犹太人还意味着你是以海洋文化为特质的犹太文明的一员。然而，一些"犹太出身"的作家笔下的故事缥缈虚无，他们一味追求吸

---

① Ozick, Cynthia. Bech, Passing. *Art & Ardor*. New York: E. P. Durton, 1983: 169.

② Ozick, Cynthia. Bech, Passing. *Art & Ardor*. New York: E. P. Durton, 1983: 123.

引美国读者的异国情调。在奥兹克看来，他们丢失了犹太身份的完整性。奥兹克尊重犹太历史，关注族人对犹太历史的记忆，注重将犹太性置于历史语境下进行探究。在她眼中，历史就是"判断和解释"，而个人身份认同与历史密切相关。

三、反偶像崇拜

《旧约圣经》中有十条诫命。第一条是"除了我以外，你不可有别的神。"第二条是"不可为自己雕刻偶像，也不可做什么形像，仿佛上天、下地和地底下、水中的百物，不可跪拜那些像，也不可事奉它。"（《圣经·出埃及记》20:3-4）按照奥兹克的设想，以一神教为特征的犹太教的精神内核是自亚伯拉罕时代以来将犹太教与其他宗教区别开的对偶像崇拜的禁忌[①]；换言之，犹太教的核心诫命是反偶像崇拜，犹太人必须遵守第二条诫命并抵制偶像崇拜。奥兹克在《文学即偶像：哈罗德·布鲁姆》（"Literature as Idol: Harold Bloom"，1983）中进一步阐明了她的观点：

> 在其他宗教里使用祭祀图像是被允许的，但在只崇拜一个神的一神教（犹太教）中"偶像崇拜"一词常常被回避，或是顺其自然地被否定。因此，从"神学上"定义的"反偶像崇拜"是对犹太人最有用可能也是最简洁的描述——它以否定的方式表明：犹太人抵制偶像，他们最不希望成

[①] Strandberg,Victor. *Greek Mind/Jewish Soule: The Conflicted Art of Cynthm Ozick*. Madison: University of Wisconsin Press, 1994: 22.

为像他拉（Terach）这样的偶像崇拜制造者。①

此外，作为小说家，辛西娅·奥兹克认为抵制偶像崇拜是一种使命，坚持认为"对我来说，反偶像崇拜的诫命与今日美国犹太作家的定位息息相关"。②

四、区别于其他宗教

辛西娅·奥兹克认为犹太传统思想和道德理念有两个核心标准，一是"反偶像崇拜"，二是"区分"或"区别"（区别于其他宗教的特质）。③ 这两者各自独立又相互关联。正是反偶像崇拜导致了"区别"：一神宗教与多神宗教的区别，一元文化与多元文化的区别，宗教保守落后禁欲与开明科学理性人文因素的区别，基要主义（Fundamentalism，另译为原教旨主义）与世俗化主义的区别。

五、崇尚学习

辛西娅·奥兹克认为，学习是发掘犹太文化本质的有效途径。犹太人强调学习和表达作为文化传播的手段有悠久的历史根源。

---

① Ozick, Cynthia. Literature as Idol: Harold Bloom. *Art & Ardor*. New York: E. P. Dutton, 1983: 188.

② Ozick, Cynthia. Towards a New Yiddish. *Art & Ardor*. New York: E. P. Dutton, 1983: 165.

③ Ozick, Cynthia. Bialik's Hint. *Metaphor & Memory*. New York: Alfred A. Knopf, 1989: 224.

自古时起,《以色列啊,你要听!》("Hear, O Israel",出自《圣经·申命记》4:1—6:1,3)就被改编为犹太礼仪的主要祷词,体现犹太人对教育的重视、对学习的看重。就辛西娅·奥兹克的个人经历而言(见后文之辛西娅·奥兹克年谱),"我的阅读视野越来越狭窄,学习变得越来越紧迫。……我阅读主要是为了……思考、探寻作为一个犹太人意味着什么"。①事实上,强调学习、重视教育都意味着注重"犹太知识"(犹太知识并非广义上的学问、常识和经验,而是托拉、思想、文学、艺术、伦理和历史,是犹太最富活力的道德、精神的升华和挖掘)②、遗产的传承以及区别于其他宗教的能力,因此,它是犹太性得以延续的一种保证。

综上所述,辛西娅·奥兹克将犹太性定义为"与上帝订立盟约,融入历史,反偶像崇拜,区别于其他宗教,崇尚学习",这五个层面互有重叠交汇之处。熟悉犹太文化、犹太教的人不难发现,"立约"是基准,"反偶像崇拜""忠实于记忆历史"(融入历史)更多的是一种应遵守的行为规范,而"与其他宗教的区别"和"崇尚学习"则是保持犹太性的手段与途径。

辛西娅·奥兹克重视美国犹太文学中犹太性的呈现,明确承认自己犹太作家的身份,这一点将她和同时代其他作家区分开来。

---

① Ozick, Cynthia. Towards a New Yiddish. *Art & Ardor*. New York: E. P. Dutton, 1983: 157.

② Ozick, Cynthia. Notes Toward Finding the Right Question. *On Being a Jewish Feminist*, ed. Susannah Heschel. New York: Schocken Books, 1995: 136.

此外，在流散背景下，辛西娅·奥兹克就如何平衡犹太教和富有想象力的书写进行的探索，比其他任何美国犹太作家都多。她的作品通过消解她作为一个有观察力的犹太人、一个女人和一个美国作家之间的冲突，很好地反映了她为犹太性的普世化而做出的努力。这三者也是她在流散背景下自我身份构建的要素。

具体而言，作为一名犹太作家，她一直在尊重犹太传统与反偶像崇拜、按照神约侍奉上帝的承诺、犹太人对记忆历史的坚持以及她对文学作为创意艺术的尊崇之间挣扎。她在探索"创造的事实和想法对于文学创作的犹太人意味着什么"[①]。作为一名犹太女作家，她一方面否认男女在想象力方面的差距，声称想象力是无性别的，另一方面创造了"思想的厄洛斯"（Eros of ideas），试图为正统犹太教中的性别歧视做出女权主义修正。

正如本书前文所述，美国犹太小说中呈现的当代犹太性特征为传统道德意识、犹太文化与历史以及在大屠杀文学叙事中对历史事实的坚持这三者之间的相互渗透。

辛西娅·奥兹克丰富并拓展了当代犹太性的内涵，于流散空间中彰显道德意识是奥兹克以文学叙事书写犹太性的主要方式和途径。她的小说将代表故园的"少数"与代表他乡的"多数"融合，通过对犹太性和"沦为偶像的文学叙事"、犹太性和历史呈现方式、

---

① Parrish, Timothy L. Creation's Covenant: The Art of Cynthia Ozick. *Texas Studies in Literature and Language* 2001, 43(4): 440.

犹太性和女性书写、犹太性和文学叙事策略之间冲突的考量，凸显道德意识：其一，在对写作的思考、研磨中，她将道德精神与犹太教渗透融合在一起，坚持抵制偶像崇拜，以解决犹太一神论和作为偶像的文学之间的冲突，并进一步在她的文学实践中凸显反偶像崇拜和代表故园的"少数"。其二，奥兹克小说对道德意识的凸显体现为她对犹太记忆的构建和解构，坚持历史性与艺术表现之间的平衡，以及她就大屠杀的米德拉西式叙事表明历史就是判断和解释，倡导书写真实的犹太性。与此同时，她通过对正统犹太教性别歧视的道德判断，丰富了犹太教渗透的内涵，塑造了奥兹克式犹太女性形象，突出了"思想的厄洛斯"。其三，她赋予后现代主义文学叙事策略以现实功用，即目的明确地坚持犹太性。

简言之，辛西娅·奥兹克小说中的犹太性体现为 —— 她试图借文学尝试消解流散空间中代表故园的"少数"与代表他乡的"多数"之间的冲突 —— 凸显犹太道德意识。

第二节　女性书写和"犹太性"的 "艺术性"与"历史性"呈现

辛西娅·奥兹克小说中犹太性的特征及其文学呈现具体体现在犹太性和文学叙事、犹太性与历史呈现、犹太性与女性写作以及犹太性与叙事策略的冲突张力上。

辛西娅·奥兹克丰富并拓展了当代犹太性的内涵，由此丰富了当代犹太文化。最重要的一点是，她将道德风尚与坚持反偶像崇拜的信仰融合在一起，解决了犹太一神论和"文学即偶像"之间的冲突，并在文学作品中强调了反偶像崇拜这一观点。辛西娅·奥兹克认为自己与阿尔弗雷德·卡津和阿瑟·A. 科恩不同，卡津是受浪漫主义影响的犹太教教徒，科恩被称为"犹太神学家"，自己却是引发了犹太教与文学创作之间的冲突的犹太女作家。辛西娅·奥兹克坚持认为，宗教情感在文学创作过程中始终发挥重要作用。事实上，她在《迈向新意第绪语》（"Towards a New Yiddish"）中甚至说："世俗的犹太人形象是虚构的。当犹太人沦落成受世俗浸染的人时，就再不是犹太人。"[①] 辛西娅·奥兹克的小说创作是为上帝服务的，而不是违背上帝的诫命。

1993 年，辛西娅·奥兹克受访时表示："在犹太人认同的传统之外，有很多可以明确界定的犹太思想，并且这些思想独特不可复制"，"其中一个可以明确界定的思想即反偶像崇拜"[②]。此次受访前大约十五年，辛西娅·奥兹克在《文学即偶像：哈罗德·布鲁姆》中也强调了这一点："（正如'神学'所述）她认为描述犹太

---

① Ozick, Cynthia. Towards a New Yiddish. *Art & Ardor*. New York: E. P. Dutton, 1983: 165.

② Kauvar, Elaine M. *Cynthia Ozick's Fiction: Tradition and Invention*. Bloomington: Indiana University Press, 1993: 378.

人的唯一一种最有用的，也可能是最有效、最简洁的方式是：犹太人是不信奉偶像崇拜的人。"[①]

在文学创作中，辛西娅·奥兹克反对偶像崇拜，他乡"多数派"代表了她的"文学即偶像"的观点，"少数派"代表的是她忠诚于犹太教一神论（本质上是一种反偶像崇拜）。她在自我身份定位方面所表现出的矛盾源于她对流散背景下犹太人的认知和对犹太作家的解读，以及犹太信仰和文学创作实践之间的冲突。

辛西娅·奥兹克对待信仰的态度与对待自己的文学作品的态度一样，因此她陷入矛盾之中：一方面，她是观察力敏锐且虔诚侍奉上帝的犹太人，她反对偶像崇拜；另一方面，她是"文学崇拜者"，她认真写作，试图对每一个"标致又意蕴丰富"的句子精益求精[②]，追求"经典人物形象"（具有文学意义的偶像）的塑造。辛西娅·奥兹克认为作为作家的自己违背了反偶像崇拜的诫命。

偶像崇拜是《圣经》中最严重的罪行之一。《出埃及记》（Exodus）中记载，摩西带领希伯来人逃离埃及前往西奈山，在那里他获得了上帝的旨意，也就是后来的《摩西五经》或《摩西五书》。该书有十诫，其中第二诫写道："不可为自己雕刻偶像，也不可做什么形像，仿佛上天、下地和地底下水中的百物。不可

---

① Ozick, Cynthia. Literature as Idol: Harold Bloom. *Art & Ardor*. New York: E. P. Dutton, 1983: 178-179.

② Ozick, Cynthia. Bialik's Hint. *Metaphor & Memory*. New York: Alfred A. Knopf, 1989: 107-110.

跪拜那些像，也不可事奉它。"（《出埃及记》20：4-5）事实上，摩西与上帝之间的约定（也就是以色列人与上帝之间的约定）要求不可偶像崇拜。

正如辛西娅·奥兹克对哈罗德·布鲁姆（Harold Bloom）所说的那样，她自己"经常徘徊于他拉和亚伯拉罕（Abraham）之间"，她想知道"亚伯拉罕了解的事情"，但是也想要"他拉想要的东西"①。辛西娅·奥兹克既是"文学崇拜者"也是忠诚恭谨侍奉上帝的犹太人，因此就有了"一神论与形象塑造之间的冲突"②。两者谁放谁收？二者必取其一。在此前提下，作家可以大胆地运用自己的知识、才智创造一些全新的、完整的事物。

一、矛盾的"犹太作家"和"偶像制造"的文学

"矛盾修辞"（Oxymoron）法，是用两种不相调和甚至截然相反的词语来形容一件事物，起到强烈的修辞效果，使得所表达的语义更强烈。由于这种修辞格往往能产生一种出人意表的、引人入胜的效果，因此，它的使用频率在文学作品中是相当高的。

辛西娅·奥兹克在她的非小说类作品中，以悖论的方式委婉表明自己的犹太身份。对她而言，"犹太作家"一词可能就是修辞学家所称的矛盾修辞。一方面，辛西娅·奥兹克认为，"成为犹太人

----

① Ozick, Cynthia. *Art & Ardor*. New York: E. P. Dutton, 1983: 195.

② Kauvar, Elaine M. The Interview Conducted by Elaine M. Kauvar. *Contemporary Literature* 1985, 26(4):380.

意味着立约，或者说，如果至今没有进行立约，至少要意识到立约的可能，或者至少要知道'盟约'本身"①。因为在传统犹太教中，文学写作就是偶像崇拜，是明令禁止的，而想象力更是明令禁止的。她在《迈向新意第绪语》一文中指出："反偶像的诫命……与当今美国犹太小说作家的定位密切相关。"②另一方面，在她看来，也正因"文学即偶像，需满怀勇气与热情去创作"③。偶像崇拜是对一神论中的"神"以外的任何事物的崇拜，且偶像可以各种不同的形式出现：它们可以由思想、单词、音节组成，也可以是故事。

辛西娅·奥兹克在《文学即偶像：哈罗德·布鲁姆》中对偶像崇拜进行了探讨。她发现：

> 如果世界上有类似"犹太作家"这样的嵌合体 [chimera，本是指古希腊神话中的吐火兽 chim-aere，具有羊身蛇尾的怪物。生物学中的嵌合体是指同一个体中不同基因型的组织相互接触而存在的现象。动物中通常把同样的情况称为镶嵌（mosaic）]，那么它一定是半人半山羊的萨提尔或狮

① Ozick, Cynthia. Bech, Passing. *Art & Ardor*. New York: E. P. Dutton, 1983: 123.

② Ozick, Cynthia. Towards a New Yiddish. *Art & Ardor*. New York: E. P. Dutton, 1983: 165.

③ Ozick, Cynthia. Literature as Idol: Harold Bloom. *Art & Ardor*. New York: E. P. Dutton, 1983: 196.

身人面像或狮鹫或蛇身人面的伏羲那样的……它有时会像
亚伯拉罕那样纯净，更多时候会像他拉一样善变，而它的
这两种特质如影随形又相互争斗。[①]

对于辛西娅·奥兹克来说，"犹太作家"必须在"召唤"和"净化"
之间进行辩证转换。"召唤"力源于想象力和语言表征，而"净化"
则主要源于作家在文学创作实践中所表现出来的道德精神。其关
键在于犹太作家应该以何种方式，将"召唤的"想象力和语言表
征净化到何种程度，以满足犹太人的需求。

通过坚持"净化"亚伯拉罕和"召唤"他拉在文学创作中
的共存，辛西娅·奥兹克试图将象征犹太故园的"少数"的犹太
教反偶像崇拜融入代表美国流散他乡的"多数"的文学叙事，以
彰显于流散空间中建构的道德意识。因此，她的小说俨然成了论
坛，以想象力和语言作为文学叙事的典型特征，直面和探讨犹太
性与文学创作手段之间的冲突。一面是抵制偶像崇拜的犹太性（故
园"少数"），一面是语言崇拜（他乡"多数"），二者对抗碰撞下，
辛西娅·奥兹克的道德意识、道德观自然而然产生、形成。

奥兹克对犹太文学创作实践的解读（如"犹太作家""想象
力是文学创作的'血肉'""文学接受""文本阅读"等概念的提
出）与呈现凸显了偶像崇拜的道德意识。这在她的《异教徒拉比》

---

① Ozick, Cynthia. Literature as Idol: Harold Bloom. *Art & Ardor.* New York: E. P. Dutton, 1983: 198.

和《斯德哥尔摩的弥赛亚》两部文学作品中表现得淋漓尽致。

二、想象力与偶像崇拜 ——《异教徒拉比》

《异教徒拉比》是辛西娅·奥兹克早期的作品,发表于 1966 年,反映了犹太记忆的历史性和艺术性呈现之间的冲突。"《异教徒拉比》这一书名揭示了故事的主要矛盾,神圣与异教、自然与学习、潘神和摩西之间的冲突。"[①]

正如路斯·维斯所观察到的,19 世纪末和 20 世纪初,希伯来文和意第绪语的作品经常以拉比式的学生为典型,他们受到自然吸引,无心学习,纵情于"自然"生活的感官享乐。[②] 维斯认为,在诸如刻画了 S. Y. 阿布拉莫维奇(S. Y. Abramovitch)、哈伊姆·比亚利克(Chaim Bialik)以及索尔·托尼霍斯盖(Saul Tchernikhovsky)等人物形象的诗歌和故事中,"有着太阳、风暴、树木和河流的自然世界提供了一种与 Shtetl(尤指第二次世界大战前东欧的犹太人小村或小镇)文化截然不同的自由模型"[③]。《异教徒拉比》无疑是表现该主题的现代版本,书中讲述了一位杰出的塔木德式的学生,一个突然被大自然的美丽所诱惑的拉比的生

---

① Cooper Janet L. Triangles of History and the Slippery Slope of Jewish American Identity in Two Stories by Cynthia Ozick. *MELUS* 2000, 25(1): 183.

② Wisse, Ruth. Jewish American Writing, Act II. *Commentary* 1976, 61: 41.

③ Wisse, Ruth. Jewish American Writing, Act II. *Commentary* 1976, 61: 41.

活。故事对主角的内心冲突进行了浓墨重彩的描绘。

故事中，艾萨克·康菲尔（Isaac Kornfeld）是一位著名的密西拿经历史教授（Professor of Mishnaic History），酷爱收集《犹太教律法问答录》（*Responsa*，涉及犹太教本身感兴趣的每一个问题，如对《圣经》的评注、对《塔木德》的阐释、宗教问题、婚姻规则、商业律法等等）。后来他一发不可收拾地迷恋上自然，而在犹太教中，这种行为通常会被谴责为"偶像崇拜"。他鼓起勇气走进城市公园，在那里远足、收集浆果，探索自然的力量并恳求获得自然的回应。为了同大自然交流，他放弃了对犹太教法典的研究，抛妻弃女。最终，艾萨克·康菲尔实现了和树妖的结合，体验了"自从人类之父亚当被驱逐出伊甸园之后，就再没有人体会过的神奇、欢愉和醉心之感"[①]。因为贪婪地想要占有树妖，他的灵魂逃离并依附在树妖上。然而他狂妄的灵魂向艾萨克·康菲尔透露，"并不存在的树妖会撒谎"，"没有实体的东西会撒谎"，"如果你无法摆脱我，我就和你一起直到生命的尽头"[②]，这让艾萨克·康菲尔感到恐惧。由于他成功地将自己的身体和灵魂分离，他的肉身只能独自躺在坟墓里，他的灵魂却将永远"独自在'我'的

① Ozick, Cynthia. *The Pagan Rabbi. The Pagan Rabbi and Other Stories*. New York: Syracuse University Press, 1995: 32.

② Ozick, Cynthia. *The Pagan Rabbi. The Pagan Rabbi and Other Stories*. New York: Syracuse University Press, 1995: 36.

花园里……行走"①。艾萨克·康菲尔在绝望中呼唤自然世界的树妖帮助自己，因为艾萨克·康菲尔是为了树妖而放弃了自己的灵魂。但他并没有得到回应，只能伤心落泪。"本为了将神圣和自然融为一体，结果艾萨克·康菲尔同时失去了两者。"②心烦意乱的艾萨克·康菲尔用自己的祷告披肩（Tallit）在公园的树上上吊自杀。具有讽刺意味的是，故事的叙述过程就是"我"在心中针对自然和宗教与其他人物展开辩论与自辩、审视与自审、认同与否定的过程。

故事的特点在于其复调特征，既表现了话语的多样性，也呈现了复调叙事模式，这反映了辛西娅·奥兹克在创作早期对"犹太作家"的困惑和"虔诚的怀疑"，以及对"想象力"和"犹太人"的矛盾关系的思考，正是这种思考积极推动她的"道德想象力"和"礼拜式文学"的创作实践，在当代美国犹太文学创作领域自成一家。

（一）《异教徒拉比》中的多元话语

在巴赫金（1895—1975）的对话理论中，话语的多样性被称

---

① Ozick, Cynthia. *The Pagan Rabbi. The Pagan Rabbi and Other Stories*. New York: Syracuse University Press, 1995: 36.

② Cooper, Janet L. Triangles of History and the Slippery Slope of Jewish American Identity in Two Stories by Cynthia Ozick. *MELUS* 2000, 25(1): 188.

为"异质语"或"杂音",指艺术上呈现的各种各样的个人声音。巴赫金在《对话幻想》(*Dialogic Imagination*)中将这种多元话语描述为:

> 任何国家单一语言的内部分层为社会方言、特色群体行为语言、职业用语、行话、通用语言、世代流行语、各年龄段的语言、倾向性语言、机构语言、各种圈子和流行时尚语言……这部小说表达了高卢人对语言的一种看法,一种否认单一统一语言的绝对主义。①

在《异教徒拉比》中,三个主要人物都是犹太人——主角艾萨克·康菲尔、他的朋友即故事的无名叙述者"我",以及艾萨克·康菲尔的遗孀挈因德尔(Sheindel,另一译名为申黛尔)。这个故事是对他们各种话语的艺术呈现,这些话语都来自他们自己,任何人的声音都享有平等话语权,从而展开平等的对话交流。

"我"在拉比神学院同艾萨克·康菲尔同班,但读了两年后退学,先是做皮草生意,然后经营一家书店。挈因德尔出生于纳粹集中营,在大屠杀中幸存下来。当纳粹军队猛攻大门时,她被扔向电栅栏,碰巧电栅栏断电,侥幸捡了一条命。"她的脖子上有

---

① Bakhtin, Mikhail. *The Dialogic Imagination: Four Essays*. Trans. Caryl Emerson and Michael Holquist. Austin: The University of Texas Press, 1981: 366.

一个星形伤疤，是被一根倒刺割伤形成的。"①

挈因德尔坚信犹太人和异教徒之间存在不可逾越的"栅栏"，两者之间没有中间地带。她认为犹太律法就是栅栏，而她自己就在"栅栏"之内。挈因德尔坚守犹太人对女性礼节的要求，"时值七月，她头戴厚厚的黑色羊毛帽，把头发完完全全包裹起来"②。人们说话的时候，"挈因德尔坐在那儿纹丝不动，穿着长筒袜的婴儿在她的怀里睡着了"③。更重要的是，"她的母亲看不到，她的父亲也看不到，但她神奇地表现出来 —— 与她的年龄和性别完全不相符的表现"④。"栅栏"的隐喻揭示了挈因德尔对密西拿经文学的熟悉，比如《匹克·埃文特》（*Pirke Avot*，参见《父亲》的章节）高频使用了"栅栏"这一隐喻来阐明上帝话语的重要性以及采取保护措施的必要性。⑤ 密西拿经文学不仅是挈因德尔的一

....

① Ozick, Cynthia. The Pagan Rabbi. *The Pagan Rabbi and Other Stories*. New York: Syracuse University Press, 1995: 7.

② Ozick, Cynthia. The Pagan Rabbi. *The Pagan Rabbi and Other Stories*. New York: Syracuse University Press, 1995: 6.

③ Ozick, Cynthia. The Pagan Rabbi. *The Pagan Rabbi and Other Stories*. New York: Syracuse University Press, 1995: 6.

④ Ozick, Cynthia. The Pagan Rabbi. *The Pagan Rabbi and Other Stories*. New York: Syracuse University Press, 1995: 6.

⑤ Levinson, Julian Arnold. *The Messiah is Uptown: Jewish Literary Practice in Postwar America*. Dissertation. Columbia University, 2000: 170. UMI Number: 9985920.

个隐喻,同时也指故事中的一段题词。出自《匹克·埃文特》(*Pirke Avot*, 3∶7)的铭文写道:"拉比雅各布说:'他正在走路和学习',但随后停下来说道:'那棵树多可爱呀!'或者'这块休耕的田地是多么美丽!'——《圣经》认为这个人伤害了自身的存在。"①借助这样一段题词,辛西娅·奥兹克让读者做好心理准备,了解艾萨克·康菲尔所犯下的错误,这个错误比拉比雅各布所题的"伤害了自身的存在"还要严重。此外,这段题词是小说道德意识的呈现,因想象力和犹太性之间的困惑而生发故事,进而对道德价值赋予判断。

挈因德尔坚持犹太人的理念。用她的"栅栏"隐喻来说,她在"律法的篱笆之内"。与之相反,作为故事叙事者的"我"在"栅栏"的外面,"我"离开了神学院远离了犹太教徒,被带入了无神论者的世界,并与异教徒女孩结婚。艾萨克·康菲尔是否是犹太教教徒或异教徒呈现了故事的核心张力,因为"他规定了犹太律法的栅栏"②。

艾萨克·康菲尔的信、遗书和给自然的情书,记录了他的遭遇、他对自然的离奇迷恋和他的死亡结局。尽管在挈因德尔和故事叙事者"我"的对话现场,艾萨克·康菲尔"不在场",但他的声音、

① Ozick, Cynthia. The Pagan Rabbi. *The Pagan Rabbi and Other Stories*. New York: Syracuse University Press, 1995: 7.

② Ozick, Cynthia. The Pagan Rabbi. *The Pagan Rabbi and Other Stories*. New York: Syracuse University Press, 1995: 24.

意识都由信呈现出来为"在场"，是辛西娅·奥兹克将巴赫金不同声音、意识的平等对话理论用于创作中的具体实践。

（二）《异教徒拉比》的复调叙事特征

《异教徒拉比》采用了第一人称有限全知的叙述方式。辛西娅·奥兹克对"想象力"和"犹太性"之间关系的沉思，是通过"我"以复调模式呈现的。艾萨克·康菲尔的信由挈因德尔和"我"分别代为朗读，前半部分由挈因德尔阅读，后半部分由叙述者"我"阅读。在聆听和阅读时，"我"可以听到所有声音，每个声音都与"我"进行对话。因此，复调叙事包括艾萨克·康菲尔呈现在他的信中的声音、挈因德尔的解释和判断，以及"我"的声音。故事的展开实际上是"我"逐渐了解、怀疑、同意以及不同意其他声音的过程。故事充满碰撞和紧张，投身犹太教的挈因德尔"生而惧怕想象力"，远离犹太教的艾萨克·康菲尔却有着"超乎寻常的想象力"，不偏不倚的"我"在倾听与叙述之间对于他们各自的"想象力"和"犹太性"做出解释与判断。这暗示着辛西娅·奥兹克陷入"想象"与"犹太性"之间的关系以及"想象力"和"偶像崇拜"之间的斗争这一困境后的挣扎。

艾萨克·康菲尔告诉"我"："人应该有生活。"[①] 他用自己的祈

---

① Ozick, Cynthia. The Pagan Rabbi. *The Pagan Rabbi and Other Stories*. New York: Syracuse University Press, 1995: 6.

祷披肩上吊自杀,"对自己的生命犯下罪行"①,同时践行了犹太教教义,即"犹太人应埋在自己的祷告披肩里"②。艾萨克·康菲尔的言行矛盾呈现在"我"追忆往事的叙述中。

更多情况下,艾萨克·康菲尔的声音出现在他的信中,饱含着他充满矛盾的感受和抗争。他对于令自己神往的与树妖结合的描述,也反映了这种矛盾,"我开始哭泣,因为我确信我被一种强壮的动物掠夺了",相信"我被奸污了",并且"同时,……我肉体的每一个组织都感到深深的快慰与餍足,极乐之感并没有离开我的身体"③,"在我身上,我吸引了……欲望和满足,羸弱和力量,主宰和顺从,以及其他相互矛盾的情感体验"④。他也坦诚地揭示了这些感受造成的痛苦:"我在确信和怀疑之间徘徊。我不相信我的结论,因为我所有的经历都是昙花一现。所确信的一切,其来源都不确定。"⑤他乞求同情。他绝望地呼唤树妖:"可怜可怜

....

① Ozick, Cynthia. The Pagan Rabbi. *The Pagan Rabbi and Other Stories*. New York: Syracuse University Press, 1995: 5.

② Ozick, Cynthia. The Pagan Rabbi. *The Pagan Rabbi and Other Stories*. New York: Syracuse University Press, 1995: 5.

③ Ozick, Cynthia. The Pagan Rabbi. *The Pagan Rabbi and Other Stories*. New York: Syracuse University Press, 1995: 29.

④ Ozick, Cynthia. The Pagan Rabbi. *The Pagan Rabbi and Other Stories*. New York: Syracuse University Press, 1995: 30.

⑤ Ozick, Cynthia. The Pagan Rabbi. *The Pagan Rabbi and Other Stories*. New York: Syracuse University Press, 1995: 25-26.

我，回来！回来！回来！！！"①

艾萨克·康菲尔的痛苦挣扎只不过是辛西娅·奥兹克在创作早期为犹太性和作家的想象力之间的矛盾对立而痛苦挣扎的文学写照。其痛苦的根源在于以艾萨克·康菲尔为代表的想象力和以挈因德尔为代表的犹太性之间的碰撞与对抗。

对于想象力的态度的区别和想象能力的不同，区分了艾萨克·康菲尔和挈因德尔，构成了故事张力的主要来源。在叙述者眼中，艾萨克·康菲尔的想象力"非常出色"②，而挈因德尔"是那些天生畏惧想象力的人"③。"我"对他们的犹太性的判断，就像挈因德尔和"我"阅读艾萨克·康菲尔的信时，如同"我"的杯子一样，是"在中间的"④。

艾萨克·康菲尔的特点是富有卓越的想象。他给女儿们讲的睡前故事里，有"跳舞的老鼠""说话的云朵""嫁给一片枯草的乌龟""因为没有腿而流泪的石头""变成女孩儿的树"以及"一

....

① Ozick, Cynthia. The Pagan Rabbi. *The Pagan Rabbi and Other Stories*. New York: Syracuse University Press, 1995: 36.

② Ozick, Cynthia. The Pagan Rabbi. *The Pagan Rabbi and Other Stories*. New York: Syracuse University Press, 1995: 4.

③ Ozick, Cynthia. The Pagan Rabbi. *The Pagan Rabbi and Other Stories*. New York: Syracuse University Press, 1995: 14.

④ Ozick, Cynthia. The Pagan Rabbi. *The Pagan Rabbi and Other Stories*. New York: Syracuse University Press, 1995: 10.

只有灵魂的猪"。① 挈因德尔将这些统统称为杜撰的"黑暗故事"②，而"我"则对此感到嫉妒，因为在"我""可怕的童年里，父亲曾每个晚上都要求我朗读犹太经典，我饱受折磨"③。当谈到艾萨克·康菲尔的写作时，挈因德尔评论说："他写的只是童话故事"，"充满了精灵、仙女和神"，而"我惊异于她的仇恨"④。

作为复调叙事模式的焦点，"我"进一步反映出以艾萨克·康菲尔和挈因德尔为代表的对立双方在对想象力的态度和能力上的冲突和碰撞。此外，"我"的回应揭示了"我"的判断。

艾萨克·康菲尔对于灵魂的分类和自我放纵的历史重构表现出他卓越的想象力。对他而言，"地球上有两类灵魂：自由的和内在的"⑤，"这是我们的悲哀：我们的灵魂蕴含在我们身体之中，

① Ozick, Cynthia. The Pagan Rabbi. *The Pagan Rabbi and Other Stories*. New York: Syracuse University Press, 1995: 13.

② Ozick, Cynthia. The Pagan Rabbi. *The Pagan Rabbi and Other Stories*. New York: Syracuse University Press, 1995: 14.

③ Ozick, Cynthia. The Pagan Rabbi. *The Pagan Rabbi and Other Stories*. New York: Syracuse University Press, 1995: 13.

④ Ozick, Cynthia. The Pagan Rabbi. *The Pagan Rabbi and Other Stories*. New York: Syracuse University Press, 1995: 14.

⑤ Ozick, Cynthia. The Pagan Rabbi. *The Pagan Rabbi and Other Stories*. New York: Syracuse University Press, 1995: 21.

它占据着我们，我们蕴藏着它"①，而"植物的灵魂不在叶绿素中，如果愿意，植物的灵魂可以游荡，可以选择任何形式或形状"②。"我"此时的反应是要求挈因德尔停止阅读这封信，不要"再看这个东西，把它撕成碎片"，以免"毁了死者的荣誉"③。这种反应表明，他反对艾萨克·康菲尔的做法。然而，挈因德尔坚持"我没有毁掉他的荣誉，他根本就没有半点儿荣誉"，并声称"他是一个异教徒"④，"我"不禁反驳，"我的上帝……他不是老师吗？他不是学者吗？"⑤艾萨克·康菲尔接受"在一神概念中万物有灵论……完全合理的立场"，"甚至在法律的栅栏之内，其连续和隐蔽性在历史中可见一斑"⑥。他认为："在上帝丰富的创造中，不存在偶像

① Ozick, Cynthia. The Pagan Rabbi. *The Pagan Rabbi and Other Stories*. New York: Syracuse University Press, 1995: 21.

② Ozick, Cynthia. The Pagan Rabbi. *The Pagan Rabbi and Other Stories*. New York: Syracuse University Press, 1995: 21.

③ Ozick, Cynthia. The Pagan Rabbi. *The Pagan Rabbi and Other Stories*. New York: Syracuse University Press, 1995: 22.

④ Ozick, Cynthia. The Pagan Rabbi. *The Pagan Rabbi and Other Stories*. New York: Syracuse University Press, 1995: 22.

⑤ Ozick, Cynthia. The Pagan Rabbi. *The Pagan Rabbi and Other Stories*. New York: Syracuse University Press, 1995: 22.

⑥ Ozick, Cynthia. The Pagan Rabbi. *The Pagan Rabbi and Other Stories*. New York: Syracuse University Press, 1995: 20.

崇拜的可能性，因此不可能实施这种所谓的可憎行为。"①艾萨克・康菲尔试图将他的万物有灵论视为无偶像崇拜，他宣称"是虚假的历史，虚假的哲学和虚假的宗教，告诉我们世人生活在物质之中……没有什么是死的。没有非生命"。他虚构了《圣经》的历史：

> 摩西没能教导那些自由的灵魂，这并非出于无知……这是上帝的旨意，我们的祖先不应再成为奴隶。然而，我们的祖先是固执的，如果他们了解了自由的灵魂，就不会放弃在埃及的奴隶制度。他们会说："让我们留下来，我们的身体将继续在埃及受着奴役，但我们的灵魂会在锡安愉快地游走。"②

因此，事情的症结就是想象和想象的结果。艾萨克・康菲尔的想象力与历史有关，然而，这是历史的杰作。这是为了满足艾萨克・康菲尔自然崇拜的个人需求，使明显的偶像崇拜做法显得不那么具有偶像崇拜性。

毕竟，虽然偶像崇拜具有"消除人类怜悯"③的作用，但道德判断应该考虑到人性内在的混淆和困惑，并对此有所理解。当艾

① Ozick, Cynthia. The Pagan Rabbi. *The Pagan Rabbi and Other Stories*. New York: Syracuse University Press, 1995: 21.

② Ozick, Cynthia. The Pagan Rabbi. *The Pagan Rabbi and Other Stories*. New York: Syracuse University Press, 1995: 22.

③ Ozick, Cynthia. Literature as Idol: Harold Bloom. *Art & Ardor*. New York: E. P. Dutton, 1983: 190.

萨克·康菲尔"想到人的身体如何不比一个陶罐好，这是个我们的圣人都没有反驳过的事实，那么'我'（艾萨克·康菲尔）认为，一个内在的灵魂，就该附在陶器之内，直到最后变成残存的碎屑和谷物消失融入泥土中"①。他"感到悲伤，沉浸在自怜之中"，想出了"非凡的思想"，它"发人深省、深刻并且实用"②。——"只要我能够与一个自由的灵魂结合，这种联系的力量可能会把我自己的灵魂从我的身体上夺走——抓住它，就像用一把钳子把它拉出来一样……为了自己的自由。"③ 对于"我"来说，艾萨克·康菲尔"迷迷糊糊地……为了坚定的支持"，"在无光的黑暗中，挣扎着……伴随着奇异的恐慌"，"我看到她在挈因德尔的脸上匍匐着一阵冷笑"④。对于"我"而言，艾萨克·康菲尔"是个学生，他坐着思考，认为自己是个犹太人"，"一位学者，一个拉比。一位杰出的犹太人！"而挈因德尔"吐出愤怒的笑声"⑤，并认为"他

....

① Ozick, Cynthia. The Pagan Rabbi. *The Pagan Rabbi and Other Stories*. New York: Syracuse University Press, 1995: 26.

② Ozick, Cynthia. The Pagan Rabbi. *The Pagan Rabbi and Other Stories*. New York: Syracuse University Press, 1995: 27.

③ Ozick, Cynthia. The Pagan Rabbi. *The Pagan Rabbi and Other Stories*. New York: Syracuse University Press, 1995: 28.

④ Ozick, Cynthia. The Pagan Rabbi. *The Pagan Rabbi and Other Stories*. New York: Syracuse University Press, 1995: 28.

⑤ Ozick, Cynthia. The Pagan Rabbi. *The Pagan Rabbi and Other Stories*. New York: Syracuse University Press, 1995: 12.

从来不是犹太人"①。

由于"我"的道德判断，随着"我"对艾萨克·康菲尔和挈因德尔态度的变化，对于想象力和犹太性二者之间关系的思考进一步加深。

"我"第一次看到挈因德尔时，"我立刻爱上了她"②，并且"因为挈因德尔而嫉妒他（艾萨克·康菲尔）"③，但在艾萨克·康菲尔去世后，当"我"来到她面前的时候，"她的声音里带着讽刺的意味，这让我感到惊讶"，她甚至问道，"既然你有探寻的冲动，你有没有一探究竟④。"我"认为"我到这儿来真是办了件蠢事"⑤，"我"不得不提醒她："你的丈夫雷贝斯·艾萨克·康菲尔（Rebbetzin Isaac Kornfeld）是一位拉比！"⑥"但她只是嘲笑，没有觉得心烦

① Ozick, Cynthia. The Pagan Rabbi. *The Pagan Rabbi and Other Stories*. New York: Syracuse University Press, 1995: 23.

② Ozick, Cynthia. The Pagan Rabbi. *The Pagan Rabbi and Other Stories*. New York: Syracuse University Press, 1995: 5.

③ Ozick, Cynthia. The Pagan Rabbi. *The Pagan Rabbi and Other Stories*. New York: Syracuse University Press, 1995: 6.

④ Ozick, Cynthia. The Pagan Rabbi. *The Pagan Rabbi and Other Stories*. New York: Syracuse University Press, 1995: 10.

⑤ Ozick, Cynthia. The Pagan Rabbi. *The Pagan Rabbi and Other Stories*. New York: Syracuse University Press, 1995: 11.

⑥ Ozick, Cynthia. The Pagan Rabbi. *The Pagan Rabbi and Other Stories*. New York: Syracuse University Press, 1995: 11.

意乱。"①

在读过艾萨克·康菲尔的笔记后，"我"又去见挈因德尔，"因为一个想法，一段时间以后，当事情显得自然而然之后，我想要娶艾萨克·康菲尔的遗孀"②。令他失望的是，她在阅读这封信时的声音"让我想起了我的父亲，让人无法原谅"③。

"我"聆听艾萨克·康菲尔对自由灵魂存在的信仰和对《圣经》历史的曲解时，感到"在一瞬间有一种感觉——这完全是模糊的"④。然后"我"回忆起童年时期的"洞察危机"，并看到"他站在可能性的一面：他既神志清醒，富有灵感。他的目的不是积累奥秘而是将其驱散"⑤，这与挈因德尔所描述的经历相符："越虔诚，越怀疑"⑥，"我"大声喊出"这一切精彩绝伦"，"这个人是天才"，"我

....

① Ozick, Cynthia. The Pagan Rabbi. *The Pagan Rabbi and Other Stories*. New York: Syracuse University Press, 1995: 18.

② Ozick, Cynthia. The Pagan Rabbi. *The Pagan Rabbi and Other Stories*. New York: Syracuse University Press, 1995: 18.

③ Ozick, Cynthia. The Pagan Rabbi. *The Pagan Rabbi and Other Stories*. New York: Syracuse University Press, 1995: 21.

④ Ozick, Cynthia. The Pagan Rabbi. *The Pagan Rabbi and Other Stories*. New York: Syracuse University Press, 1995: 23.

⑤ Ozick, Cynthia. The Pagan Rabbi. *The Pagan Rabbi and Other Stories*. New York: Syracuse University Press, 1995: 23.

⑥ Ozick, Cynthia. The Pagan Rabbi. *The Pagan Rabbi and Other Stories*. New York: Syracuse University Press, 1995: 25.

抓住了拥挤的一面"①，并且开始大声朗读。

当"我"要求挈因德尔停止阅读这封信时，"我"为艾萨克・康菲尔的偶像崇拜的行为感到羞愧。当"我"抢走这封信自己阅读时，"我"开始尊重艾萨克・康菲尔虔诚的怀疑主义，并理解了他在"无畏的恐慌"中挣扎。艾萨克・康菲尔只是在实践挈因德尔所说的"摒除紧紧缠住律法栅栏的葡萄树"，"为了纯洁创造自由"。他努力争取律法的纯洁性，这与辛西娅・奥兹克在思考和打破"想象力"和"犹太性"之间的对立所做的努力相吻合。

与"我"靠近、了解进而尊重艾萨克・康菲尔的情形不同，"我"越熟悉挈因德尔便越清楚她的无情。"我发现，艾萨克・康菲尔什么都读过"②，他是"一个杰出的男人"③，然而，他在家中去世后"没有留下任何看得见摸得着的遗物：连一本书也没有"④。"我"不停地问挈因德尔："你不怜悯康菲尔吗？你一点也不怜悯他吗？"而

....

① Ozick, Cynthia. The Pagan Rabbi. *The Pagan Rabbi and Other Stories*. New York: Syracuse University Press, 1995: 24.

② Ozick, Cynthia. The Pagan Rabbi. *The Pagan Rabbi and Other Stories*. New York: Syracuse University Press, 1995: 9.

③ Ozick, Cynthia. The Pagan Rabbi. *The Pagan Rabbi and Other Stories*. New York: Syracuse University Press, 1995: 10.

④ Ozick, Cynthia. The Pagan Rabbi. *The Pagan Rabbi and Other Stories*. New York: Syracuse University Press, 1995: 10.

得到的回答只有"让世界怜悯我"[①]。

看到她的无情,"我略表遗憾地鞠了一躬"作为她那声"你不会回来了?"的回应,并建议她"只有无情是虚幻的。回到那个公园,雷贝斯,你丈夫的灵魂就在那里。去问它"[②]。

在"我"的判断中可以看出,艾萨克·康菲尔通过卓越的想象力进行自然崇拜,借由曲解《圣经》历史满足自己的需要,这正是偶像崇拜、将自己同犹太性分割、成为异教徒的行为。艾萨克·康菲尔抱有虔诚的怀疑态度,认为只要持续砍断紧紧缠在法律栅栏上的藤蔓,为纯洁带来自由,犹太教义就能够得以践行,自己就能成为拉比。相比之下,挈因德尔是一个敏锐的犹太人,她坚持犹太教教义,不断努力对抗任何形式的偶像崇拜。她解释说:"它就像攀爬在律法栅栏上令人窒息的藤蔓。"[③]然而,由于她的无情,"我"对她是否遵守教义产生了怀疑。无情在本质上是缺乏怜悯的表现,其原因是没有想象力和同情心。因此,作为复调叙事模式的焦点,"我"在想象的基础上对犹太人的判断是矛盾的。对于生来畏惧想象力而不能想象的挈因德尔来说,"我"渐行渐远;

....

① Ozick, Cynthia. The Pagan Rabbi. *The Pagan Rabbi and Other Stories*. New York: Syracuse University Press, 1995: 37.

② Ozick, Cynthia. The Pagan Rabbi. *The Pagan Rabbi and Other Stories*. New York: Syracuse University Press, 1995: 37.

③ Ozick, Cynthia. The Pagan Rabbi. *The Pagan Rabbi and Other Stories*. New York: Syracuse University Press, 1995: 25.

对艾萨克・康菲尔来说，他非凡的想象力导致了偶像崇拜的实践，"我为他感到羞耻"①，而"我"对他在恐慌中的挣扎表示同情，对他虔诚的怀疑主义精神表示赞赏。对于"我"来说，艾萨克・康菲尔既是异教徒也是犹太人，"他总是让人感到吃惊"②。

除了对于想象力和犹太性之间关系的思考，还有一种对偶像崇拜的判断：偶像崇拜是自然崇拜，缺乏怜悯是偶像崇拜的功用之一。因为辛西娅・奥兹克认为，偶像崇拜能够"根除人类的怜悯"③。

虽然《异教徒拉比》中的"我"认为挈因德尔是"生而恐惧想象力的人之一"④，但"我"认为艾萨克・康菲尔具有天才般的想象力，"如此卓越，他可以从衬线的细线中看到圣洁"⑤。当挈因德尔与"法律栅栏上令人窒息的葡萄藤"做斗争时，艾萨克・康菲尔回避犹太法律，放纵自己崇拜自然，并宣称自己"即使在石

① Ozick, Cynthia. The Pagan Rabbi. *The Pagan Rabbi and Other Stories*. New York: Syracuse University Press, 1995: 17.

② Ozick, Cynthia. The Pagan Rabbi. *The Pagan Rabbi and Other Stories*. New York: Syracuse University Press, 1995: 37.

③ Ozick, Cynthia. Literature as Idol: Harold Bloom. *Art & Ardor*. New York: E. P. Dutton, 1983: 190.

④ Ozick, Cynthia. The Pagan Rabbi. *The Pagan Rabbi and Other Stories*. New York: Syracuse University Press, 1995: 14.

⑤ Ozick, Cynthia. The Pagan Rabbi. *The Pagan Rabbi and Other Stories*. New York: Syracuse University Press, 1995: 4.

头里，即使在死狗和死人的尸骨里……神圣地生活"①。因此，是挈因德尔和艾萨克·康菲尔不同的态度和想象力将他们区分开来。

将艾萨克·康菲尔判定为"异教徒"的原因是他在道德上是让人感到离谱的独行侠，辛西娅·奥兹克对于挈因德尔和艾萨克·康菲尔的态度，对于寻找和理解奥兹克在犹太道德意识上所做的努力至关重要。

尽管 19 世纪末和 20 世纪早期，希伯来语和意第绪语的作品中的主角常常是令人同情的，主角所想象的自然世界是美丽而充满爱的，是犹太学习生活的替代品，然而辛西娅·奥兹在《异教徒拉比》中对于艾萨克·康菲尔的态度是模棱两可的，对挈因德尔的态度也是。

事实上，对于想象力的恐惧反复出现在辛西娅·奥兹克的艺术作品中，后期的短篇小说集《流血和三个中篇》（*Bloodshed and Three Novellas*，1972）的序言中也出现了这种恐惧。辛西娅·奥兹克讲述了一个收录在小说集中的题为《篡夺》的故事。在故事中，一位作家遇到了希伯来诗人 Tchernikhovsky 的鬼魂，她认为鬼魂的目的是鼓励对偶像的恐惧，对杀人魔法的恐惧，还有对想象力的恐惧。

很显然，辛西娅·奥兹克站在挈因德尔一边，将想象力视为

---

① Ozick, Cynthia. The Pagan Rabbi. *The Pagan Rabbi and Other Stories*. New York: Syracuse University Press, 1995: 21.

一种可疑的力量。对辛西娅·奥兹克来说，"犹太教教义要旨是必须抵制偶像，犹太人是这种道德真理的承担者"①。她"强调人应该如何在世界中行动（即回避偶像）"②。在辛西娅·奥兹克看来，想象力是可怕的。在挈因德尔看来也是如此。因为它有能力将最终的现实归于被创造出来的世界而不是创造者。这是"异教徒拉比"——艾萨克·康菲尔所犯的罪。他不仅声称"即使在石头里，即使在死狗和死人的尸骨里……神圣地生活"③，还最终沉迷于和橡树树妖的结合。辛西娅·奥兹克将他的万物有灵观与崇拜偶像关联起来。

此外，对自然的欲望让艾萨克·康菲尔连续数月在公园待到凌晨，忽略了他对犹太教堂和他的家人的责任。他的实际行为是辛西娅·奥兹克区别于偶像崇拜的一个体现——"偶像的主要特征在于它本身就是一个完全的体系。它对世界和人类漠不关心。"④

① Levinson, Julian Arnold. *The Messiah is Uptown: Jewish Literary Practice in Postwar America.* Dissertation. Columbia University, 2000: 178. UMI Number: 9985920.

② Levinson, Julian Arnold. *The Messiah is Uptown: Jewish Literary Practice in Postwar America.* Dissertation. Columbia University, 2000: 179. UMI Number: 9985920.

③ Ozick, Cynthia. The Pagan Rabbi. *The Pagan Rabbi and Other Stories.* New York: Syracuse University Press, 1995: 21.

④ Ozick, Cynthia. Literature as Idol: Harold Bloom. *Art & Ardor.* New York: E. P. Dutton, 1983:189.

　　尽管辛西娅·奥兹克明显反对艾萨克·康菲尔的偶像崇拜，但她对挈因德尔的态度也同样模棱两可。对于辛西娅·奥兹克来说，偶像崇拜违反了第二诫命，并具有"消除人类怜悯"[①]的效果。偶像崇拜所去除的是怜悯。挈因德尔对艾萨克·康菲尔的挣扎没有怜悯之心，是"我"批判她的主要原因。此外，对辛西娅·奥兹克来说，偶像是"存在于我们和上帝之间的东西。是任何不是上帝的东西"[②]。"然后，挈因德尔（Sheindel）对栅栏坚持变得如此坚定，以至于她的道德感受受到了损害，就好像她已经把围绕在犹太律法周围的栅栏变成了一个偶像。"[③]如果挈因德尔崇拜的是这个本质，是上帝，而非"围绕在犹太律法周围的栅栏"，那么她的怜悯之心不可能会被消除，她就可以在影响艾萨克·康菲尔方面起到积极作用，阻止艾萨克·康菲尔成为一名"异教徒拉比"。他们的道德感受分别受到了损害，因为艾萨克·康菲尔自愿回避犹太律法，背叛了他自己的信仰和挈因德尔的信仰。挈因德尔却没有成为真正意义上的恪守律法的犹太人，因为她的虚假崇

---

① Ozick, Cynthia. Literature as Idol: Harold Bloom. *Art & Ardor.* New York: E. P. Dutton, 1983: 190.

② Ozick, Cynthia. The Riddle of the Ordinary. *Art & Ardor.* New York: E. P. Dutton, 1983: 207.

③ Levinson, Julian Arnold. *The Messiah is Uptown: Jewish Literary Practice in Postwar America.* Dissertation. Columbia University, 2000: 178. UMI Number: 9985920.

拜本质上导致了剥夺怜悯的偶像崇拜。

因此，挈因德尔和艾萨克·康菲尔都以不同的方式犯下了偶像崇拜的罪行。虽然艾萨克·康菲尔抱有宇宙万物皆有灵性的看法，直接违背了《圣经》第二诫命，但挈因德尔因"惧怕想象力"而变得"无情"。在她的世界里，"想象力"粉碎了阐释、拆解了意义，从而使她陷入"偶像崇拜"的泥沼，而最终说出不能说的话、做出不能做的事，对生命犯下罪行，变成邪恶本身。

现在挈因德尔和艾萨克·康菲尔都成为偶像崇拜的角色。艾萨克·康菲尔的信是故事叙述的主要部分，"我"在听了挈因德尔朗读艾萨克·康菲尔的信件，并且在自己也读了艾萨克·康菲尔的信件后，起到了权衡故事中提出的犹太核心理念的作用，也因此成为最接近辛西娅·奥兹克对犹太性做出解释和判断的媒介。在内化了挈因德尔对自然崇拜的恐惧之后，"我"仍然批判了挈因德尔的无情，并且担心她将犹太教教义本身转变成一种偶像。"我"在厕所放下三种绿色植物，以此在律法周围建立自己的围栏，确保不会效仿艾萨克·康菲尔的行为。比较令人信服的说法是，"我"对于挈因德尔和艾萨克·康菲尔二者的态度都是含糊不清的——"我"不在任何一边，因为在辛西娅·奥兹克依据其道德意识的判断中，两个人都犯了偶像崇拜之过。

辛西娅·奥兹克的声音是故事中出现的众多声音之一，在各种声音的碰撞、冲突、交汇之中表现出来。事实上，包括辛西娅·奥兹克的声音在内的每一个声音都赋予自己表达的权利，每一个声音都没有特权并且都能展开平等对话进行交流。正是这些声音的相互碰撞呈现了精彩的意蕴深远的故事，代表辛西娅·奥兹克对想象力和犹太性之间关系的思考。故事的框架设计，特别是复调对立，表明故事的灵感源于想象力与犹太性之间的道德判断。正是道德，尤其是犹太人和异教徒之间的道德判断，以及由于对想象力和犹太性之间关系的思考而造成的道德困境，激发了想象力。

总而言之，作为《异教徒拉比》的血脉与肉体的想象力受到了道德困境的启发，即对想象力与犹太性之间关系的思考，同时想象力的实践和功用呈现了偶像崇拜的道德价值。

《异教徒拉比》主要关注的是与想象力相关的反偶像崇拜，这种想象力是文学创作的"血肉"，而《斯德哥尔摩的弥赛亚》则关注文学接受方面的偶像崇拜问题，特别是关于记忆、道德责任和阅读文本之间的关系。《异教徒拉比》反对自然崇拜，而《斯德哥尔摩的弥赛亚》反对文本崇拜。

三、语言崇拜与偶像崇拜

《斯德哥尔摩的弥赛亚》讲述的是位于斯德哥尔摩的报纸评论家（每周评论一次）拉斯·安德曼宁（Lars Andemening）的故事。拉斯·安德曼宁几乎与外界隔绝，痴迷于文学。他白天睡觉，很少与任何人交流，晚上撰写对文化修养高的中欧作家的晦涩难懂的评论。他认为文学应该和宗教一样具有不可侵犯的神圣性："他早就投身于文学的祭坛。"①

　　《异教徒拉比》关注的是以撒《圣经》的集体创造史，而《斯德哥尔摩的弥赛亚》关注的是每个个体的情况。在一个没有过去的世界中，在发现自己没有祖先之后，拉斯认为自己"是一个被禁锢的灵魂"②，并声称他的父亲是波兰作家布鲁诺·舒尔茨（Bruno Schulz）。1942 年布鲁诺·舒尔茨在波兰一个叫 Drogobych 的小镇街道上被纳粹分子杀害。他是父亲舒尔茨的狂热粉丝。他几乎将所有的精力都用于学习和研究波兰语，他阅读、了解关于他父亲的故事。最重要的是，对于拉斯·安德曼宁而言，舒尔茨的作品解答了他的身世之谜。他试图通过舒尔茨作品中的细枝末节来建立与过去的联系。对此，书中有许多处描述有迹可循，如当舒尔茨写道他希望"能够暂时将沉重的负担交给某人"③时或当舒尔茨写道"发现的人是下一代人"④时，拉斯总是坚持认为舒尔茨指的是他。拉斯声称"我就是他所指的人"⑤。此外，由于沉迷于与舒尔茨有血缘关系的幻想中，拉斯·安德曼宁希望能够取回舒尔茨《弥赛亚》（Messiah）小说的终稿。据说这本小说被保存在一个朋友手中，并且"该朋友和手稿都在 1942 年欧洲祭祀火灾中灰

① Ozick, Cynthia. *The Messiah of Stockholm*. New York: Vintage Books, 1988: 7.

② Ozick, Cynthia. *The Messiah of Stockholm*. New York: Vintage Books, 1988: 4.

③ Ozick, Cynthia. *The Messiah of Stockholm*. New York: Vintage Books, 1988: 36.

④ Ozick, Cynthia. *The Messiah of Stockholm*. New York: Vintage Books, 1988: 37.

⑤ Ozick, Cynthia. *The Messiah of Stockholm*. New York: Vintage Books, 1988: 37.

飞烟灭"①。拉斯对他的过去很感兴趣，并且相信他的过去与现在有关。

辛西娅·奥兹克在《斯德哥尔摩的弥赛亚》一书中揭示了语言的意义，同时也揭示了拉斯·安德曼宁经历中的危险性和破坏性。辛西娅·奥兹克反对偶像崇拜的阅读方式，允许拉斯·安德曼宁进行自我救赎。

（一）语言的疗伤和救赎功能

直到创作《斯德哥尔摩的弥赛亚》时，辛西娅·奥兹克才调和好第二诫与想象力的矛盾对立：她认识到一神论必须辅以强大的想象力，才能激发非肉身客体这一观念的产生。她说道："现在我认为……如果你的想象力不丰富，那么你就不能成为一名一神论者：这是因为你必须开始想象，你必须设想和想象那些没有任何依据的事情。"② 这种观念符合她对卡巴拉（Kabbalah，另译名为喀巴拉）和格希姆·G. 肖勒姆（Gershom G. Sholem）的认知。卡巴拉和肖勒姆是 20 世纪犹太教神秘教派的先驱人物，并在《犹太教神秘教派的主要趋势》（*Major Trends in Jewish Mysticism*）中教导说，通往上帝的神秘道路是理解创造过程的阶段。他认为，

....

① Ozick, Cynthia. The Phantasmagoria of Bruno Schulz. *Art & Ardor*. New York: E. P. Dutton, 1983.

② Kauvar, Elaine M. The interview conducted by Elaine M. Kauvar. *Contemporary Literature* 1985, 26(4): 394-395.

根据卡巴拉教的说法，语言具有"神秘的价值"。语言"因为来自上帝而可以接触上帝"，并且语言"反映了上帝的创造性语言"①。

根据卡巴拉教的说法，有多重方式可以神秘地使用语言，包括寓言和象征②。虽然寓言是"意义和关联的无限网络，其中一种事物可以用于表示另一种事物，但所有事情都在语言和表达的范围之内"，神秘的象征表示"一种隐藏且不可言喻的现实"，一种人无法用言语传达的东西。

辛西娅·奥兹克在《创新与救赎：文学意义何在》（*Innovation and Redemption: What Literature Means*）中坚持认为"文学的含义就是文学的意义"③。她认为"在属于文学范畴的故事与小说中，人们期望有一种道德'光环'：在小说里并不是完全体现出来的，而是以一种微弱但耀眼的光芒出现的"④。辛西娅·奥兹克进一步解释了"光环"的意思，即"故事所体现出的解释、说明、隐含

① Scholem, Gershom G. Isaac Luria: A Central Figure in Jewish Mysticism. *Bulletin of the American Academy of Arts and Sciences* 1976, 29(8): 17.

② Scholem, Gershom G. Isaac Luria: A Central Figure in Jewish Mysticism. *Bulletin of the American Academy of Arts and Sciences* 1976, 29(8): 26-27.

③ Ozick, Cynthia. Innovation and Redemption: What Literature Means. *Art & Ardor*. New York: E. P. Dutton, 1983: 247.

④ Ozick, Cynthia. Innovation and Redemption: What Literature Means. *Art & Ardor*. New York: E. P. Dutton, 1983: 245.

意义以及意义光环"①。光环"对解释人类的决策具有启发式和教诲式意义。……一种领悟故事的无形的道德要求"②。

辛西娅·奥兹克的"光环"概念与卡巴拉的象征概念相似，都是超然存在的结果。"光环"是文学作品的超然存在，卡巴拉的象征是可表达性的超然存在。此外，两者都是无形的，对于它们所在的体系来说都是不可分割的一部分。

然而，辛西娅·奥兹克对纯粹的寓言不屑一顾。她认为，那些声称属于虚构的小说只是语言和艺术表达方式的堆砌，"已经扼杀了光环……并且愿意身处黑暗之中"③，这是因为它们否认了语言的意义以及语言的"神秘价值"，即卡巴拉教在靠近上帝时所持有的神圣性。

正如阿尔文·罗森费尔德（Alvin Rosenfeld）所论证的那样，对意义的追求是犹太文化思想的一部分："要避免的是关于经验的幻想；所发现和所坚持的……就是意义所在；也就是任何一种事实所代表的意义。"④ 此外，对于辛西娅·奥兹克而言，意义是"文

....

① Ozick, Cynthia. Innovation and Redemption: What Literature Means. *Art & Ardor*. New York: E. P. Dutton, 1983: 246.

② Rose, Elisabeth. Cynthia Ozick's Liturgical Postmodernism: The Messiah of Stockholm. *Studies in Jewish American Literature* 1990, 9(1): 95.

③ Ozick, Cynthia. Innovation and Redemption: What Literature Means. *Art & Ardor*. New York: E. P. Dutton，1983: 246.

④ Rosenfeld, Alvin H. Fiction and the Jewish Idea. *Midstream* 1977, 23(7): 77.

学的脉搏和目的"①。奥兹克认为，小说悬念的一个来源"就是作家对社会或宇宙原理的看法"②。意义具有共同的目的。意义点燃了小说的光环，启发了读者对世界的看法，即"我们可以与众不同；我们可以看到……一切并非相同"③。

《斯德哥尔摩的弥赛亚》中卡巴拉寓言的品质在于"每个客体代表另一个客体，从而使得意义可以无限接近每种表达"④。最常见的燃烧形象"加上每件物品的联想意义"⑤，包括拉斯作品中"燃烧的脂肪"⑥和"腋窝下的烟囱"⑦，"伦德博士遗体火化"⑧，"布鲁诺・舒尔茨故事中狂热的献身主义"⑨，"烤炉里的尸体"⑩，"燃烧

....

① Ozick, Cynthia. Innovation and Redemption: What Literature Means. Art & Ardor. New York: E. P. Dutton, 1983: 248.

② Ozick, Cynthia. Innovation and Redemption: What Literature Means. *Art & Ardor*. New York: E. P. Dutton, 1983: 241.

③ Ozick, Cynthia. Innovation and Redemption: What Literature Means. *Art & Ardor*. New York: E. P. Dutton, 1983: 248.

④ Rose, Elisabeth. Cynthia Ozick's Liturgical Postmodernism: The Messiah of Stockholm. *Studies in Jewish American Literature* 1990, 9(1): 96.

⑤ Rose, Elisabeth. Cynthia Ozick's Liturgical Postmodernism: The Messiah of Stockholm. *Studies in Jewish American Literature* 1990, 9(1): 96.

⑥ Ozick, Cynthia. *The Messiah of Stockholm*. New York: Vintage Books, 1988: 8.

⑦ Ozick, Cynthia. *The Messiah of Stockholm*. New York: Vintage Books, 1988: 18.

⑧ Ozick, Cynthia. *The Messiah of Stockholm*. New York: Vintage Books, 1988: 22.

⑨ Ozick, Cynthia. *The Messiah of Stockholm*. New York: Vintage Books, 1988: 33.

⑩ Ozick, Cynthia. *The Messiah of Stockholm*. New York: Vintage Books, 1988: 38.

中天使翅膀的气味"①，"书店钥匙烫伤拉斯的大腿"②，"伦德博士中管道的烘烤味"③，这些语言能指形象虽然各不相同，但是都与"燃烧"相关，其所指是大屠杀④，"希腊文中是指'燔祭'"。此外，还意指战后大流散和流亡中犹太人的历史和犹太人身份的模糊性。正如肖勒姆所主张的那样，"任何灵魂最害怕遭遇的事情——比地狱般的折磨更加可怕——就是'流浪'或'赤裸裸'……这种思想上的流放是任何灵魂所遭遇的最糟糕的噩梦"。他把"思想上的无家可归"看作"不信上帝、道德和灵魂堕落的结果"⑤。"燃烧"图像点燃了小说的部分"光环"，这有助于读者对拉斯的虚构身份的理解。正是借助于大屠杀这一叙事背景，辛西娅·奥兹克的《斯德哥尔摩的弥赛亚》成功虚构了"燃烧"图像和难民的故事。作为一名孤儿，拉斯没有加入任何团体。他16岁时，他的养母指控他看起来不像瑞典人，这"让他逃离了那个家庭"⑥。在被前后两任妻子遗弃并与他的同事疏远之后，拉斯的灵魂被禁

----

① Ozick, Cynthia. *The Messiah of Stockholm*. New York: Vintage Books, 1988: 57.

② Ozick, Cynthia. *The Messiah of Stockholm*. New York: Vintage Books, 1988: 59.

③ Ozick, Cynthia. *The Messiah of Stockholm*. New York: Vintage Books, 1988: 92.

④ Rose, Elisabeth. Cynthia Ozick's Liturgical Postmodernism: The Messiah of Stockholm. *Studies in Jewish American Literature* 1990, 9(1): 39.

⑤ Scholem, Gershom. *Major Trends in Jewish Mysticism*. New York: Marstin Press, 1946: 250.

⑥ Ozick, Cynthia. *The Messiah of Stockholm*. New York: Vintage Books, 1988: 69.

锢，因为他觉得他的心在其他地方。他选择认布鲁诺・舒尔茨作为他的父亲和上帝，在他自己的生活和舒尔茨之间虚构某种联系。像所有其他难民一样，拉斯没有受过多少文化教育，并且"几乎被迫进入自我创造过程"[1]。这是一种流放，其中自我创造必不可少。罗森费德认为，自我创造通过展现意义的缺失，体现了犹太人的意义观念：恐慌、空虚、虚假和危险[2]。在拉斯的例子中，虽然"恐慌"和"空虚"更多的与大屠杀后犹太人变得岌岌可危的情况有关，"虚假和危险"指出了他在自我创造中对偶像崇拜的羞愧，指向语言的危险性及破坏性。

（二）语言的危险性和破坏性

拉斯的名字是他自己从词典中挑选出的，在瑞典语中代表"精神、内在意义、超越文字的维度以及可见"。他使用语言表达对舒尔茨的崇拜——他"觉得他像他的父亲：所有的故事都是关于将人类投射到幻想中"[3]。他自己的脸符合书中舒尔茨对其脸的详细描述。他甚至在他女儿的画作中发现了舒尔茨的天赋："小拳头里如何绘出幻影般的线条：基因的力量"[4]，从语言上确立了他自己选择的名字和身份，以及确立了他与祖先的联系。他对过往产生

[1] Rosenfeld, Alvin H. Fiction and the Jewish Idea. *Midstream* 1977, 23(7): 79.

[2] Rosenfeld, Alvin H. Fiction and the Jewish Idea. *Midstream*, 1977, 23(7): 81.

[3] Ozick, Cynthia. *The Messiah of Stockholm*. New York: Vintage Books, 1988: 5.

[4] Ozick, Cynthia. *The Messiah of Stockholm*. New York: Vintage Books, 1988: 46.

了一种幻觉，而这种幻觉在犹太人理念里是需要避免的。对他来说，语言就是现实。他沉迷于阅读。他像一个"苦行僧"一样思考、研读书上的文字，好似"有一张鸟嘴把他从他已经习惯的悬崖中拉下来，并把他带到了他无法控制的高处"①。他相信，书店内舒尔茨的所有作品都应该由他"继承"，但是他的前岳母则透露，作为一名孤儿，他不知道需要继承的是什么。他"早就牺牲自己献身于文学的祭坛"；"他就像被人牵着的木偶一样睁开眼睛，他看到……一个熠熠发光但里面是空的弧形容器……正是他父亲的眼睛"②。

　　拉斯坚持认为现实就是文字，这也是他否认阿迪拉（Adela）是舒尔茨之女的根本原因。他接到埃尔顿夫人的电话，告诉他阿迪拉（一个自称是舒尔茨女儿的女人）已经抵达斯德哥尔摩，正四处寻找一位可以翻译她手上的舒尔茨原稿的人。在会见阿迪拉，也就是自称是舒尔茨女儿（也是舒尔茨《鳄鱼街》书中的主要人物之一）的女人时，拉斯拒绝告诉阿迪拉自己的身世，也不愿相信她是舒尔茨的女儿，因为他认为故事中没有出现另一个孩子。这是不可能的。他认为"经验是语言和语言体验"，对他而言，"语言是他日常经验和虔诚的主体，是他自我的一部分"③。

....

① Ozick, Cynthia. *The Messiah of Stockholm*. New York: Vintage Books, 1988: 8.

② Ozick, Cynthia. *The Messiah of Stockholm*. New York: Vintage Books, 1988: 8.

③ Rose, Elisabeth. Cynthia Ozick's Liturgical Postmodernism: The Messiah of Stockholm. *Studies in Jewish American Literature* 1990, 9(1): 101.

虽然拉斯双眼所看到的世界除了文学别无其他，但辛西娅·奥兹克认为文学不是世界的全部。她的目标是将文学、宗教和社区服务与一神主义关联起来①。因此，《斯德哥尔摩的弥赛亚》主要关注语言的意义性，同时谴责那种甘愿沉迷于某个故事并且将语言凌驾于上帝之上的做法。正如伊丽莎白·罗斯（Elisabeth Rose）所指出的："写作和阅读使得犹太人被称为偶像制造者和偶像崇拜者、现代他拉以及摩洛神（Molochs，另一译名为巴力，古代迦南人即现在的约旦南部所拜祭的以活人特别是以儿童为祭品的神，名字源于这种将人活活烧死的献祭仪式，原型被认为是牛头人身的风暴之神巴力）制造者。"②

（三）辛西娅·奥兹克的"光环"：以非偶像崇拜的方式阅读

辛西娅·奥兹克将舒尔茨作品与光环联系起来，邀请读者对作品里的弥赛亚与现实中的弥赛亚做出区别，并呼吁以非偶像崇拜的方式阅读作品。

1977 年，企鹅平装丛书系列总编辑菲利普·罗斯重新出版"其他欧洲作家"系列之布鲁诺·舒尔茨故事集《鳄鱼街》（*The Street of Crocodiles*）的译本，希望获得在美国和英国还不知名的

---

① Ozick, Cynthia. Literature as Idol: Harold Bloom. *Art & Ardor*. New York: E. P. Dutton, 1983: 194.

② Rose, Elisabeth. Cynthia Ozick's Liturgical Postmodernism: The Messiah of Stockholm. *Studies in Jewish American Literature* 1990, 9(1): 107.

中欧和东欧文学作品。辛西娅·奥兹克为《纽约时报》写了一篇关于《鳄鱼街》的书评，在书评中，她将舒尔茨与弗朗茨·卡夫卡（Franz Kafka）、I. B. 辛格和艾萨克·巴贝尔（Isaac Babel）进行比较。她认为舒尔茨是"现代欧洲最具文学想象力的人之一"[①]。她重点强调了舒尔茨对万物有灵论的痴迷，并认为舒尔茨的小说体现了他自己的宗教观点："盛大的仪式、手势、变容幻象、牺牲、提升、退化、禁欲、憎恶、恐怖和狂热。"[②] 舒尔茨被认为是异教徒拉比，一个想象世界中的犹太巫师。

在她为《纽约时报》写《鳄鱼街》书评十年后，辛西娅·奥兹克创作了《斯德哥尔摩的弥赛亚》，她自己将这本书称之为"一本关于想象书的书"[③]。受到颠覆意义的启发后，她呼吁以非偶像崇拜的方式阅读。"在这本薄薄的小说里，作者不断反复提到本书有长篇累牍、章节部分重叠、百科全书式、无序的问题，因此是不可信且毫无意义的。"[④] 我们有理由怀疑舒尔茨的生平历史，特别是对弥赛亚的怀疑，显然这是典型的辛西娅·奥兹克式人物

① Ozick, Cynthia. The Phantasmagoria of Bruno Schulz. *Art & Ardor*. New York: E. P. Dutton, 1983: 224.

② Ozick, Cynthia. The Phantasmagoria of Bruno Schulz. *Art & Ardor*. New York: E. P. Dutton, 1983: 227.

③ Ozick, Cynthia. Cynthia Ozick. *Publisher's Weekly*(Mar. 1987): 34.

④ Rose, Elisabeth. Cynthia Ozick's Liturgical Postmodernism: The Messiah of Stockholm. *Studies in Jewish American Literature* 1990, 9(1): 106-107.

形象。此外，读者所了解的并不真实，例如，拉斯的波兰老师明知自己不是公主却谎称自己是公主。这种揭示意义颠覆的目的在于反对将语言当作现实。除此之外，辛西娅·奥兹克呼吁以非偶像崇拜的方式进行阅读，还是出于语言的危险性及破坏性。拉斯一直将舒尔茨的作品定位为偶像作品，以满足他对身世的渴望。拉斯通过语言的运用，表达了他对舒尔茨的崇拜，并将自己变成偶像制造者和偶像崇拜者。拉斯在沉思中看到了舒尔茨死去的眼神并读懂了内里蕴含的意义。正是因为自我创造崇拜 —— 想象力 —— 造就了这双眼睛。拉斯对舒尔茨生活的探索和研究一直是这部小说的主旨，高端艺术的神秘慰藉削弱了他的人性。

1. 拉斯对偶像特征的解读

最重要的是，拉斯认为自己与舒尔茨的联系具有四个方面的偶像特征 [这是辛西娅·奥兹克在《艺术与热情》（*Art & Ardor*，1983）中定义的]。

偶像的第一个主要特征是它本身是一个自给自足的体系，在这个体系中，没有生命的东西掌控着活人。拉斯显然对舒尔茨死去的眼神有敬畏之心。正如海蒂（Heidi）谴责的一样，死去的舒尔茨是拉斯想要努力模仿的对象，"你想成为他……模仿他，在镜子里摆姿势"[1]。

....

[1] Rose, Elisabeth. Cynthia Ozick's Liturgical Postmodernism: The Messiah of Stockholm. *Studies in Jewish American Literature* 1990, 9(1): 41.

偶像的第二个重要特征是它总是比崇拜者提前出现[①]，而每一个偶像崇拜者都会收集旧的素材并进行重塑，以满足他现在的需求。为了调查身世之谜，拉斯执迷于收集舒尔茨的旧信件，并试图搜索有关舒尔茨作品的美国书评。

偶像的第三个特征是"一个无法产生历史的偶像形象可以发生改变：从德高望重到滑稽可笑是每个偶像变化的规律"[②]。在阿迪拉的版本中，舒尔茨还是一所高中的美术老师时，就使他的学生——"绘画作品的人体模特"怀孕了[③]。在她的版本中，舒尔茨（拉斯眼中一位德高望重的天才和斗士）的形象变得滑稽可笑。对此，拉斯吼道："真相！……恶意攻击，这是恶意攻击！……这样一个人——这样一个人——怎么会和一个孩子发生关系呢！"[④]

偶像的第四个特点是偶像的力量"可以使人变得麻木不仁"[⑤]，

① Ozick, Cynthia. Literature as Idol: Harold Bloom. *Art & Ardor*. New York: E. P. Dutton, 1983: 189.

② Ozick, Cynthia. Literature as Idol: Harold Bloom. *Art & Ardor*. New York: E. P. Dutton, 1983: 190.

③ Rose, Elisabeth. Cynthia Ozick's Liturgical Postmodernism: The Messiah of Stockholm. *Studies in Jewish American Literature* 1990, 9(1): 80.

④ Rose, Elisabeth. Cynthia Ozick's Liturgical Postmodernism: The Messiah of Stockholm. *Studies in Jewish American Literature* 1990, 9(1): 102.

⑤ Rose, Elisabeth. Cynthia Ozick's Liturgical Postmodernism: The Messiah of Stockholm. *Studies in Jewish American Literature* 1990, 9(1): 190.

因为古人会向摩洛神（Moloch）献祭婴儿。为了逃离对妻儿的回忆，拉斯就像一个木偶，认为别人是"蜡人"①。

　　通过演绎舒尔茨遗失的作品，辛西娅·奥兹克邀请读者思考作品中的弥赛亚与现实中的弥赛亚的关系。语言创造的历史在本质上属于一种幻想，毫无根据可言。拉斯因使用语言盗用过去而饱受批评。由于沉湎于与舒尔茨和过往有关系的幻想中，拉斯过着与世隔绝的生活，并且无法区分作品中的弥赛亚与现实中的弥赛亚。拉斯一直在将舒尔茨和其作品幻想为偶像并进行重新创造，以满足他对祖先的渴望。他对作品的阅读以及对作品作者舒尔茨所幻想出来的所有关系，都是一种偶像崇拜的做法。由于心理的迫切需要，任何人都无法将他从偶像崇拜中拉出来。在拉斯阅读疑似属于舒尔茨的手稿时，"没有任何人留住他，也没有任何事情可以让他放慢脚步。他那强烈的饥饿感，正通过钩和刀、舌头和声音，咀嚼真正的弥赛亚！这是一种掠夺、暴食！"②辛西娅·奥兹克使用关于饮食的隐喻，将拉斯与作品的关系解读为一种偶像崇拜。此外，辛西娅·奥兹克还写道："他像一位牧师一样吞下了它"，"一个充满热情且视偶像高于《圣经》的牧师。"③拉斯并不阅读作品，而是寻求超越《圣经》的"经文"，因此我们可以

① Rose, Elisabeth. Cynthia Ozick's Liturgical Postmodernism: The Messiah of Stockholm. *Studies in Jewish American Literature* 1990, 9(1): 68.
② Ozick, Cynthia. *The Messiah of Stockholm*. New York: Vintage Books, 1988: 105.
③ Ozick, Cynthia. *The Messiah of Stockholm*. New York: Vintage Books, 1988: 117.

肯定地说，他并没有考虑作品与经文之间的关系，而只是仅仅抓住文本，满足他的期望需求。他将舒尔茨作品中的弥赛亚视为真正的弥赛亚。

最后，他开始怀疑伦德夫人和她的丈夫正谋划伪造舒尔茨的原著。"他想起那个戴白色贝雷帽的女人，在早晨的皎洁光辉中，挽着身形单薄的弥赛亚（提着一个白色袋子）。如果她不是天使，那肯定是一个谎言。"① 因此，在用小说来支撑自我感的时候，拉斯最终会产生怀疑，最后相信他存在于别人的小说中。他最终意识到，"想要与上帝竞争"的伦德一家"从一开始就"蒙骗住了他。② 最重要的是，他认识到如果语言没有意义，则语言具有危险性和破坏性。

语言具有危险性和破坏性这一说法表明反对语言的限制，反对语言崇拜。这其中有一个共同的目的。拉斯提出想要手稿，不再想成为近神学之人，而选择成为"普通评论家"③。这表明他结束了偶像崇拜的行为。辛西娅·奥兹克认为这种停止偶像崇拜行为所付出的代价非常廉价，"它赋予我们生命，繁衍，并认识我

---

① Ozick, Cynthia. *The Messiah of Stockholm*. New York: Vintage Books, 1988: 56.

② Ozick, Cynthia. *The Messiah of Stockholm*. New York: Vintage Books, 1988: 128.

③ Rose, Elisabeth. Cynthia Ozick's Liturgical Postmodernism: The Messiah of Stockholm. *Studies in Jewish American Literature* 1990, 9(1): 131.

们是谁，我们的同伴是谁"①。同时，拉斯的行为表明，语言为自己利益着想的结果就是化为乌有。只要读者了解这个事实，这个共同的目的就会实现。除了共同的目的，还有礼仪的目的也得到了实现，特别是拉斯的救赎。

2. 拉斯的救赎

辛西娅・奥兹克认为，救赎不应该以救赎担保为前提，也不应以善良、仁慈、体面等这些常见的美德为前提。救赎几乎与美德无关，特别是当强制他人也应怀有美德时；而救赎（与希腊人对命运的信奉相反）是指坚持自由、改变人生的想法。②

正是由于怜悯造成的同情心，以及让拉斯做出改变的普通人的看法，拉斯改变了自己的生活。随着所有这些怪异的事情结束，他开始认真考虑书评这一件事，他看起来像一个已经走向正道的人一般。他怜悯他的同行康纳尔・霍姆尔（Gunnar Hemlig）和安德斯・菲斯可热尔（Anders Fiskyngel），对他们的"如蜡像般的脸、眼睛里充满着痛苦的泪水，或是责备或是怀有某种特殊的感情。……可怕的无奈"③。他怜悯老海蒂，因为老海蒂年事已高却仍需要殚精竭虑以保持书店的良性运转。他怜悯自己昼夜不舍地思考

① Ozick, Cynthia. The Riddle of the Ordinary. *Art & Ardor*. New York: E. P. Dutton, 1983: 201.

② Ozick, Cynthia. Innovation and Redemption: What Literature Means. *Art & Ardor*. New York: E. P. Dutton, 1983: 245.

③ Ozick, Cynthia. *The Messiah of Stockholm*. New York: Vintage Books, 1988: 68.

问题，怜悯自己丧失了资产阶级的优越处境，怜悯自己是"一个慷慨激昂的灵魂的转生"①。他的同情和怜悯源于他从过往经历中获得的启示，即从语言崇拜到偶像崇拜的危险性和破坏性这一过程中所获得的启示。小说光环使他认识到："对神的认知都是从上帝晓谕他所造生物之间的启示开始，都是从上帝将自己的存在显示在世人面前的神迹开始的"②，其中包括语言和俗人俗事。正是通过语言以及俗人俗事，上帝才能显现。小说光环也反映了辛西娅·奥兹克旨在服务于一神论，而不是那些"像偶像……但没有道德实体"③的文学缪斯神。因此小说也反映了文学、宗教和社区服务之间的相互关系。

当辛西娅·奥兹克在偶像崇拜和想象力之间、在偶像崇拜和语言崇拜之间挣扎徘徊时，她发现了一种虚构观点——这种观点与犹太法律不相容。她认为犹太人的道德品行对于艺术臆说而言是一种挑战。在衡量文学和犹太教之间的对立观点时，起作用的是她的道德精神。她选择在她的文学作品中信奉一神论。作为一名犹太作家，辛西娅·奥兹克最终通过想象力和语言呈现的方式强调了对偶像崇拜的抵制，将代表故园的"少数"融入代表他

① Ozick, Cynthia. *The Messiah of Stockholm*. New York: Vintage Books, 1988: 120.

② Scholem, Gershom G. Isaac Luria: A Central Figure in Jewish Mysticism. Bulletin of the American Academy of Arts and Sciences 1976, 29(8): 8-13.

③ Ozick, Cynthia. Literature as Idol: Harold Bloom. *Art & Ardor*. New York: E. P. Dutton, 1983: 191.

乡的"多数",在流散空间建构并凸显道德意识。

四、犹太历史记忆的艺术虚构与解构 ——《披肩》

除了对偶像崇拜的抵制之外,辛西娅·奥兹克道德意识的核心是在艺术呈现过程中保持历史性与艺术性之间的张力和平衡,指出历史是对历史记忆的诠释和判断。历史记忆,与犹太传统强调记忆和传统的连续性相呼应。

犹太传统强调历史和文化的传承,告诫犹太人要尊重他们的父母。正如菲利普·罗斯在《反生活》(*The Counterlife*,1986)中所说的,"犹太人……对历史来说就像因纽特人之于雪"[①]。然而,在流散背景下,美国对新奇和未来发展的迷恋占主导地位,犹太人对记忆的强调和对历史的坚持减少为"少数人",而"大屠杀在文学理论、大众文化、政治和宗教中的过度呈现""加剧了人们通常认为是大屠杀造成的特殊历史意义"[②],作为主流趋势,是"多数",犹太人对历史的坚持被边缘化为"少数"。

辛西娅·奥兹克有关历史呈现中的道德意识体现在她的小说建构和犹太记忆的解构中,突出了历史的重要性和艺术表现的不足,以及她对大屠杀的历史性和艺术性的米德拉西方式呈现。创

---

① Roth, Philip. *The Counterlife*. New York: Penguin, 1986: 368.

② Lehmann, Sophia. "And Here [Their] Troubles Began": The Legacy of the Holocaust in the Writing of Cynthia Ozick, Art Spiegelman, and Philip Roth. *Clio* 1998, 28(1): 51-52.

造历史在辛西娅·奥兹克的作品中反复出现。在《异教徒拉比》中，艾萨克·康菲尔重建了《圣经》的历史，以解释人类灵魂的根源和反对偶像崇拜的戒律，试图缓解潘神和摩西之间的剑拔弩张。在《斯德哥尔摩的弥赛亚》里，拉斯·安德曼宁在自己的生活和布鲁诺·舒尔茨的生活之间建立了联系，以此建立了与他的祖辈的联系。在《披肩》中，罗莎·卢布林（Rosa Lublin）创造了玛格达（Magda）父亲的历史。辛西娅·奥兹克对犹太历史记忆的坚持，践行了她对犹太宗教思想与犹太传统文化传承的承诺。然而，犹太记忆在当代美国文化中却面临着巨大的威胁。她试图通过小说再现犹太人的记忆，这基于她敏锐的犹太传统文化危机意识。

（一）犹太传统文化危机

犹太传统文化危机有两个体现。一是 20 世纪五六十年代犹太作家以牺牲犹太历史为代价而获得优势。二是犹太启蒙运动的复兴。犹太启蒙运动——哈斯卡拉运动是 18 世纪至 19 世纪欧洲犹太人的一场运动。运动旨在推动社群更好地整合进入欧洲社会，并借此增加世俗内容、希伯来语和犹太历史教育。与欧洲启蒙运动中的自然神论不同，哈斯卡拉运动寻求现代化的犹太哲学，对犹太教信仰的批判和对犹太解放运动中所获得的生活方式持否定主义者对哈斯卡拉的态度导致了同化，并建立了改革派和新正统派。它的外延在东方抑制住了复苏的神秘主义派别和传统的学院

派。早期的一些犹太人，如巴鲁赫·斯宾诺莎和迈蒙（Salomon
Maimon）曾推动世俗主义的身份认同，直至19世纪末由世俗的
犹太政治运动来替代犹太教。在20世纪，格希姆·G.肖勒姆重塑
了被哈斯卡拉所忽略的犹太神秘主义在历史上的重要性；提出了
对犹太历史的记忆有望复兴的怀疑。

　　首先，创造历史和历史记忆的美国化的事实是辛西娅·奥兹
克抵触它的缘故，而且还与她坚持书写见证历史的观念有关，她
认为这是杰出的犹太作家在20世纪五六十年代所做出的一种牺
牲。与此相悖的是，辛西娅·奥兹克认为犹太作家主导地位的定
位是一种更为深刻的失败。在她看来，20世纪五六十年代犹太作
家的文学成就是"以偶像崇拜为代价的，他们放弃了历史上犹太
人的信仰，而选择了犹太民族的短暂存在"[1]，最终失去了完整的
犹太身份：

　　　　犹太民族历史悠久，但不仅仅是这样；成为犹太人就
　　是成为一种独特文明的一员。……那些"犹太血统"作家
　　的故事是多么的脆弱，他们笔下的人物苍白淡漠，对眼前
　　世俗化的一切都有着无动于衷的回应。[2]

....

[1] Powers, Peter Kerry. Disruptive Memories: Cynthia Ozick, Assimilation, and
the Invented Past. *MELUS* 1995, 20(3): 79.

[2] Ozick, Cynthia. Bialik's Hint. *Metaphor & Memory*. New York: Alfred A.
Knopf, 1989: 224.

对她来说，为了在美国主流文化中取得成功，犹太裔美国作家所回避的是犹太文化和厚重的历史记忆，这表明了犹太宗教和伦理的失败，以及犹太记忆作为一种有效的文化力量在当下的丧失。

其次，根据阿瑟·A.科恩的说法，犹太历史现代化第一页的启蒙运动把犹太教转变成了某种信仰，从而导致了一种意识形态的重构。犹太人出门在外，看到、走进教堂就如同回到自己的家里一样，安祥稳妥。① 因此，犹太教作为犹太人的本质特征以及日常生活的行为准绳已然被取代，导致犹太人历史记忆、宗教信仰和习俗的丧失。阿瑟·A.科恩进一步认为：

> 在美国过去的五十年里，不知情的人、宗教文盲和被主流社会同化的人成功地影响了犹太教堂进行的宗教活动。很多犹太人已经义无反顾地走上了世俗化的道路，有的甚至完全被同化，成为固执和淡漠的犹裔美国人。然而，这种放弃了犹太性的"同化"现象却成为犹太人在世俗化道路上遇到的最棘手的问题。②

科恩的这一观点得到了许多学者的肯定。根据阿瑟·赫茨伯格（Arthur Hertzberg）的说法，随着20世纪50年代犹太人"征

---

① Cohen, Arthur. *The Natural and Supernatural Jew*. New York: Berhman, 1979: 12-14.

② Cohen, Arthur. *The Natural and Supernatural Jew*. New York: Berhman, 1979: 191.

服郊区"（conquest of the suburbs），犹太宗教生活出现了一种世俗化现象。在赫茨伯格的评价中，大约 70% 的美国犹太人对上帝有普遍的信仰，但犹太教堂的生活却反映了 20 世纪 50 年代传统美国新教的宗教信仰。[①] 内森·格拉泽（Nathan Glazer）认为，"很少有犹太人知道犹太信仰的原则是什么"[②]。彼得·克里·鲍尔斯（Peter Kerry Powers）指出："哈斯卡拉，事实上……将犹太教的整体特征降低为对日常生活几乎没有吸引力的个人主义。"[③] 辛西娅·奥兹克总结了犹太启蒙运动对战后犹太裔美国人学术思想的基调和研究内容的转变所产生的影响。她说：

> 正是启蒙运动引发了历史思维革命，大多数现代犹太人已放弃对犹太教历史主体独特性的关注与理解，如果说传统犹太教关心人的思想和行为如何遵从神的旨意，那么现代犹太教则主要关注什么样的神的旨意才能满足人类道德和精神生活的需求、满足人类的创作力，将人从神的束缚中解脱出来。[④]

① Hertzberg, Arthur. *The Jews in America: Four Centuries of an Uneasy Encounter: A History.* New York: Simon, 1989: 327-330.

② Galzer, Nathan. *American Judaism.* Chicago: University of Chicago Press, 1989: 132.

③ Powers, Peter Kerry. Disruptive Memories: Cynthia Ozick, Assimilation, and the Invented Past. *MELUS* 1995, 20(3): 81.

④ Ozick, Cynthia. Bialik's Hint. *Metaphor & Memory.* New York: Alfred A. Knopf, 1989: 232.

最后，许多人对犹太历史记忆的复兴抱有固执的怀疑。例如，历史学家约西夫·海因·耶鲁沙米（Yosef Hayim Yerushalmi）认为犹太历史记忆既不可"复兴"也不能"治愈"犹太集体历史创伤：

> 犹太民族的集体记忆是这个群体的共同信仰、凝聚力和意志的职责所在 —— 近代犹太集体记忆的衰败只是信仰和现实的碰撞影响下通过其机制瓦解的一种症状……短暂的当下都将成为历史。这就是疾病的根源所在。[①]

因此，辛西娅·奥兹克呼吁构建植根于犹太传统的记忆美学，这是一个重大问题，因为这些记忆确实是破碎和残缺的，更糟糕的是，它们没有治愈或复兴的可能。为了减轻和解决历史记忆缺失所诱发的压力，辛西娅·奥兹克在其创作中设法重塑过去的记忆，其间失忆的问题与修复的可能性和不可能性相互对立又碰撞。

（二）路斯·普特梅瑟对过去的建构与解构

在小说《普特梅瑟：她的工作经历、家世和来生》（ "Puttermesser: Her Work History, Her Ancestry, Her Afterlife" ）中，聪明有抱负的34岁律师路斯·普特梅瑟（ Ruth Puttermesser，另有译名：帕特玛瑟·佩蕾德）独居在纽约布朗克斯区，显然她是一个孤独的人。作为律师事务所里唯一的犹太女性，她生活在与男性律师以及一切男

------

① Yerushalmi, Yosef Hayim. *Zakhor: Jewish History and Jewish Memory*. Philadelphia: Jewish Publication Society of America; Seattle: University of Washington Press, 1982: 94.

性活动隔绝的"隔都"里。空闲时，她与自己下棋或玩玩《纽约时报》的填字游戏。她的父母已经退休，居住在佛罗里达。她没有值得一提的朋友，与其他人没有联系，特别是与现实世界的犹太人社区没有任何联系。她在寻找犹太记忆，以满足她与过往生活联系的需要，这超越了她在俗世生活中在公民政法机构所做的努力，使她的存在具有了不俗的意义。

　　普特梅瑟有意识地试图与犹太历史建立联系，她回忆起一个被称为"津德尔叔叔"（uncle Zindel）的人曾教她学习希伯来语，据说他是"被拆除的犹太教堂以前的沙姆斯(shammes)"（"沙姆斯"一词经常被译为"珠子"）。津德尔叔叔是大部分被同化的家庭中未被同化的犹太人,他是"一个老师,一个接受正统犹太教的法律、惯例和传统教育的人"①。毋庸置疑，这对聪明有抱负的普特梅瑟有着非凡的吸引力。然而，小说中这一叙述却突然被一个声音打断了，这个声音曾引发普特梅瑟传记作家们的争论。事实上，这是文学创作中的"元小说叙述"(metafictional narration)手法。"元小说"是有关小说的小说，小说往往喜好声明作者是在虚构作品，喜好告诉读者作者虚构作品的手法，更偏好向读者交代作者创作小说的一切相关过程。小说的叙述往往谈论正在进行的叙述本身，并使这种对叙述的叙述成为小说整体的一部分，这种叙述就是"元

---

① Powers, Peter Kerry. Disruptive Memories: Cynthia Ozick, Assimilation, and the Invented Past. *MELUS* 1995, 20(3): 83.

叙述"，而具有元叙述元素的小说则被称为"元小说"。小说《普特梅瑟：她的工作经历、家世和来生》运用"元小说叙述"手法，体现了对普特梅瑟依赖于自己所创造的历史记忆的质疑：

> 停下来。停，停！普特梅瑟的传记作家，住手！请住手。尽管传记是对人物生平的记叙而不是记录，可编排可描写可说明，但是在这里你编造的太多了。一定程度的创造、虚构是允许的，但不能是整个故事，不要太乞求普特梅瑟的浪漫。[①]

这一带有责备腔调的声音与辛西娅·奥兹克的《流血》中惧怕想象的津德尔的声音相吻合，这提醒了传记作者：事实上，普特梅瑟从来没有机会认识这个叔叔，从来没有和他交谈过，传奇人物——津德尔叔叔在她出生前四年就去世了，他已然躺在斯塔顿岛的地下。这位传记作者被指控过度捏造。这位传记作者解释说，普特梅瑟编造了津德尔叔叔，因为可怜的普特梅瑟发现自己处在一个没有过去的世界里。她父母皆被同化为美国犹太人（"她的父亲几乎是一个北方佬"）[②]。她要求建构这种联系，这位传记作者进一步解释说，为了减轻她的孤独，她从一小部分家庭知识和"犹太东部的旧照片"中提炼出一种幻想，她通过想象臆造

① Ozick, Cynthia. Puttermesser: Her Work History, Her Ancestry, Her Afterlife. *Levitation*. New York: Alfred A. Knopf, 1982: 16.

② Ozick, Cynthia. Puttermesser: Her Work History, Her Ancestry, Her Afterlife. *Levitation*. New York: Alfred A. Knopf, 1982: 36.

自己为传统犹太人中的一份子，从而建构了自己作为犹太人的过往与犹太历史记忆。

然而，元小说的声音坚持认为，传记作家区分了普特梅瑟的幻想和她的现实生活，否则就会点燃普特梅瑟的欲望。它对犹太历史的神话提出了挑战和批判。对普特梅瑟的传记作家的批评表明，普特梅瑟与犹太人过去的联系、与历史的联系仅仅是想象或者说艺术虚构出来的，揭示了普特梅瑟是想象中的下东区犹太人的后裔。元小说的声音进一步向读者提出了一个道德上的迫切要求：

> 津德尔叔叔的那一幕没有发生。这是不可能发生的，因为，虽然普特梅瑟敢于虚构她的祖先，但我们可能不会。谁创造了她？没人在乎。从今以后，普特梅瑟将按给定的方式呈现出来。[①]

我们需要抵制"假定祖先"的诱惑。正如艾萨克·康菲尔对《圣经》历史的再造和拉斯·安德曼宁对其个人历史的重塑一样，路斯·普特梅瑟创造下东区，源于辛西娅·奥兹克的想象及其小说结构自相矛盾地被视为主人公自己的幻想，因此最终会被摧毁。

辛西娅·奥兹克回到《普特梅瑟和赞西佩》中的普特梅瑟，在那里普特梅瑟和以往一样脱离了传统、民族。她梦里对纽约城

---

① Ozick, Cynthia. Puttermesser: Her Work History, Her Ancestry, Her Afterlife. *Levitation*. New York: Alfred A. Knopf, 1982: 38.

的幻想突显了她与犹太记忆和传统的隔离：

> 乌托邦式的纽约新城——坚守理性拒绝盲从，这座俨如微型国家的新城里处处挤满了爱国者，他们忠于国家、热爱市民——不是傻瓜和入侵分子，而是真实而严肃的爱国者：对自己独特的小家园怀有幽默情愫，每个行政区本身都有一片特殊的小家园，欢乐的布朗克斯区，兴高采烈的皇后区，哦，还有快乐的里士满（Richmond）！孩子们穿着溜冰鞋，长长的身着拼布色衣服的慢跑队伍穿梭在布鲁克林大桥上，在绿色水域环绕的美利坚合众国的土地上喘着粗气。①

普特梅瑟的乌托邦是建立在"理性和常识"规则的基础上的，它具有启蒙的特征，即犹太教哈斯卡拉。她对犹太故国的幻想至多是一个从犹太历史和契约中分离出来的乐土的世俗化版本，因为"在纽约建立'家园'的可能性对犹太教来说意味着放弃祖国的承诺，乐土，这是'公约'对未来契约承诺的一个主要特征"②。可以肯定地说，普特梅瑟是与犹太历史脱钩的。

她试图与 16 世纪拉比裘德·勒夫（Rabbi Judah Loew）铸造并摧毁泥人（Golem）的传说建立联系。普特梅瑟所造泥人——

----

① Ozick, Cynthia. Puttermesser: Her Work History, Her Ancestry, Her Afterlife. *Levitation*. New York: Alfred A. Knopf, 1982: 85.

② Powers, Peter Kerry. Disruptive Memories: Cynthia Ozick, Assimilation, and the Invented Past. *MELUS* 1995, 20(3): 85.

赞西佩（Xanthippe）的成形始于偶然。与之不同的是，布拉格的裘德·勒夫"通过祈祷和仪式寻求内在的纯洁和圣洁"①，创造自己的泥人。他根据记载的仪式，边念诵咒语和圣人的名字边绕着这粘土的人形（泥人）走，至七圈为止；作为仪式的终结，他将一个词——"emet"（意为真理）——写在这个泥人的额头上并当着泥人的面重复念诵七次《创世纪》2：7中的句子："耶和华神用地上的尘土造人，将生气吹在他鼻孔里，他就成了有灵的活人。"如果说拉比裘德·勒夫造泥人是为了对抗国王发布的屠戮与驱逐犹太人的命令，那么普特梅瑟造泥人则源于她对女儿的渴望，她幻想着有一个女儿："这是爱自己的表现：所有这些女儿年幼时的模样都是以普特梅瑟自己为模本。她想象她上四年级，上七年级，然后上高中二年级。普特梅瑟本人曾在亨特大学（Hunter College）高中部就读，学习拉丁文。"②

然而，在辛西娅·奥兹克看来，"爱自己"即使是以公民个人利益的名义也是带有破坏性的。虽然赞西佩暂时帮助普特梅瑟实现了对城市乌托邦的憧憬，但她也是破坏乌托邦的同谋。想象是普特梅瑟对自我肯定的渴望，赞西佩代表的只是欲望。她对食物和性的渴望不断增长，她要满足自己眼前的欲望。"她终于长大

① Ozick, Cynthia. Puttermesser: Her Work History, Her Ancestry, Her Afterlife. *Levitation*. New York: Alfred A. Knopf, 1982: 101.

② Ozick, Cynthia. Puttermesser: Her Work History, Her Ancestry, Her Afterlife. *Levitation*. New York: Alfred A. Knopf, 1982: 91.

了，大到不能从床上爬起来。她引诱各色男人上床睡觉，直到最后，她旺盛的性欲与贪欲渐渐破坏了她帮助主人创造的乌托邦纽约新城。"①泥人赞西佩随着体积的增大，野心也越来越大，最终威胁到普特梅瑟，更将她一生的心血毁于一旦，导致了泥人本身的毁灭。赞西佩只生活在当下。因此，辛西娅·奥兹克使用泥人传说意在建立一种与犹太民间传说和犹太历史的联系，于"想象"写作中融入传统犹太道德观，从而创作出独具奥兹克特色的关于"道德的想象"的小说。并且，辛西娅·奥兹克还充分意识到历史记忆的不连续性，迫切要求自己的书写忠于历史、融入历史。这表现在辛西娅·奥兹克小说中普遍存在的与过去建立的奇特和近乎奇妙的"联系"。不管联系的时间多么短暂，这些人与犹太历史和记忆的化身皆有关联。当然，辛西娅·奥兹克认为过去的意义不只在于当下也在于过去。

（三）文化创伤与记忆书写

谈到犹太记忆的重要性，不可避免地要谈及大屠杀及其引发的民族创伤。"纳粹政权与其同谋杀害了约 600 万犹太人"，困扰作家的最大问题是"虚构作品的想象生活对历史事件究竟能有多大的权威性"，因为它与犹太历史的记忆有关，与人类苦难的不可沟通性有关，所谓的感同身受其实是不存在的。忠于历史是以

---

① Powers, Peter Kerry. Disruptive Memories: Cynthia Ozick, Assimilation, and the Invented Past. *MELUS* 1995, 20(3): 86.

了解历史为前提的。

　　了解大屠杀的历史可以通过两个主要渠道——德国档案库存资料和大屠杀幸存者的目击证词。数十年来，以这两种消息来源讲述故事的方式是对立的：档案资料讲述大屠杀元凶的故事，幸存者则讲述遇难者的故事。1997 年索尔·弗里德兰德（Saul Friedländer）关于大屠杀的两卷版著作《纳粹德国和犹太人》（*The Years of Extermination*: *Nazi Germany and the Jews*）[1] 的问世，才开创性地将两股"叙事"合二为一，在撰写大屠杀历史时将元凶的声音与受害者的声音相结合，如此我们可管窥大屠杀的决策过程以及这种合法化迫害所带来的生存历程。正如弗里德兰德解释的那样，"'大屠杀历史'不能仅限于讲述人为地、系统性地、有计划地对一个民族进行灭绝性的屠杀，它必须包含周围世界的反应以及受害者的态度，因为我们之所以称这些事件为大屠杀的根本原因就在于这些事件融合了一些独特元素，应视为一个整体"[2]。弗里德兰德将纳粹政策与当地的特殊性并置，通过战后幸存者的证词、博物馆之类的大屠杀纪念馆馆存的第一手资料以及受害者"振聋发聩"的声音增加了公众了解"大屠杀"的可能性。

　　1997 年，诺曼·芬克尔斯坦（Norman Finkelstein）在《新左

....

[1] Friedländer, Saul. *The Years of Extermination: Nazi Germany and the Jews, 1939-1945*. New York: Harper Collins Publishers, 2007.

[2] Friedländer, Saul. *The Years of Extermination: Nazi Germany and the Jews*. New York: Harper Collins Publishers, 1997.

派评论》(New Left Review) 上发表了一篇文章，指出犹太人组织蓄意通过美国犹太人对以色列的支持来推广"大屠杀"；1999年，彼得·诺维克（Peter Novick）发表了《美国人生活中的大屠杀》(The Holocaust in American Life)；2000 年，芬克尔斯坦出版了长篇巨著《关于纳粹屠犹工业：对开发犹太人痛苦记忆的反思》(The Holocaust Industry: Reflections on the Exploitation of Jewish Suffering)；2001 年，艾伦·明茨（Alan Mintz）发表了《大众文化和大屠杀记忆的塑造》(Popular Culture and the Shaping of Holocaust Memory)。以上作品都认为犹太人组织在 20 世纪四五十年代在美国边缘化了"大屠杀"记忆，是 20 世纪 60 年代及其后的政治势力的残留。明茨在他的介绍中总结了这一学派背后的假设，他写道：在 20 世纪 40 年代和 50 年代末，在"大屠杀"一词还没有像现在这样被普遍使用时，当幸存者因"沉默"被指责时，当欧洲犹太人的破坏没有出现在公共场合时，谁能预测"大屠杀"会如此激烈地改变美国文化的中心？在这些著作出版之后，这种对"大屠杀"幸存者的"沉默"的认知被称为学术界和公众圈的"正统观念"，乃至传遍欧美各地。大卫·切萨拉尼（David Cesarani）认为这些学者促成了第二次世界大战后公众对企图毁灭犹太人的"大屠杀"一直保持"沉默"的反应，直到今天我们才知道哪些历史事件和文化主题应称为"大屠杀"。①

"大屠杀"（the Holocaust）一词早在 1945 年就被使用了，希伯来语和意第绪语中仍认可"the Holocaust"和"Khurbn"的使用，在 20 世纪 40 年代和 50 年代使用"the Holocaust"，呈现了犹太人对纳粹主义下独特的生存体验的理解，包括"欧洲犹太人的恐怖困境"或"纳粹制度谋杀"和使用更普遍的术语如"大灾难""纳粹的暴行"或者"希特勒的恐怖统治"。这些短语中的任何一个都提到了犹太难民在纳粹屠刀下遭受的暴力、驱逐、集中和种族灭绝的苦难。

幸存者在难民营中使用的术语 the She'erit Hapletah 则指"剩下的"或"剩下的犹太人"。哈吉特·拉斯基（Hagit Lavsky）用这个词来指代那些被迫留在难民营并拒绝被遣返回他们的祖国的犹太幸存者。② 兹夫·曼科维茨（Zeev W. Mankowitz）认为，这个词最适用于德国、意大利和奥地利的难民，他们创造了一个追求自我意识的社区。③

....

① Cesarani, David. *Introduction to After the Holocaust: Challenging the Myth of Silence*, Ed. David Cesarani and Eric J. Sundquist, London: Routledge, 2012: 3.

② Brenner, Michael. *After the Holocaust*. Princeton, NJ: Princeton University Press, 1998.

③ Mankowitz, Zeer W. *Life Between Memory and Hope: The Survivors of the Holocaust in Occupied Germany*. Cambridge: Cambridge University Press, 2002.

即使在对生还者的关注中，这种"沉默"也表明，美国犹太人组织更关心的是难民的迫切需求，而不是历史的保护。

幸存者在欧洲各地设立了历史委员会(Historical Commissions)，记录纳粹罪行和幸存者的资料。法国、波兰、德国、奥地利和意大利的历史委员会的详细历史，可参见《战后早期欧洲犹太人大屠杀文献》(*Collect and Record! Jewish Holocaust Documentation in Early Postwar Europe*, *Laura Jockusch*)[①]。

本书采用劳拉·约克希（Laura Jockusch）"二次见证"这一术语来区分战后的美国证人和推广了战后证人文化的幸存者，这个词在过去 30 年来主要用于对幸存者证词的发展和评估。尽管如此，这也是一个有价值的概念，通过思考美国人的角色，他们将战后欧洲的故事转化和传播给美国观众。正如多米尼克·拉卡普拉（Dominick LaCapra）在《奥斯威辛之后的历史和记忆》(*History and Memory After Auschwitz*, 1998)[②]中将"第二见证人"定义为"经历一种转移关系，并且必须在证人及其证词中择定出一个可接受的主体地位"。通过这种方式，拉卡普拉确定"采访者、历史学家或分析家"在幸存者的故事中有"情感暗示"的倾向，并要求人们意识到幸存者故事与外部证人之间的不期而遇。

....

[①] Jockusch, Laura. *Collect and Record! Jewish Holocaust Documentation in Early Postwar Europe.* New York, NY: Oxford University Press, 2012.

[②] LaCapra, Dominick. *History and Memory After Auschwitz.* Ithaca and New York: Cornell University Press, 1998.

　　多利・劳布（Dori Laub）同样分析了幸存者和他们的"听众"之间的关系。[①] 劳布在《见证或倾听的变迁 —— 在证言中见证文学、精神分析和历史的危机》(*Bearing Witness or the Vicissitudes of Listening, in Testimony*: *Crises of Witnessing in Literature*, *Psychoanalysis*, *and History*) [②] 一书中对听众的定义是"创造知识的一方"。对劳布来说，见证"大屠杀"的行为完全与事件的叙述有关，你要么叙述你自己的经历，要么见证别人的叙述。劳布通过将三个不同层次的目击事件与大屠杀的经历联系在一起: 借助经验作为自己的见证人的水平，来提炼倾听者的角色。作为他人证词的见证人，这也是见证自己的过程。和劳布一样，亨利・格林斯潘（Henry Greenspan）也采用"听众"一词来识别一群不同的非证人。正如格林斯潘所解释的，"叙述者和听众在面试中的角色是不一样的"。一次好的面试必得经历一个过程，在这个过程中，访谈者努力去感受、理解被访谈者的经历和观点。这样，听众就会理解幸存者想要分享的，并承担"作为听众……我们听到了我们想听到的"的责任。格林斯潘和劳布都认为，听众是一个身负创造及识别幸存者证词中的意义的角色。

....

① LaCapra, Dominick. *History and Memory After Auschwitz*. Ithaca and New York: Cornell University Press, 1998.

② Felman, Shoshana, and Laub, Dori. Eds. *Bearing Witness or the Vicissitudes of Listening, in Testimony: Crises of Witnessing in Literature, Psychoanalysis, and History*. New York, London: Routledge, 1992: 57-74.

　　拉卡普拉认为历史学家可以作为"二级见证人"。1996年的冬天，玛丽安·赫希（Marianne Hirsch）在《过去的生活：流亡后记忆》（*Past Lives*: *Postmemories in Exile*）中主张用这个词来称呼那些接近时代档案遗产的人，并且用"波斯记忆"理论解释了幸存者的子女们或者说是"幸存者第二代"与大屠杀记忆的关系发生的转变。①

　　如上所述，这些学者在历史、文学批评、心理学等不同领域的作品中，介绍了理解这个概念的不同方法，都强调了对"大屠杀经历"和对那些制造"大屠杀经历"的人的重要性，用各种各样的方式为幸存者作证，也试图从自己的经历中寻求意义（价值）。这些不同的方法揭示了凭借记忆解释历史的过程，它通过唤起人们对"次要证人"和对大屠杀事件的"听众"之间的间接关系的关注，来创造（或掩盖）大屠杀的意义。因此，这些阐述"次要证人"这一概念的诸多方法为艾伦·S.芬（Ellen S. Fine）在《夜的馈赠：伊利·威塞尔的文学世界》（*Legacy of Night: The Literary University of Elie Wiesel*, 1982）中所提出的观点奠定了基石。书中，他主张"听取证人的意见，就是去成为一名证人"②。

　　那么，犹太裔美国小说呈现的大屠杀记忆又是怎样的？

---

① Hirsch, Marianne. Past Lives: Postmemories in Exile. *Poetics Today* 1996, 17(4): 659-686.

② Fine, Ellen S. Legacy of Night: The Literary University of Elie Wiesel. Albany, NY: State University of New York Press, 1982.

整体观照犹太裔美国小说中大屠杀叙事的文学见证，基本上可以划分为三个阶段：

（1）20世纪四五十年代，创作中很少有大屠杀的陈述，索尔·贝娄的《受害者》（*The Victim*）是先驱。

（2）20世纪60年代初，纳粹审判、回忆录和大屠杀幸存者访谈的出现，见证了大屠杀文学的蓬勃发展。

（3）自20世纪80年代中期以来，大屠杀对幸存者后代的影响扩大，产生了一批富有时代特征与时代共鸣的代表作品。有对大屠杀进行直接描述的扛鼎之作，如杰拉尔德·格林（Gerald Green）的《大屠杀》（*The Holocaust*，1978）；有描述其后果的佳作，如艾萨克·巴塞维斯·辛格的《敌人：一个爱情故事》（*Enemies: A Love Story*，1972）；有描述幸存者记忆的经典，如爱德华·刘易斯·瓦兰特（Edward Lewis Wallant）的《当铺老板》（*The Pawnbroker*，1961）、埃利·威塞尔（Elie Wiesel）的《夜》（*Night*，1956）和索尔·贝娄的《萨姆勒先生的星球》；有描述给予犹太人生存援助的值得欣赏的杰作，如索尔·贝娄的《贝拉罗萨连接》（*The Bellarosa Connection*，1989）和辛西娅·奥兹克的《同类相食的星球》（*The Cannibal Galaxy*，1983）；有描述纳粹审判的代表作品，如菲利普·罗斯《夏洛克行动》（*Operation Shylock*，1993）和诺玛·罗森的《触摸邪恶》；有对幸存者后代的愤怒和救赎进行描述的典型作品，如萨尼·罗森鲍姆（Thane Rosenbaum）的《二手烟》（*Second Hand Smoke*，1999）；有后现代主义对经典大屠杀文本的改写之作，如菲利普·罗斯的《鬼作家》，其中《安妮·弗兰克的日记》（*The Diary of Anne Frank*，1947）为其互文文本。

然而，辛西娅·奥兹克的大屠杀文学呈现是以米德拉西的方式来表现自己的独特之处，试图使历史性和艺术性达到一种平衡。在倡导书写真实的犹太性的过程中，她坚持认为历史就是判断和解释。在辛西娅·奥兹克的作品中，大屠杀一直是一个反复出现的话题。她的第一部小说《信任》（*Trust*，1966）戏剧性地描述了大屠杀及其给犹太幸存者所造成的困境。《同类相食的星球》是以大屠杀幸存者的回忆为中心的。《斯德哥尔摩的弥赛亚》触及了想象中的回忆。在她的短篇小说中，有许多关于大屠杀和大屠杀后主题的活动。然而，尽管辛西娅·奥兹克在她的文学实践中频繁呈现大屠杀的主题，她也因此被誉为美国最有成就的大屠杀小说家之一，但她"不赞成用数据制作小说，也不赞成神话化或诗化小说"[1]。从道德上讲，她对小说腐化或轻视大屠杀的可能性很敏感，她认为："我全心全意地相信大屠杀应该完全依附于文献和历史。……如果大屠杀与文学想象相称，那么那些声称这些事件本身只是想象的所谓的修正主义者，复活的纳粹分子又如

---

① Ozick, Cynthia. Roundtable Discussion. Writing and the Holocaust Conference (State University of New York at Albany, 5-7 April 1987). *Writing and the Holocaust*. Ed. Berel Lang. New York: Holmes & Meier, 1988: 284.

何呢？"她声称："主题若腐蚀小说，小说就会腐蚀历史。"① 她不喜欢"篡改、虚构或想象大屠杀，但……她已经做了……它来了，它入侵了"。尽管西奥多·阿多诺（Theodor Adorno）声明奥斯威辛（Auschwitz）之后写诗是野蛮行径，但最终辛西娅·奥兹克坦诚她"不能写这件事。这件事事态升级，并宣称她愤怒……因为她兄弟的鲜血从地上呼啸而出"②。辛西娅·奥兹克敦促犹太作家"用货车、城镇、公路、文件来取回大屠杀的货车。我们的任务是为了避免其成为文学"③，文学是"用自己的审美天赋自我迷恋，自我吸收"④。

辛西娅·奥兹克像阿特·斯皮格曼和菲利普·罗斯一样，她坚持把大屠杀视为历史本身的一部分。她反对在文学领域和科学项目中滥用大屠杀记忆。她不赞成大屠杀在大众文化、政治中的过度呈现，避免拆解这一特殊事件历史性的意义。她坚守犹太历史记忆的真实性，认为犹太人最显著的特征是注重历史的过去，

① Kauvar, Elaine M. The Interview Conducted by Elaine M. Kauvar. *Contemporary Literature* 1985, 26(4): 390.

② Ozick, Cynthia. Roundtable Discussion. Writing and the Holocaust Conference (State University of New York at Albany, 5-7 April 1987). Writing and the Holocaust. Ed. Berel Lang. New York: Holmes & Meier, 1988: 284.

③ Ozick, Cynthia. The Uses of Legend: Elie Wiesel as Tsaddik. Congress Bi-Weekly (9 June, 1969): 19, qtd. by Amy Gottfried, 40.

④ Kremer, Lillian S. *Women's Holocaust Writing: Memory & Imagination*. Lincoln: University of Nebraska Press, 1999: 174.

这一观点与美国社会对未来的重视相悖。默里·鲍姆加滕（Murray Baumgarten）已经区分了抛弃过去的"自由思想家"和面对过去的"批判性思想家"之间的不同，并且调和了犹太文化和他乡文化、过去与现在之间的冲突的双重危机。[①] 辛西娅·奥兹克是一位批判性思想家，她关注犹太人的历史和价值观，她的小说《大屠杀》成功保持了过去和现在、犹太人和非犹太人之间的平衡，凸显了历史和道德价值的想象力。

辛西娅·奥兹克的《披肩》就是运用米德拉西方式（The Midrashic mode）呈现大屠杀历史记忆，不仅是为了纪念在大屠杀中被屠杀的犹太人，也是为了从宗教、政治和心理层面对这一悲惨事件进行审视，最重要的是，探析大屠杀对当代美国犹太人历史记忆的影响。

（四）《披肩》—— 大屠杀的米德拉西式呈现

"Midrash"一词译作"米德拉西"，或译作"米德拉什""密德拉西"，是对犹太教律法和伦理进行通俗阐述的宗教文献，是犹太法师对知识的研究和对犹太《圣经》的诠释。米德拉西是希伯来文的音译，词根是"搜索"或"查询"，意思是解释、阐

---

① Baumgarten, Murray. *City Scriptures*. Cambridge: Harvard University Press, 1982: 26.

释，即《圣经》注释。① 在公元 2 世纪时已出现其雏形，于公元
6 至 10 世纪全部成书。犹太拉比们通过米德拉西将不同的观念引
入犹太教，宣扬乃至揭示早已存在于经卷内的思想、观念。全书
按《塔纳赫》的卷序编排讲解，称呼是在每书卷上加上"米德拉
西"，例如《出埃及记》的解释，称呼为"出埃及记米德拉西"。"米
德拉西"的内容由两部分组成：《哈拉哈》(Halachah) 和《哈加
达》(Haggadah，另一译名为哈嘎达)，但两者的主题思想并不是
严格统一。《哈拉哈》意为规则，是犹太教口传法规的文献，主
要阐释经文的律法、教义、礼仪与行为规范，说明其生活应用。
《哈加达》则意为宣讲，主要阐述经文的寓意、历史传奇和含义
等，并对逾越节的仪式和祈祷进行指导。Passover，逾越节，是
犹太人最重要的上帝的节期，也是初代基督教最重要的上帝的节
期。当以色列人在埃及时，以奴隶之身饱受埃及人驱役，神选召
摩西，带领以色列人离开埃及，脱离奴役的身份，前往神应许的
流淌着奶与蜜的迦南美地。《圣经》中记载：摩西召了以色列的众
长老来，对他们说："你们要挨家挨户取出羊羔，把这逾越节的羊
羔宰了。拿一把牛膝草，蘸盆里的血，打在门楣上和左右的门框
上。你们谁也不可出自己的房门，直到早晨。因为耶和华要巡行
击杀埃及人，他看见血在门楣上和左右的门框上，就必越过那门，

....

① Hartman, Geoffrey H., and Budick, Sanford. Eds. *Midrash and Literature*.
New Haven: Yale University, 1986: 363.

不容灭命的进你们的房屋，击杀你们。这例，你们要守着，作为你们和你们子孙永远的定例。日后，你们到了耶和华应许赐给你们的那地，就要守这礼。你们的儿女问你们说：'行这礼是什么意思？'你们就说：'这是献给耶和华逾越节的祭。当以色列人在埃及的时候，他击杀埃及人，越过以色列人的房屋，救了我们各家。'"[1] 约在公元 2 世纪，《哈加达》的内容虽已见雏形，但最早的单行本直至 8 世纪才出现。"通常，米德拉西的重点是哈拉卡（Halakhic，律法）或阿格达（Aggadic，非律法和主要讲道）的主题。这两种米德拉西最初只在口头上保留，但它们的记载始于 2 世纪。"米德拉西哈拉卡是为传统律法所接受、认可的塔纳克（Tanakh，希伯来《圣经》）的来源，是与犹太人的律法和仪式有关的作品。对希伯来《圣经》非律法部分进行解释的米德拉西被称为阿加达或哈加达，意思是传说、寓言、劝诫 —— 简言之，它是希伯来文学的艺术呈现。[2] "米德拉西通常是对托拉的某种解释，无论是直接训诫、布道，还是更具创造性的叙事。米德拉西目的是创造一个文本，可以指导公元 70 年圣殿被毁后的流散。"而"托拉的诠释"则是"希伯来论战的大合唱"，"米德拉西"是一种幻想和

....

[1] The Holy Bible. New Jersey: International Bible Society, 1984.

[2] Hartman, Geoffrey H., and Budick, Sanford. Eds. *Midrash and Literature*. New Haven: Yale University, 1986: 363.

形象化与背景、历史和道德密不可分的实践，^① 这是一种用以探讨大屠杀的主题必不可少的非对立的方法，它将信仰与基于道德意识的历史性和艺术自由互融。

辛西娅·奥兹克在《比亚利克的暗示》中，解释了哈伊姆·比亚利克（Chaim Bialik）的一种说法，并将米德拉西拓展延伸为一种创造新的犹太文学的方式，指出米德拉西是非对立的，米德拉西的两个组成部分——哈拉卡和阿格达是相辅相成的。

"阿加达的价值，"他声称，"是它在哈拉卡发行。阿加达没有把哈拉卡带入它的行列是无效的。"如果我们停下来把阿加达翻译成故事和传说，把哈拉卡翻译成共识和法律，或把阿加达翻译为幻想的王国，把哈拉迦卡翻译为义务法庭，那么比亚利克接下来的建议是惊人的。相反，他说，哈拉卡可以把阿加达带到它的行列。抑制诗歌的生产者？"难道她不是"——现在比亚利克在谈论安息日——"整个民族生命和圣洁的源泉，是歌唱家和诗人的灵感源泉吗？"^②

辛西娅·奥兹克认为，想象力可以受到法律和道德的启发。就像拉比创作米德拉西一样，辛西娅·奥兹克采用了米德拉西方

---

① Rosenberg, Meisha. Cynthia Ozick's Post-Holocaust Fiction: Narration and Morality in the Midrashic Mode. *Journal of the Short Story in English* 1999, 32: 114.

② Ozick, Cynthia. Bialik's Hint. *Metaphor & Memory*. New York: Alfred A. Knopf, 1989: 228.

式，并允许在虚构地接近大屠杀主题的过程中，打破艺术表现与历史呈现之间的对立，同时坚持其历史性。真正起作用的是她对犹太人历史真实性的道德坚持。

米德拉西主要关注的是神对《圣经》的注释。丹尼尔·博雅林（Daniel Boyarin）在描述《圣经》中的注释时说："《圣经》叙事是空隙性和对话性的。米德拉西的作用是填补空白。"[1] 简言之，它主要关注的是神圣的文本空白。约瑟夫·阿尔卡纳（Joseph Alkana）认为"米德拉西的活动经常以小说的形式出现，尤其是以道德说教为目的的小说"。他还认为，对文本空白的关注可以从两方面加以考虑。作为文本注释，米德拉西试图提供"可理解的裂缝或其他复杂的《圣经》段落"。此外，米德拉西在产生"符合当代宗教信仰和环境的解释"方面起着另一种作用，阿尔卡纳将其定义为"米德拉西作品的道德方面，把当代的知识和伦理困境作为传统的延伸"[2]。

关于《披肩》有一些有见解的米德拉西式研究，包括《披肩》和《罗莎》（Rosa）。约瑟夫·洛维（Joseph Lowin）将《罗莎》解读为《披肩》的米德拉西式评价，着重于填补文本空缺的米德拉

[1] Boyarin, Daniel. *Intertextuality and the Reading of Midrash*. Bloomington: Indiana UP, 1990: 17.

[2] Alkana, Joseph. " Do We Not Know the Meaning of Aesthetic Gratification?": Cynthia Ozick's *The Shawl*, The Akedah, and the Ethics of Holocaust Literary Aesthetics. *Modern Fiction Studies* 1997, 43(4) : 969.

西作用。他认为,《罗莎》通过对《披肩》的阐述和解释,补充了《披肩》中的遗漏,《披肩》仅为叙事的建构提供了最基本的信息。[①] 约瑟夫·阿尔卡纳（Joseph Alkana）把《披肩》作为阿格达的一个女性版本,讲述了《圣经》中亚伯拉罕近距离献祭以撒的故事。[②] 虽然洛维关注的是第一种米德拉西评论,但阿尔卡纳对第二种类型非常感兴趣,后者试图使《圣经》与近代史相契合。

　　尽管这些阅读具有重要意义,有助于加深我们对辛西娅·奥兹克的文本和大屠杀后小说的理解,但是,正如辛西娅·奥兹克所指出的那样,仅凭米德拉西创造当代犹太文学是不够的,因为米德拉西通常意味着"寓言文学",它受到其自身单一形式的限制。[③]梅莎·罗森伯格建议将米德拉西看作"不是一种单一的限制形式,要求我们不可把文本当作字面的米德拉西或寓言来阅读,而是作为一种模式,一种以辩证法为基础的犹太文学方式"[④]。他认为《披肩》的主要辩证法之一是大屠杀的历史表征和艺术表现

....

① Lowin, Joseph. *Cynthia Ozick*. Boston: Twayne Publishers, 1988: 109.

② Alkana, Joseph. "Do We Not Know the Meaning of Aesthetic Gratification?": Cynthia Ozick's *The Shawl*, The Akedah, and the Ethics of Holocaust Literary Aesthetics. *Modern Fiction Studies* 1997, 43(4) : 963-990.

③ Ozick, Cynthia. Bialik's Hint. *Metaphor & Memory*. New York: Alfred A. Knopf, 1989: 238.

④ Rosenberg, Meisha. Cynthia Ozick's Post-Holocaust Fiction: Narration and Morality in the Midrashic Mode. *Journal of the Short Story in English* 1999, 32: 117.

之间的碰撞与交汇，"这既是一种历史的，也是一种哲学的和个人的灾难"①。米德拉西是一种模式，并非某种文学形式。

　　然而，正是在 1977 年，辛西娅·奥兹克完成了小说《披肩》，此书于 1989 年出版。辛西娅·奥兹克曾说，正因为她忐忑于从大屠杀中选取素材进行艺术创作，才使她无法立即出版。如何确保文学创作在历史性与艺术性之间达到平衡，这既是《披肩》这部作品也是辛西娅·奥兹克面临的困境。正是兼顾了历史性与艺术性，辛西娅·奥兹克的创作才能坚守犹太历史的真实性。

　　辛西娅·奥兹克忠于历史事实，揭示历史真相。她所写的《披肩》是基于她对一部历史著作的阅读，即威廉·夏伊勒（William Shirer）的《第三帝国的兴亡》（*Rise and Fall of the Third Reich*），它描述了纳粹将婴儿扔向带电栅栏的行为，这是《披肩》中最令人发指的一幕。《披肩》另一创作素材来源于与耶日科辛斯基（Jerzy Kozinski）的辩论，讨论中，两位作家触及了那些被同化的犹太人的现状，他们不是"小犹太人"，但却遭遇了同样的命运。因此，辛西娅·奥兹克作品的艺术性源于她所坚持的历史性。此外，这两个故事是按时间顺序设置的，即大屠杀时间场景下的《披肩》和发生在当代迈阿密（Miami）的《罗莎》。这种安排证明了辛西娅·奥兹克强调文学创作的历史性，同时也创造了罗莎·卢布林

······························

① Rosenberg, Meisha. Cynthia Ozick's Post-Holocaust Fiction: Narration and Morality in the Midrashic Mode. *Journal of the Short Story in English* 1999, 32: 117.

在大屠杀后幻想与玛格达之间的联系。她远离社会，她拒绝西蒙·珀斯基（Simon Persky）的示好，她拒绝参与特里博士对大屠杀的篡改，拒绝为自我救赎而重返犹太群体。罗莎内心拒绝承认玛格达已经死去的事实。她幻想着玛格达在世界的某个地方还好好地活着。为了寻找自己的孩子，她把自己在纽约的店铺砸了之后离开唯一的亲人斯黛拉（Stella），只身来到迈阿密，独自一人住在老旧昏暗的旅馆单间里。罗莎生活在她为自己建构的虚幻世界，三餐不定，不修边幅，也不与他人过多往来，惯于孤零零地待在自己杂乱无章的房间里。

辛西娅·奥兹克在编年体式的中篇小说中引用了史实做参考，并不一定意味着她偏好历史性而非艺术性。对辛西娅·奥兹克来说，文学就是道德生活，文学消解了道德与想象之间的对立。在兼顾作品的历史性和艺术性的创作过程中，辛西娅·奥兹克探索了大屠杀后犹太幸存者的困境，作为她对犹太真实性的米德拉西解释的延伸，究其根源就在于"搜索"和"查询"。

长达 70 页的中篇小说《披肩》包含了两个相关联的故事，即以第二次世界大战期间为背景的《披肩》同名故事和以战后 1977 年为背景的《罗莎》（Rosa）。《披肩》是一个难以用语言形容的恐怖故事，描述了罗莎·卢布林、罗莎·卢布林襁褓中的女儿玛格达和罗莎·卢布林的小侄女斯黛拉被囚禁在集中营的遭遇。第二次世界大战期间纳粹集中营是"一个没有怜悯、同情的地方"。罗莎亲眼看着自己的孩子被纳粹士兵扔向了电栅栏。她因恐惧死亡，一念间没有勇气从纳粹手中救下女儿，只能眼睁睁看着幼女惨死，从此饱受自我灵魂拷问的折磨。大约 40 年后 58 岁的主角罗莎·卢布林（下文简称"罗莎"）和斯黛拉住在美国，罗莎在布鲁克林的旧家具店被拆除后刚刚搬到佛罗里达。生活在继续，折磨心灵的拷问也在继续。《罗莎》作为《披肩》的后篇继续讲述了罗莎未完的故事。此外，这个故事还探讨了罗莎战前的生活和她重返犹太"隔都"寻求救赎。

　　《披肩》将故事发生的场景设置在大屠杀期间，语言风格简单直白，少有细节刻画与描述。辛西娅·奥兹克认为中篇小说《披肩》中的历史性呈现多于艺术性呈现，《罗莎》则反之，它以其简短的结构和有诗意的见多识广的颠覆性修辞刻画了丰富多彩的人物形象，凸显了其小说叙事的艺术性。

　　梅莎·罗森伯格认为这两个故事的历史性呈现和艺术性呈现是矛盾的。[①] 这两个故事交织在一起，一个故事又包含着另一个故事，直到第二个故事《罗莎》接近尾声，罗莎才能直面事实向自己承认第一个故事《披肩》中发生的事情：玛格达被谋杀了。这两个故事因互文叙事圈的存在，相互影响，说明历史呈现是渐进式的。因此，在中篇小说的结尾，读者们没有被《罗莎》留下，而是被《披肩》留下了，特别是大屠杀的艺术性呈现最终指向了

① Rosenberg, Meisha. Cynthia Ozick's Post-Holocaust Fiction: Narration and Morality in the Midrashic Mode. *Journal of the Short Story in English* 1999, 32: 124.

它的历史性。读者的阅读体验回应了大屠杀的先决条件，文学见证历史须考虑故事的历史性，见证文学也须兼顾艺术性。

欧文·哈尔佩林（Irving Halperin）在《公益杂志》（*Commonweal*）中评论道："在这样一个时代，人们对大屠杀的记忆被浮夸的小说、脱口秀和电视'纪录片'淡化甚至边缘化了，而当一些社会'科学家'（罗莎会称他们为恋尸癖，necrophiliacs）正在做'研究项目'，用残暴的心理呓语书写'幸存者'的时候，辛西娅·奥兹克女士的书写是道德想象力的一种特别受欢迎的成就。"她强调文学创作的历史性呈现，同时也主张适当的艺术性的坚持。正如《披肩》所显示的，辛西娅·奥兹克的道德意识与大屠杀后的困境有关，她对犹太价值观的坚守与大屠杀后美国犹太环境中的社会现实之间潜藏冲突，她对历史性的强调体现在对历史记忆的道德禁令，公众对大屠杀证词不感兴趣的批评，反对压制创伤记忆以否认历史，以及滥用大屠杀。

（五）辛西娅·奥兹克后大屠杀时代的"犹太性"书写

辛西娅·奥兹克认为后大屠杀时代的"犹太性"的界定标准不是血统或宗教，而是直接或间接地体验大屠杀并认可这种体验为历史的一部分。铭记犹太历史是辛西娅·奥兹克愿景中的一个基本信念。相应地，她笔下的罗莎被描述成一个面对过去的批判性思想者，目睹纳粹大屠杀以及幼儿被折磨而死的心理创伤使她自我放逐、自我封闭，拒绝接受现在，拒绝他人的靠近、关心和帮助，活在自己划定的圈子里，活在回忆中，活在幻象里。斯黛拉则被描述为一个抛弃过去的自由思想者。作品把罗莎和斯黛拉并置为对立的人物，凸显辛西娅·奥兹克对历史的重视。尽管书中有许多对痛苦和回忆的描述，但因罗莎是主角，对她的痛苦经历和创后反应的阐释成为关注的焦点，而斯黛拉则被称为罗莎的"心理陪衬"。在"过去"的美国犹太背景下，罗莎对"过去"的强烈执着在某种程度上证明了辛西娅·奥兹克害怕大屠杀在当代美国犹太语境中被遗忘，这源于犹太教的历史范式与美国主流社会所信奉的宗教有本质区别，体现在犹太教对记忆和传统的延续性的强调与美国对新奇和未来进步的迷恋之间的区别。

　　罗莎活在当下，却深陷于过去，灵魂与生气都停留在过去，就像"埃利·维塞尔（Elie Wiesel）的三部曲《夜》《黎明》《白天》(*Night, Dawn, Day*)"中的埃利泽（Eliezer），他意识到"我想，如果我能忘记，我会恨自己"。[①] 罗莎活在过去，正如她对珀斯基的评论中所反映的："没有生命，一个人就能住在他能住的地方。如果他只有思想，那就是他生活的地方。"[②]

　　罗莎眼中的人类体验可分为三个时代："以前的生活、生活的过程、以后的生活……以后的生活就是现在。以前的生活是我们

....

① Ozick, Cynthia. The Uses of Legend: Elie Wiesel as Tsaddik. *Congress Bi-Weekly* (9 June 1969): 303, qtd. by Amy Gottfried, 40.

② Ozick, Cynthia. *The Shawl*. New York: Random House, 1990: 27-28.

在自己出生的家里的真实生活。"① "生活的过程",指的是毫无生活可言的希特勒时代的大屠杀。罗莎和她所爱的家庭、所爱的文化以及所爱的语言都远离了战前平静的日子,她的生活经历了人间最为惨烈的遭遇,"曾经我认为最坏的是最坏的,在那之后没有什么最坏只有更坏。但现在我明白了,即使在最坏的情况下,仍有更多更坏的情况"。②

罗莎未能在现在拥有自己的"生命",无法涅槃重生,部分原因在于她对失去孩子的永久哀痛,以及大屠杀挥之不去的噩梦带来的无法根除的困扰,这导致她不愿也无力在过去与现在之间建立情感联系;还有部分原因是公众对她亲历大屠杀的幸存者证人身份不感兴趣,拒绝听她讲述大屠杀的经历,这也是导致她沟通失败和人际交往失败的主因。

1. 公众对大屠杀的选择性遗忘与文化记忆重塑

公众和学界对于大屠杀的兴趣已从记录史实转而探索几代过后的当下是如何记忆并阐释这些史实的。公众对大屠杀见证者的漠视源于美国的历史范式,这种范式一般会带来抛弃过去的"自由思想"。抛弃过去的倾向很好地解释了美国人不愿面对大屠杀的恐怖与惨绝人寰。美国社会对罗莎的大屠杀证词漠不关心,没有人愿意听她的大屠杀遭遇 —— 这是世界默许罗莎的孩子被谋

① Ozick, Cynthia. *The Shawl*. New York: Random House, 1990: 58.

② Ozick, Cynthia. *The Shawl*. New York: Random House, 1990: 14.

杀的象征。罗莎毁掉了她在纽约的商店，撤回了大屠杀的记忆，她唯一的安慰就是哀叹和幻想女儿还好好地生活在世上。此外，正是那些逃避大屠杀目击证人的人和罗莎在她愿意分享大屠杀经历时遇到的漠不关心的人，使她拒绝了一个自愿倾听的珀斯基。他说："不管我说什么，你都会装作听不到。"[1] 公众的冷漠使罗莎更加怀疑观众对证人的反应，这导致她从普通社会的生活常态中退出。例如，从对历史的体验和社会阅历来看，罗莎与迈阿密犹太人有着不同的感觉，罗莎甚至认为他们对她的看法肯定和难民一样是肤浅的，手臂上的蓝色数字"就像一个脱离普通群集计算出来的数字"[2]。《披肩》中，除了对美国大屠杀漠不关心的道德判断外，辛西娅·奥兹克还提出了抛弃过去或忘却过去的另一种形式，即否认试图抹去斯黛拉描述回忆的悲惨历史。

作家对斯黛拉的描摹大部分隐藏在叙事明线后，读者无法触摸她的想法和梦想。小说中对她的描写自战后做了调整。公众的冷漠、斯黛拉的压抑折射出罗莎的"疯狂"。罗莎在绝望的悲怆中仍然保持着对过去强烈的执着，斯黛拉却试图压制记忆之殇，追求物质，享受生活。他们对大屠杀截然不同的态度是辛西娅·奥兹克道德想象力的源泉。

谈到被囚于集中营的那些难熬的时光,埃利泽在埃利·维塞尔

---

[1] Ozick, Cynthia. *The Shawl*. New York: Random House, 1990: 27.

[2] Ozick, Cynthia. *The Shawl*. New York: Random House, 1990: 36.

的《夜》《黎明》《白天》中评论说:"任何在那里待过的人或多或少带点人类罕有的疯狂与歇斯底里。"[1] 罗萨和斯黛拉作为一对对立的幸存者,明显带有从大屠杀中恢复过来的疯狂,他们每个人都认为对方患有精神病。罗莎毁掉了她在纽约的商店,她被报道为"一个疯女人"。斯黛拉威胁说:"再一次公开的怒火让你陷入困境。"[2] 罗莎反对斯黛拉对记忆的压抑,她说:"魔鬼爬进你的身体束缚你的灵魂,你甚至都不知道。"[3] 在罗莎看来,"斯黛拉很放纵自己。她想要抹去记忆"[4],"以前存在的每一个痕迹都是对她的侮辱"[5]。辛西娅·奥兹克通过描绘罗莎的判断,认为斯黛拉的疯狂是她对大屠杀记忆的压制,以及对历史延伸的否定。因为历史是文化、仪式和宗教信仰的宝库,包括荣耀与创伤,它们都是不可忽视或不可抛弃的财富。

斯黛拉在第二部小说的叙事中没有扮演任何戏剧性的角色,但她的存在和影响力却被口头回应所强化。第一个故事的开头是"斯黛拉,冰冷,冰冷,地狱般的冰冷"[6];而在续集《罗莎》中,

....

[1] Ozick, Cynthia. The Uses of Legend: Elie Wiesel as Tsaddik. *Congress Bi-Weekly* (9 June 1969): 303, qtd. by Amy Gottfried, 40.

[2] Ozick, Cynthia. *The Shawl*. New York: Random House, 1990: 32-33.

[3] Ozick, Cynthia. *The Shawl*. New York: Random House, 1990: 15.

[4] Ozick, Cynthia. *The Shawl*. New York: Random House, 1990: 58.

[5] Ozick, Cynthia. *The Shawl*. New York: Random House, 1990: 41.

[6] Ozick, Cynthia. *The Shawl*. New York: Random House, 1990: 3.

斯黛拉沉沦在对罗莎的沉思中，主要与提及寒冷有关："她总是很冷。冷意进入她的心脏"①，她被称为冷酷无情的"死亡天使"②。此外，在第一个故事中，斯黛拉努力用披肩温暖自己导致了玛格达的死亡；而在第二个故事中，罗莎沉溺于"斯黛拉食人梦"的憎恶感中，她"正在加热煮沸她的舌头，她的耳朵，她的右手，这样一只长着丰满手指的胖手"③。食人的梦提醒读者，在罗莎的假设中，"斯黛拉在等待小玛格达死去，这样她才能把牙齿伸进她小小的大腿"④。食人的梦也反映了罗莎对斯黛拉作为马格达谋杀案的共犯的判断，这在致玛格达的一封信中得到确认，信中指控斯黛拉"总是嫉妒你。她没有心"⑤。"寒冷"与"心"的结合，再加上在"她没有心"（"She has no heart."）的判断中现在时态的运用，在她的"悲剧性越轨与战后道德失败"之间建立了因果联系。⑥

斯黛拉对罗莎的心理创伤毫无怜悯之心，她无法理解罗莎长久的哀痛与绝望是由回忆导致的。斯黛拉对此视而不见、充耳不闻，她决心追求一种减少大屠杀对她战后生活的持续破坏性影响

① Ozick, Cynthia. *The Shawl*. New York: Random House, 1990: 6-7.

② Ozick, Cynthia. *The Shawl*. New York: Random House, 1990: 15.

③ Ozick, Cynthia. *The Shawl*. New York: Random House, 1990: 15.

④ Ozick, Cynthia. *The Shawl*. New York: Random House, 1990: 5.

⑤ Ozick, Cynthia. *The Shawl*. New York: Random House, 1990: 44.

⑥ Kremer, Lillian S. *Women's Holocaust Writing: Memory & Imagination*. Lincoln: University of Nebraska Press, 1999: 156.

的生活，而辛西娅・奥兹克"不能写这件事。这件事事态上升，并宣称 [她] 愤怒……[因为她] 兄弟的鲜血从地上喷涌而出"①。

此外，正如欧文・格林伯格（Irving Greenberg）所言，"成为犹太人就是听故事，并声称它们是属于自己的故事……不断地把它们讲给别人听"②。艾米・戈特弗里德（Amy Gottfried）也有类似的看法，她认为"犹太教最强烈的禁令之一是作证"③。辛西娅・奥兹克通过描写斯黛拉，哀叹对大屠杀证词的压制和后代的冷漠，这两者都将导致历史性的丧失，首先是幸存者人数的减少，其次是大屠杀的艺术性呈现前景黯淡。

否认大屠杀损害了受害者的名誉，滥用历史也是如此。当然，罗莎和辛西娅・奥兹克坚持的是真实而恰当地传播大屠杀历史。

2. 盗用：对大屠杀记忆历史性的威胁

从美国犹太人就大屠杀历史对现在的影响的理解来看，不可避免地会出现挪用历史来造福于现在的现象。罗莎和《披肩》中

....

① Ozick, Cynthia. Roundtable Discussion. Writing and the Holocaust Conference (State University of New York at Albany, 5-7 April 1987). *Writing and the Holocaust*. Ed. Berel Lang. New York: Holmes & Meier, 1988: 284.

② Greenberg, Irving. *Polarity and Perfection. Face to Face 6*. New York: Anti-Defamation League, 1979: 12.

③ Gottfried, Amy. Fragmented Art and the Liturgical Community of the Dead in Cynthia Ozick's *The Shawl, Studies in Jewish American Literature* 1994, 13: 40.

的特里（Dr. Tree）博士之间的对话触及了大屠杀传播和滥用的主题。特里博士是研究大屠杀幸存者行为的研究人员，他给罗莎写了一封信，通篇专业术语，在信中他请求罗莎与他合作项目"观察自然环境中的幸存者综合征"[①]。特里博士对罗莎的集中营体验很感兴趣。但在特里博士看来，她只是一个实验室标本，一个"手臂上有蓝色数字"的人。而在罗莎看来，特里博士是一个想利用大屠杀记忆以获取利益的寄生虫。罗莎谴责特里博士的盗用行为，将特里博士的手稿扔到天花板上，把他的信冲进马桶，这是她拒绝成为盗用大屠杀的同谋的一种姿态。

小说中对罗莎和特里博士相遇的描绘处理是基于这样一个事实——那就是在20世纪60年代，大屠杀常常以一种掩盖犹太历史和文化的方式受到美国犹太作家的极大关注。因此，随着大屠杀历史记忆本身的进一步消除，其呈现的范围和数目似乎在不断增加。重要的是要区分大屠杀本身和"从那以后，灾难发生以来的修辞、文化、政治和宗教用途"[②]。辛西娅·奥兹克坚持认为，应该记住的是大屠杀及其所代表的历史性，反对错误地将大屠杀盗用视为大屠杀传播的失败。尽管罗莎拒绝成为特里博士在盗用大屠杀事件中的同谋，但她自己却陷入了无意识的盗用之中，这是她对大屠杀的偶像崇拜行为的传播，尤其是她对披肩的痴迷，

....

① Ozick, Cynthia. *The Shawl*. New York: Random House, 1990: 38.

② Lopate, Phillip. Resistance to the Holocaust. *Portrait of My Body*. New York: Doubleday, 1996: 90.

以及她对玛格达的幻想。对辛西娅·奥兹克来说，这是一种被剥夺了犹太原真性的艺术。

3. 偶像崇拜幻想：一种非犹太人的艺术性

当辛西娅·奥兹坚持大屠杀的历史性时，她参与了大屠杀的艺术性呈现。她害怕大屠杀被遗忘，同样，她担心大屠杀会变成"偶像"，一种非犹太人的艺术性。

记住大屠杀并不一定意味着痴迷于过去、沉湎于过去而不可自拔（这只会以牺牲现在和未来的正常状态为代价）。此外，辛西娅·奥兹克关注幻想和偶像崇拜的相互关系，她把罗莎的幻想描绘成"伤痕累累的幸存者思想的痛苦"。在辛西娅·奥兹克的道德判断中，通过偶像崇拜将大屠杀从历史记忆中移除，因为大屠杀的历史记忆被从历史的延续性中移除，其"冻结在时间的长河中，从而成为崇拜的对象"[1]。

罗莎偶像崇拜的罪魁祸首是她对披肩的痴迷，以及她对玛格达的幻想。披肩围绕和保护着玛格达，是神圣和母性关怀的象征。然而，在战后的美国，当罗莎对玛格达披肩的崇拜变成了披肩只是她女儿唯一遗留的实物时，当玛格达的记忆潜入披肩每一根纤维并被回忆起来时，当放纵和痴迷导致对其他人的漠视和对目前

[1] Lehmann, Sophia. "And Here [Their] Troubles Began": The Legacy of the Holocaust in the Writing of Cynthia Ozick, Art Spiegelman, and Philip Roth. *Clio* 1998, 28(1): 36.

正常状态的破坏时，它就变成了偶像，因为"任何偶像的主要特点是它本身就是一个系统，自成一方天地。它对世界和人类漠不关心"①。正如斯黛拉在信中所写的，她提到了把披肩寄给罗莎的事，"你的偶像已经在路上了。如果你愿意，就跪下去吧。你就像中世纪的那些人一样，他们崇拜一个真正的十字架。据人所知，这只是从某个古老的户外小屋弄来的碎片"②。

死于酷刑谋杀下的玛格达的记忆对罗莎来说太可怕了，以至于她无法像其他人所鼓励的那样压制或抛弃它，"继续生活"。罗莎因对生活的兴趣减弱而退出了正常社会，她沉溺于用波兰语写信给玛格达，称玛格达为"我的黄金，我的财富，我的宝藏，我隐藏着的芝麻，我的天堂，我的黄花，我的玛格达：盛开的皇后"③，表明玛格达已成为罗莎的神，然而，"这些术语不适用于上帝，但适用于黄金小牛或希腊的自然精神"④。

对偶像崇拜的痴迷无视时间的进展，冻结了对时间的放纵，罗莎坚持认为大屠杀是唯一的"真实"时间，就像她之前解释的

① Ozick, Cynthia. Literature as Idol: Harold Bloom. *Art & Ardor*. New York: E. P. Dutton, 1983: 189.

② Ozick, Cynthia. *The Shawl*. New York: Random House, 1990: 31.

③ Ozick, Cynthia. *The Shawl*. New York: Random House, 1990: 66.

④ Lehmann, Sophia. "And Here [Their] Troubles Began": The Legacy of the Holocaust in the Writing of Cynthia Ozick, Art Spiegelman, and Philip Roth. *Clio* 1998, 28(1): 37.

那样，"以前是个梦。之后是个笑话。只有在那停留期间才真实存在"[1]。创伤的严重程度和公众对她大屠杀证词的漠不关心是罗莎拒绝建立情感联系的原因，也是她试图将玛格达的生命保留在她的想象中的原因。这符合精神病学的理论，即当幸存者无法完成哀悼一个儿童失去的过程时，"各种形式的否认、理想化和……成为必要的墙"[2]。

除了罗莎战后否认玛格达的酷刑死亡之外，她还为玛格达创造了理想化的成人生活，作为对失去的母亲身份的心理和想象力的恢复。母亲理想化的典型现象有三种：在成年前夕，玛格达被想象成一个可爱的 16 岁少女；玛格达 31 岁时，被想象成一位医生，嫁给了住在纽约郊区一所大房子里的医生；接着，玛格达又被想象成"哥伦比亚大学希腊哲学教授"。[3]

所有这些幻想似乎都令人同情，因为罗莎写给想象中的玛格达的信最初只是一种交流的尝试。尽管如此，他们很快就变成了把"其间"当偶像崇拜的幻想，并把它转化成幻想可以在那里悠闲地逗留。在其中一封信中，罗莎告诉玛格达的父亲："我们家有地位。你父亲是我母亲密友的儿子。她是一个皈依犹太人教的人，

....

① Ozick, Cynthia. *The Shawl*. New York: Random House, 1990: 58.

② Krystal, Henry. Integration and Self-Healing in Psychotraumatic States. *Psychoanalystic Reflections on the Holocaust*. Eds. Steven A. Luel and Paul Marcus. New York: Ktav Publishing House, 1984: 125.

③ Ozick, Cynthia. *The Shawl*. New York: Random House, 1990: 39.

嫁给了一个外邦人。如果你愿意，你可以是犹太人，也可以是外邦人，这取决于你。你有一份可选择的遗产，他们说选择是唯一真正的自由。"[1] 罗莎对玛格达父子关系的创造与读者的假设形成鲜明对比，他们认为，玛格达非但没有一个出身显贵、有高贵头衔的父亲，反而是纳粹暴行下发生的悲剧。很明显，罗莎正在自我放纵地重新创造历史。用自我放纵的想象力来伪造和虚构历史是一种偶像崇拜。然而，无论是在不知不觉中还是在不可避免的情况下，罗莎都崇拜偶像，这表明她的犹太信仰是不真实的。

罗莎不真实的犹太性，也反映了她缺乏与犹太人的历史联系，以及她缺乏公共和种族的关注，只为她个人的损失而悲伤。

辛西娅·奥兹克支持罗莎的历史记忆，然而在描绘罗莎对犹太人身份的厌恶上持不同的态度。事实上，罗莎反犹太主义的社会身份的认同背离了她的犹太传统。正如她战后对珀斯基的偏见显示的那样，罗莎被描绘成一个道德上有缺陷的角色，这基于战后她坚持父母对犹太人和犹太文化的偏见。罗莎被指控对犹太人"有一定的蔑视"，她认为犹太人是"原始的"[2]。

在一次反犹太主义的演讲中，罗莎问道："你能想象像我们这样的家庭吗？……用丰富的莫科维奇和拉比诺维奇和帕斯基斯和伯斯基斯和芬克尔斯坦限制我们……走来走去，鞠躬，摇摇晃晃

....

[1] Ozick, Cynthia. *The Shawl*. New York: Random House, 1990: 43.

[2] Ozick, Cynthia. *The Shawl*. New York: Random House, 1990: 52.

地看着旧的祈祷书……我们很生气，因为我们不得不被这样一个阶级所征服，每天早晨，这些犹太老农因为他们的仪式和迷信而疲惫不堪，他们额头上的花纹很愚蠢，像独角兽角一样。"[1]

这是出于蔑视的愤怒，罗莎回忆起被她称为愚蠢的一种禁锢的羞辱和耻辱。但是，她没有意识到，她的家庭虽然被同化了，但从根源来说仍是一个犹太家庭。卢宾斯一家信奉反犹太主义，与他们的犹太文化背景脱节，因此对波兰文化产生了迷恋。生活在华沙的犹太文学的黄金时代，卢宾斯图书馆享有大多数其他欧洲语言和文学的特权，而有意排斥犹太写作、民族写作。正是他们对意第绪语的诋毁，尤其是他们对波兰人的偏爱，使他们有别于大多数波兰犹太人。

他们是"自我憎恨的犹太人，波兰反犹太主义的产物"和"激进同化的模式"[2]。罗莎骄傲地回忆说，她的父亲把自己定位为"极右派"[3]，"他身上没有留下犹太贫民区的影子，也没有一点腐朽之气"[4]。

父母在纳粹前的反犹太主义信仰培养了罗莎与犹太、犹太教的隔阂，这反映在她对犹太华沙的反感上，她形容这是一条"苦

---

[1] Ozick, Cynthia. *The Shawl*. New York: Random House, 1990: 66-67.

[2] Kremer, Lillian S. *Women's Holocaust Writing: Memory & Imagination*. Lincoln: University of Nebraska Press, 1999: 164.

[3] Ozick, Cynthia. *The Shawl*. New York: Random House, 1990: 40.

[4] Ozick, Cynthia. *The Shawl*. New York: Random House, 1990: 21.

涩的古老小巷，密密麻麻的意第绪语标语牌"①。战后她的懊恼源于美国人把她误认为是与珀斯基同类的东方人，以及战后她对珀斯基的偏见。对他们共同的波兰血统的吸引力，她回应："我的华沙不是你的华沙。"②

辛西娅·奥兹克倡导犹太文化的特殊性，明确揭露犹太人的自我仇恨是反犹太主义的遗产，并以减少他们的犹太文化遗产为代价，含蓄地斥责那些迎合外邦社会利益的犹太人，因此，道德信息指向辛西娅·奥兹克怀疑同化的优点和她对完全同化的抵抗。相反，她坚持认为这个世界应该重新融入犹太传统。

《披肩》的一个核心问题是大屠杀后回归正常化的可能性，这主要关系到回忆和救赎治愈之间的平衡，以及在正常化进程中可行的功能元素。关于什么是功能性的、什么是功能失调的，有道德上的判断。

4．回忆与救赎治愈

根据以色列心理学与行为科学教授丹·巴旺（Dan Bar-On）的说法，大屠杀幸存者希望正常化的愿望要么是功能性的，要么是功能失调的。当"幸存者避免了心理哀悼的过程，从而成为对

---

① Ozick, Cynthia. *The Shawl*. New York: Random House, 1990: 20.

② Ozick, Cynthia. *The Shawl*. New York: Random House, 1990: 21.

过去的内在承诺时，这种试图正常化可能会变得功能失调"①。

心理哀悼过程似乎在大屠杀后的正常化中起着不可或缺的作用。罗莎经历了大量的心理哀悼过程，在她的内心独白和她写的信中都能找到这一过程的痕迹，而在故事接近尾声的时候，她才刚刚开始表现出她想要正常化的意愿。对于斯黛拉来说，她似乎已经正常化了，她既没有在场，也没有回避心理哀悼的过程。那么可以肯定地说，对辛西娅·奥兹克来说，重要的是经历一个心理哀悼的过程，然而，决定性的功能要素必须是罗莎愿意改变的东西，特别是她改变的方式。

罗莎渴望与其他人分享她在大屠杀中的证词，却因遭遇意外的漠不关心而感到沮丧，于是无奈逃离了大屠杀记忆的地狱。因被斯黛拉虐待成精神错乱，与正常社会的日常生活脱离，罗莎陷入了偶像崇拜的幻境。

意识到她的大屠杀经历可能被特里博士这样的"伪学者"盗用，罗莎决定不做盗用者的同伙。罗莎被大屠杀前犹太移民珀斯基视为朋友，她愿意改变。她开始把她的大屠杀经历的一部分与他联系起来。她也要求重新接通电话并联系斯黛拉，告诉斯黛拉她打算回到纽约。这都表明了她对交流重新有了兴趣。因此，当珀斯基到来时，玛格达离开了。

....

① Bar-On, Dan. Transgenerational After-Effects of the Holocaust in Israel: Three Generations. *Breaking Crystal: Writing and Memory after Auschqitz*. Ed. Efrainm Sicher. Urbana-Champaign: University of Illinois Press, 1997: 104.

　　她决定不把自己的大屠杀历史记忆贡献给掠夺者——特里博士，这是一种基于她失子之痛的哀悼和从母性的悲痛中超越个人创伤所做的判断。她担心的是这种民族盗用的后果将损害整个民族的尊严。罗莎决定不参与特里博士的盗用，她反对斯黛拉否认大屠杀记忆，这是一种在否认中避免"心理哀悼过程"的做法。受害者也一样。她所呼吁的是大屠杀历史的真实传播。罗莎接受了说意第绪语的珀斯基，她远离对父母的反犹太主义和自我仇恨的坚持，开始承认他们所否认的犹太身份。

　　罗莎内心的创伤正在愈合。她的偶像崇拜实践，她的自我创伤记忆，她对犹太人和犹太文化的偏见中恢复过来的自我救赎——她希望能回到犹太群体中，让她坚持以真实和适当的方式传递、延续大屠杀历史记忆。

　　总之，辛西娅·奥兹克的文学书写以米德拉西模式转向犹太传统，专注于其在产生"符合当代宗教信仰和环境的解释"方面的作用。在保持大屠杀的历史性的同时，探讨大屠杀的艺术呈现，观照过去和现在、犹太人的真实性和不真实性之间的冲突与碰撞。

　　辛西娅·奥兹克的创作立足于历史现实，坚持历史记忆的意义。她将这两个故事按时间顺序排列在《披肩》中，而没有给读者留下一个线性和渐进的过程。这两个故事交织在一起，一个故事包含着另一个故事，这一双向互文叙事不仅呼应了米德拉西式的"循环"释经传统，更打破了传统历史书写中时间正序的叙事模式，揭示了历史、文本和叙事的话语交织。因此，这两个故事既可以看作历史呈现，也可以看作艺术表现。这就确立了这样一个前提，即虽然大屠杀的历史性是最重要的，但也必须考虑到艺术性。

辛西娅・奥兹克用道德和历史的价值滋养她的想象力，并采用了非对立的米德拉西方式——这是在坚持犹太价值观与美国大屠杀后现实之间的冲突中，坚持将文学创作的历史性和艺术性与道德判断融合的基本方法，从而形成了她独特的道德观、道德意识。她一面提倡适当的艺术性来反对偶像崇拜的幻想，一面坚持书写真实的犹太人和适当传播大屠杀历史，倡导通过自我救赎治愈集体和个人内心创伤。辛西娅・奥兹克用米德拉西方式呈现大屠杀，在对犹太记忆艺术建构和解构的同时，坚持书写的历史呈现（对历史记忆的坚持具体体现为对历史的承诺、对公众利益的批评、对压抑创伤记忆的抵制），从而进一步反映了她的道德意识、道德观——在流散空间中进行"少数"融入"多数"的文学书写，既彰显犹太人对历史和历史性的重视，即代表故园的"少数"，也表明美国对未来的取向和大屠杀过度艺术性的普遍趋势，即代表他乡的"多数"。

第三节　正统犹太女性观的改写
——《升空》《普特梅瑟和赞西佩》

在辛西娅·奥兹克小说中构建的流散空间内，她对禁锢妇女的正统犹太教加以道德判断，并将此寓于犹太教渗透中，从而丰富了犹太教渗透的内涵，实现了对犹太女性的塑造，而且在此过程中倡导"思想的厄洛斯"。辛西娅·奥兹克的女性表征与她作为一名犹太女作家面临的种种矛盾有关。

辛西娅·奥兹克的犹太人身份和作家身份之间存在着矛盾。同样，在流散背景下，她的犹太人身份和女性身份之间、女性身份和作家身份之间也存在着矛盾。流散背景下辛西娅·奥兹克作为犹太女作家的矛盾主要来源于犹太性和女性身份的双重边缘化以及犹太性和女权主义之间的裂隙。由于一个犹太女性集双重边缘化和双重流亡于一身，在流散空间中的"犹太性"和"女性"这两种"少数"身份同样需要力量才能变成"多数"，因此才有可能实现身份建构。女权主义被一些人称为"犹太裔美国人最重要的力量"[①]，犹太女性身份和犹太女性文学身份的建构主要是犹太性与女权主义之间融合的结果。

....

① Fishman, Sylvia Barack. *A Breath of Life: Feminism in the Jewish American Community*. New York: The Free Press, 1993: 37.

一、流散背景下犹太女作家辛西娅·奥兹克的矛盾

从童年时期到进入职业生涯后，辛西娅·奥兹克都曾蒙受种族和性别歧视。由于性别和犹太人身份，她在宗教学校和公立学校都遭受过种族隔离。她读大学后仍旧遭受偏见，甚至在她当上大学教授后境遇也没能好转。辛西娅·奥兹克以自己遭逢的偏见经历为创作素材，在文学作品中将构建的犹太性和女性身份与"多数"融合。

（一）求学与职业生涯中遭遇的偏见

辛西娅·奥兹克是俄罗斯正统派犹太教移民威廉·奥兹克（William Ozick）和西莉亚·里格尔森·奥兹克（Celia Regelson Ozick）的女儿。在她童年时期，由于拉比坚决主张她只是个女孩子，因此没有理由学习犹太律法或历史，她被犹太神学院拒于门外。① 然而，辛西娅·奥兹克的祖母坚持要她接受"标准的 [男性] 犹太教育"②。辛西娅·奥兹克回忆起有次年底祖母来学校接她时的经历：

....

① Kauvar, Elaine M. The Interview Conducted by Elaine M. Kauvar. *Contemporary Literature* 1985, 26(14): 384.

② Klingenstein, Suzanne. Cynthia Ozick. *Contemporary Jewish-American Novelists: A Bio-Critical Sourcebook*. Eds. Joel Shatzky and Michael Taub. Westport, CT: Greenwood Press, 1997: 252.

> 拉比告诉我的祖母："她有一个出色的小脑瓜。"那是我上高中之前的整个求学岁月中最后一次有人告诉我我很聪明，而且夸我的是个反对女子接受教育的人，所以至今我对此仍记忆犹新。[①]

还是个孩子的辛西娅·奥兹克凭着自己的才智刷新了拉比的看法。

在公立学校，不管是女孩身份还是犹太人身份都令辛西娅·奥兹克心生自卑。根据丹尼尔·沃尔登（Daniel Walden）的研究，在辛西娅·奥兹克 5 岁到 14 岁期间，她是 71 公立学校唯一的犹太学生，这也导致她被老师和同学们"侮辱"和"欺凌"。[②]

在 71 公立学校就读小学时，辛西娅·奥兹克"没有朋友、孤独无依。因为集会时被发现没有唱圣诞颂歌，她遭到了当众羞辱，而且多次被指控为杀神者"（Klingenstein 252），即"杀死基督的人"[③]。二年级时，一个信奉新教的盎格鲁 - 撒克逊裔白人（简称 WASP：指社会上拥有强大权力和影响力的白人）女孩询问辛西娅·

---

① Kauvar, Elaine M. The Interview Conducted by Elaine M. Kauvar. *Contemporary Literature* 1985, 26(4): 385.

② Walden, Daniel. Rev. of Greek Mind/Jewish Soul: The Conflicted Art of Cynthia Ozick by Victor Strandberg. *American Literature* 1995, 67(4): 886.

③ Kremer, Lillian S. Cynthia Ozick. Jewish American Women Writers: A Bio-Bibliographical and Critical Sourcebook. Ed. Ann R. Shapiro. Westport, CY: Greenwood Press, 1994: 265.

奥兹克的信仰 —— 是天主教徒还是新教徒，她答："我是犹太教徒。"那个 WASP 女孩又问了一遍，因为她无法理解世上如何还会有别的信仰存在。[①] 辛西娅·奥兹克表示过去从未有什么让她觉得自己有什么擅长的东西，甚至一度以为自己愚蠢。"我过去并不觉得自己聪明"[②]。"'在 71 公立学校造成的伤害至今仍令我难受'，1989 年辛西娅·奥兹克受访时这么说，'我的老师们伤害过我，他们让我觉得自己愚蠢又卑微'"[③]；"一身两命的生活（对辛西娅·奥兹克而言）很不寻常：在学校里，我几乎总是唯一的犹太人，而在传统的犹太小学黑德尔（heder），我几乎总是唯一的女孩子"[④]。

由于自己的性别，无论是身为研究生院的学员还是作为作家，辛西娅·奥兹克都饱受歧视。在哥伦比亚的研究生院，她是某个研究班的一员，班里还有一位女生 —— 因为嗓门大且表现欲强而被起了绰号"疯女子"（Crazy Lady），其他成员都是男性。在研究生院，辛西娅·奥兹克遭遇了"厌女症"（misogyny）。她的

....

[①] Strandberg, Victor. *Greek Mind/Jewish Soul: The Conflicted Art of Cynthm Ozick*. Madison: University of Wisconsin Press, 1994: 6.

[②] Kauvar, Elaine M. The Interview Conducted by Elaine M. Kauvar. *Contemporary Literature* 1985, 26(4): 385 .

[③] Strandberg, Victor. *Greek Mind/Jewish Soul: The Conflicted Art of Cynthm Ozick*. Madison: University of Wisconsin Press, 1994: 6.

[④] Kauvar, Elaine M. The Interview Conducted by Elaine M. Kauvar. *Contemporary Literature* 1985, 26(4): 385.

教授——当然是个男性——"分不清她和疯女子"①。在教授眼里，女人都是一样的。在《艺术与热情》一书中，辛西娅·奥兹克写道，她的男性同事们总是怀疑她的观点，因为她是一个"女作家"兼"女教师"：

> 当时我明白了自己没有真正有效的观点，因为我可能持有的每个观点都被我的性别歪曲了。如果我说我不喜欢海明威，我一定没有批判性的正当理由，没有文学方面的原因；会不喜欢，只是因为女性的我显然无法对海明威的"男性"题材有所共鸣；狩猎、捕鱼、斗牛，这些不是女性能充分领会的内容。②

辛西娅·奥兹克"发现了两个关键点：其一，写出我的作品的是一个女人——而非一个有才智的人——而我是'女作家'；其二，我不是一个教师，而是一个'女教师'"③。她小说中对犹太女性的呈现与她的经历息息相关。求学与职业生涯中亲身经历过的性别不平等的偏见是她犹太文学女性书写的根源，而造成她在父权制社会的各种经历的根源往往是正统犹太性别教义。

....

① Strandberg, Victor. *Greek Mind/Jewish Soul: The Conflicted Art of Cynthm Ozick*. Madison: University of Wisconsin Press, 1994: 13.

② Ozick, Cynthia. *Art & Ardor*. New York: E. P. Durton, 1983: 266.

③ Ozick, Cynthia. *Art & Ardor*. New York: E. P. Durton, 1983: 226.

（二）正统犹太教对于妇女的禁锢

正统犹太教男人早上醒来后念的传统祈祷文是"你真当受称颂，上帝……没有把我造成女人"[①]。不言而喻，"从一开始，犹太教就是典型的父权制宗教"[②]。尽管承认女性在各种家庭事务上具有支配权，比如孩子的养育和教育，但正统的犹太律法强行规定在家庭以外的地方女性地位低下，而且无论女性的智力产生何种成就或贡献，女性都要服从于她们的婚姻义务。美国北卡罗来纳州首府罗利的沙阿雷·以色列·卢巴维特奇犹太会堂（Congregation Sha'arei Israel-Lubavitch）的拉比肖洛姆·埃斯特林（Sholom Estrin）表示，妇女的母亲身份是确保和保护她们的谦恭美德的一种手段。埃斯特林拉比说正统犹太教高度尊重妇女，因此避免让她们处于弱势的境地："让一个女性抛头露面，某种意义上就是玷污她的纯洁。"

正统犹太律法要求男女在学习和出席会堂仪式时要分开。在举行会堂仪式期间，女性必须与男性分席而坐，而且要坐在一个"隔间"（mehitzah）或"墙"和"屏幕"的后面,如此男女分开。[③]

① Trepp, Leo. *The Complete Book of Jewish Observance: A Practical Manual for the Modern Jew*. New York: Behrman House, 1980: 270.

② Trepp, Leo. *The Complete Book of Jewish Observance: A Practical Manual for the Modern Jew*. New York: Behrman House, 1980: 268.

③ Trepp, Leo. *The Complete Book of Jewish Observance: A Practical Manual for the Modern Jew*. New York: Behrman House, 1980: 271.

犹太学校老早就教导男孩和女孩："儿子比女儿更有价值，而且儿子的教育比女儿的教育更重要。"[1]

伦纳德·斯威德勒（Leonard Swidler）指出，正统派并不指望女性学习《妥拉》或犹太律法："女性与学习《妥拉》之间可能有的唯一联系是送她们的儿子和丈夫去学习并等他们回来"[2]，而且"男人教自己的女儿学习《妥拉》，就好像教她淫荡之事"[3]。女性一直"被动地对犹太律法的过程一无所知"[4]。智力优势是正统犹太男性的必备品质之一。阿维瓦·坎托（Aviva Cantor）认为正统犹太人是根据"在学习《妥拉》上付出的努力和取得的成就"，以及学术成就，来定义男子气概的。相反，女性"智力上的努力不算数。犹太女性希望她们的男人去读书，学知识，因为只有男人做的事和学的东西能改变整个家庭的地位"[5]。正统派令女性远离拉比——智慧与权威的象征。海琳·丽贝卡·博格丹诺

----

[1] Schneider, Susan Weidman. *Jewish and Female: Choices and Changes in Our Lives Today*. New York: Simon and Schuster, 1984: 284.

[2] Swidler, Leonard. *Women in Judaism: The Status of Women in Formative Judaism*. Metuchen, NJ: Scarecrow Press, 1976: 95.

[3] Swidler, Leonard. *Women in Judaism: The Status of Women in Formative Judaism*. Metuchen, NJ: Scarecrow Press, 1976: 93.

[4] Greenburg, Blu. *On Women and Judaism: A View from Tradition*. Philadelphia: Jewish Publication Society, 1981: 10.

[5] Schneider, Susan Weidman. *Jewish and Female: Choices and Changes in Our Lives Today*. New York: Simon and Schuster, 1984: 150.

夫（Helene Rebecca Bogdanoff）指出，正统派拒绝女性成为拉比。[①]因此就有了女性无法识字、学知识的正统派观念。

正统犹太教不赞成妇女寻求或获得其他任何权威地位，而是提倡女性充当支持性的角色。拉比埃斯特林说，女性与拉比权威的联系"是建立在她们丈夫的拉比身份之上的……通过帮助丈夫当好领导者，（她）在犹太社区中一直发挥着重要作用"。正统派禁锢女性，并认为"女权主义是种死罪"[②]。根据《米德拉西》的记录，有两种版本的《创世记》（Genesis），第一个版本讲述了莉莉丝（Lilith）的故事："莉莉丝是上帝所创的第一个女人。她站在上帝面前，坚持要与她的丈夫处于绝对平等的地位，因为他们两个是以同样的方式同时创造出来的。这个要求触怒了上帝。莉莉丝说出了上帝的名字，然后就变成了对人类作祟的恶魔。"[③]上帝发怒，莉莉丝变成对人类作祟的恶魔，这个故事传达了正统派对"要求享有与男性平等权利"的女性的偏执态度。

然而，辛西娅·奥兹克要求的平等权利是去掉"女作家"这

① Bogdanoff, Helene Rebecca.Women in the Rabbinate and in American Fiction: A Literary and Ethnographic Study. MA thesis, North Carolina State University, 2006: 12.

② Swidler, Leonard. *Women in Judaism: The Status of Women in Formative Judaism*. Metuchen, NJ: Scarecrow Press, 1976: 103.

③ Trepp, Leo. *The Complete Book of Jewish Observance: A Practical Manual for the Modern Jew*. New York: Behrman House, 1980: 268.

个身份标签，这不仅与她的人生经历有关，也关系到女性写作的消极接受，而她也通过在犹太文学中所塑造的女性形象，来消解女权主义与犹太教之间的对立。

（三）犹太女性写作的消极接受

在 1990 年之前，犹太知识分子群体对女性写作尚持消极态度。1993 年，伊莱恩·M. 考瓦（Elaine M. Kauvar）断言："25 年前，以女性的叙述视角创作小说就是冒着被排除在严肃写作行列之外的风险。更确切地说，这通常意味着自己会被认为是女性小说的作者，也就是说，自己的作品会被视为天真的低级作品、微不足道的东西。"[1] 根据朱迪丝·巴斯金（Judith Baskin）的说法，"成为一个犹太女作家就是成为一种文化异类；这种成就的代价往往是遭到极其不喜欢女性在知识方面坚持自我的男性群体模棱两可的排斥"[2]。

根据作家的性别进行文学判断是惯例。"没有一个女性的诗歌著作在被评论时不会涉及诗人的性别。"[3] 辛西娅·奥兹克记得

① Kauvar, Elaine M. *Cynthia Ozick's Fiction: Tradition and Invention.* Bloomington: Indiana University Press, 1993: 2.

② Baskin, Judith R. Women of the Word: An Introduction. *Women of the Word: Jewish Women and Jewish Writing*. Ed. Judith R. Baskin. Detroit: Wayne State University Press, 1994: 18.

③ Strandberg,Victor. *Greek Mind/Jewish Soul: The Conflicted Art of Cynthm Ozick*. Madison: University of Wisconsin Press, 1994: 13.

在写《信任》(*Trust*, 1966)时曾读到讨论作家性别的一些书评，那时她"害怕自己的作品被视为一本'女性的小说'……没有人把女性的小说当一回事"[1]。

批评家们倾向于优待男性的作品。蒂莉·奥尔森(Tillie Olsen)指出，"女性作家、女性的经历和女性的文学作品从定义上来看都处于较低地位"[2]。根据克里斯蒂·弗莱肯斯坦(Kristie S. Fleckenstein)的说法，想要成为知识生产者的女性必须"像男人一样，像男人一样思考，像男人一样说话"[3]。而且，即使在这样的条件下，女作家的性别还是会令作品得不到评论界的公平对待。

诺玛·罗森说"只要不是混饭吃的作家都会努力让自己摆脱'女作家'这个称谓来写作"[4]，而且她介绍了自己作品的批评接受情况。她的第一本书因"魅力、趣味"而备受赞誉。她的第二本书从安东尼·伯吉斯(Anthony Burgess)有了下面的言论开始，引起了评论界的反应："他更喜欢'带有强烈的男性主题、近乎卖

① Strandberg,Victor. *Greek Mind/Jewish Soul: The Conflicted Art of Cynthm Ozick*. Madison: University of Wisconsin Press, 1994: 13.

② Strandberg,Victor. *Greek Mind/Jewish Soul: The Conflicted Art of Cynthm Ozick*. Madison: University of Wisconsin Press, 1994: 9.

③ Fleckenstein, Kristie S. Resistance, Women, and Dismissing the "I". *Rhetoric Review* 1998, 17(1): 1115.

④ Rosen, Norma. *Accidents of Influence: Writing as a Woman and a Jew in America*. New York: State University of New York Press, 1992: 146.

弄学问的暗示和极致的知识内容'的书。"她的第三本书被指派给了一位女性评论人，对方声称："阅读这本小说免不了会对女性方面的事产生种种质疑，结果读得磕磕绊绊。"[1] 女性评论人对性别的疏远态度与男性对女性作品的疏远不相上下。乔伊斯·安特勒（Joyce Antler）对安扎·耶齐尔斯卡（Anza Yezierska）作品的评论也是如此："女权主义学者们阐述了几种解读策略用以阐明她们作品中依性别而分类的各种意义。"[2]

有些批评主要集中在女性生活中承担的家庭角色上，辛西娅·奥兹克本人无法避免这类批评。《时代》（*Time*）杂志把她称为"一个家庭主妇"。此外，她的作品得到的评论也充满了有性别偏见的意见。例如，《纽约时报书评》（*New York Times Book Review*）上一位评论《信任》的评论人写道：叙述者渴望的是"某种轻松的女性角色"，以便"与她生活中难以对付的性元素达成妥协"[3]。

辛西娅·奥兹克认为依据性别进行文学判断的惯例是一种"弥天大谎"，这种惯例认为女性的想象一定受性别限制，性别会"从

① Rosen, Norma. *Accidents of Influence: Writing as a Woman and a Jew in America.* New York: State University of New York Press, 1992: 146-148.

② Antler, Joyce. Sleeping with the Other: The Problem of Gender in American-Jewish Literature. *Feminist Perspectives on Jewish Studies.* Eds. Lynn Davidman and Shelly Tenenbaum. New Haven: Yale University Press, 1994: 198.

③ Strandberg,Victor. *Greek Mind/Jewish Soul: The Conflicted Art of Cynthia Ozick.* Madison: University of Wisconsin Press, 1994: 14.

根本上约束、界定和指引作者的题材、观点和抱负"①[见《文学与性别政治：一种异议》，节选自《艺术与热情》（"Literature and the Politics of Sex: A Dissent", *Art and Ardor*, 1983]。"谎言"认为女性的艺术创作中存在的"女性本性"是以女性低等的心理和情感为基础的。此外，惯例还认为女性的生殖能力对其写作之感性有影响。辛西娅·奥兹克宣称"女作家"这个观念源于一种设想，即女性为了写作需要不断更新内部机能的刺激。在她看来，女性和男性没有什么不同。

对辛西娅·奥兹克而言，"作家就是作家"，而且"'女作家'这种说法没有意义"。乔伊斯·安特勒研究了男女犹太作家在描写自我上的差异，他认为：

菲利普·罗斯、索尔·贝娄和诺曼·梅勒追求的是自立的男性气概（masculinity）。而安扎·耶齐尔斯卡、蒂莉·奥尔森、格雷斯·佩里和其他女作家的目标则是女性的独立，而且这种独立与家庭和公共责任有关。……以作家身份塑造自己时，犹太女性首先必须以不同于男性的方式反抗宗教和世俗方面的传统。她们在成为艺术家的过程中所经历的挣扎与她们的许多角色面临的冲突相似，因为她们

① Ozick, Cynthia. Literature and the Politics of Sex: A Dissent. *Art and Ardor*. New York: E. P. Dutton, 1983: 288-289.

表现出的独立欲望与传统责任背道而驰。①

辛西娅·奥兹克的小说证实了乔伊斯·安特勒的观点——犹太女作家有望超越犹太人对女性能力的认知，令文学界认识到女性作家作品的价值。

辛西娅·奥兹克提倡男女应有平等的机会，并主张永恒的、不分性别的自由想象：

> 当我们写作时，我们不是女人或男人，而是拥有普罗米修斯般的技艺的有福之人，那是种受危险、希望和热情尤其是自由所约束的技艺。作为作家，我们应该做的不是边懒洋洋地自我分析边等待自由；等待着的或通过策略谋求的自由永远不会到来。作为作家，我们应该做的是，立即认识到我们已经拥有了自由，并抓住自由。②

（自由的）想象与辛西娅·奥兹克的犹太人身份和女性文学身份交织在一起。她对犹太女性的文学呈现——具体包括服从或反抗正统犹太性别教义的女主人公和大屠杀中的犹太母亲——以及她为了实现对于犹太教的忠诚、在男性主导的犹太文学传统

....

① Antler, Joyce. Sleeping with the Other: The Problem of Gender in American-Jewish Literature. *Feminist Perspectives on Jewish Studies*. Eds. Lynn Davidman and Shelly Tenenbaum. New Haven: Yale University Press, 1994: 194-196.

② Ozick, Cynthia. Literature and the Politics of Sex: A Dissent. *Art and Ardor*. New York: E. P. Dutton, 1983: 290.

中获得一席之地而对正统犹太性别观所做的文学改写同时进行。

辛西娅·奥兹克的犹太女权主义想象充满了犹太性与女权主义的裂隙和融合。随着女权主义观点成为主流和"多数",辛西娅·奥兹克对明显禁锢女性的正统犹太教的判断挑战了她对犹太教——"少数"——的忠诚。

辛西娅·奥兹克试图转化并整合犹太观念和女权主义观念,在此过程中将女性和犹太性与"多数"融合。在坚持犹太性的基础上,她将女权主义思想融入犹太教教义,以便为女性争取到与男性智力平等的地位,因此她基于道德意识,将"少数"与"多数"相融合。

辛西娅·奥兹克的作品通过一些女主人公形象投射了对性别偏见的影响的反抗。她们是超越正统犹太性别教义的人物——正统犹太教一般认为女性在知识上和社会地位上都不如男性。此外,其中也有受胁迫的母亲,其母亲身份体现在她们的"母亲思想"上,这是从女权主义角度称赞一直被正统犹太教忽视的女性的聪明才智。

二、辛西娅·奥兹克的女性书写与正统犹太教

女权主义主张男女平等,而正统犹太教则限制女性,指责女权主义为"一种死罪"。通过把男女平等的女权主义思想融合到赤裸裸的父权制犹太教教义中,辛西娅·奥兹克消解了女权主义与犹太教的对立,挑战了男权社会里婚姻和职业压迫中的男性至上

主义，呼吁建立一个忽视性别、重视以知识为优势的无偏见社会。

细读辛西娅·奥兹克的两部小说——描绘婚姻压迫的《升空》和反映职业压迫的《普特梅瑟和赞西佩》，这两部小说中的女主人公的共同点是：二人最初都默默接受犹太教赋予她们的传统角色，然而，当其中一个主人公意识到自己在他人眼中的卑微地位或自己对卑微地位的屈服，就出现了对性别偏见的反抗。她们最初的行为表明，叙述者赞同犹太教的父权统治，随后对性别偏见的反抗则肯定了超越犹太教对女性的传统限制的必要性。

（一）家庭婚姻中受压迫的犹太女性——《升空》

《升空》摈弃了犹太教关于女性的观念。女主人公路斯·范戈尔德（Feingold Lucy）本是一个天主教徒，为了嫁给吉米·范戈尔德（Feingold Jimmy），皈依了犹太教。最初她相信自己必须默默接受正统犹太教对称职的家庭主妇的行为规定，然而，当意识到自己在家里毫无地位后，她开始了反抗。

《升空》以从事写作的路斯和吉米夫妇为中心展开，描述了他们为精英文学知识分子举办的一次宴会，结果只有不太重要的客人出席。二人都觉得没有邀请到期待中的贵客是一种失败。在客厅里，吉米把话题引向了大屠杀。路斯在走廊里听着吉米和其他犹太人对于这段历史感受的交流，却无法产生共鸣。她想象着房间里的犹太人朝着天花板漂升，然后走到餐室，去和聚集在那里的无神论者交谈。那一瞬间，路斯感觉到了自己作为作家和家庭主妇的卑微。

路斯被塑造成了一个不独立的作家。小说开篇表明，在写作方面，路斯完全可以与丈夫匹敌。

吉米面色白皙，是小说家、编辑，更以编辑工作谋生，但他的行为举止一点也不像编辑。他对编辑工作的漠然削弱了路斯对小说创作的热情。她缺乏身为创作者的自信，因为她觉得自己只是一个不成功的小说家。这源于她创作第一本小说的经历以及她对第二本小说的自我评价。第一本小说创作失败，声名不显，没有得到评论界的关注；她对第二部小说的自我评价则是毫无故事和人物特色，平淡无奇。由于害怕再次失败，路斯决心暂时放下自己的小说，转而帮助吉米创作关于马纳亨·本·泽拉（Menachem ben Zerach）的小说——泽拉是 1382 年西班牙埃斯黛拉镇犹太大屠杀的幸存者。[1] 路斯是一位写"家庭生活"的小说家，希望通过帮助吉米写作解决她在"抓住一个特定主题"进行创作时遇到的困难。[2] 由于缺乏足够的自信，她不得不紧紧依附于男性作家吉米的写作以便获得信任，毕竟吉米虽然是一个微不足道的小说家，但评论家们至少会因他的男性身份认真对待他的作品。

作为妻子，路斯与吉米的婚姻是建立在她对犹太教的皈依上的。鉴于犹太教规定女性应服从于其婚姻义务，路斯被刻画成了

----

[1] Ozick, Cynthia. Levitation. *Levitation*. New York: Alfred A. Knopf, 1982: 5.

[2] Ozick, Cynthia. Levitation. *Levitation*. New York: Alfred A. Knopf, 1982: 4.

一个将职业排在家庭后面的称职的犹太妇女。从这个意义上来说，尽管她是小说的主角，但她被刻画得更像是吉米的配偶，而不是与他智力平等的存在，因此地位比较低。根据伦纳德·斯威德勒的说法，"犹太妇女不仅要尽可能少抛头露面；她们也要尽可能少地发声或与人交谈"[①]。按规定，犹太妻子不得与客人交谈，但要确保有足够的食物，要保证房子干净。

路斯最初默默接受了正统派对于家庭主妇的期望：安静且隐身。逗留在"清扫干净"的走廊时，她独自一人茕茕孑立，而男人们则过得很开心，边享受美食，边谈论艺术。当吉米粗鲁地抓住她的胳膊并抱怨宴会"浪费掉了……根本没有人来"[②]时，他根本不关心路斯的离群，而是关心有身份的客人的缺席。她摇晃着"一块奶酪"静静地"凝视着他"，这种反应传达了她对正统派规定的家庭主妇角色的屈服。此外，她作为女主人的职责使她只能待在宴会的外围，因为按规定，她只能为客人提供食物、在客人享用完后做好清扫，不得参与客人间的谈话。在宴会上，直到小说的结尾几段，她才和吉米以外的人说话。

然而，路斯无法给客人提供适当的食物，再加上她是一位皈依犹太教的天主教徒，情况就更意义非凡了。在起居室里，路斯找到了帮她皈依犹太教的拉比，她注意到只剩下一些零碎的食物

---

① Swidler, Leonard. *Women in Judaism: The Status of Women in Formative Judaism*. Metuchen, NJ: Scarecrow Press, 1976: 123.

② Ozick, Cynthia. Levitation. *Levitation*. New York: Alfred A. Knopf, 1982: 10.

能招待他：薯片被吃掉了，胡萝卜条也没了，芹菜也只剩几根了。在拉比面前路斯感到不安，"每一次碰面都像是进入了一个没完没了的新的检查阶段"[①]。同样令她不安的是她意识到自己未能做到犹太教义规定的"对客人予以熨帖的招待"，她没能给拉比和客厅里的其他男性客人提供足够的食物。

路斯随后开始反抗自己作为犹太妻子的身份。回到餐室，她把剩下的一份蛋糕切成小块，以便客厅里的男客人享用。她往吉米的嘴里喂了一块巧克力蛋糕，才让他不再反复絮叨犹太人的暴行。过去，食物象征她在履行犹太家庭主妇的义务。现在，食物变成了她让吉米按照她的意愿闭嘴的手段。过去她用来满足别人的东西现在满足了她自己的需要。

就是在餐室里她注意到了宴会是不成功的。宴会场中的犹太客人是"从容不迫、恬然自若、会在赎罪日前夕去看放映的色情片的人，是魔鬼可能关心的那种类型；是幽默作家、画家或是影评家"，他们只是"在玩桌布上的蛋糕屑"。然而，她不再觉得自己应该为宴会的失败负责。她意识到自己已经"为了犹太人的上帝抛弃了本性"，而当她离开客厅和升空的犹太人时，她的皈依，特别是她的性别，阻碍了她成为独立的知识分子。

吉米与其他"升空"的犹太人待在一起，他们的话语越来越微弱，最后只剩"一点点"，路斯不再觉得自己该受犹太教义的

---

① Ozick, Cynthia. Levitation. *Levitation*. New York: Alfred A. Knopf, 1982: 12.

束缚，相反，她可以选择在聚会上好好表现。看到碟子翻倒了，她会去清理。此处，清扫事务虽然是女性的责任，但它已成为一种选择而非义务。此外，目睹犹太人"升空"后，路斯被一个景象震撼到了。幻境中，她在一个小公园里看音乐表演。舞台上站着一位来自华盛顿史密森学会（Smithsonian Institute）的女性人类学家，她正介绍一群配饰相当具有性暗示的男性音乐家："会摩擦的长带子。"此外，这位女人类学家还指出，他们唱的歌曲"主要是色情歌，舞蹈是有启发性的"，而且"在非洲的部分地区也可以见到那种跳上跳下的舞蹈"。观众——来自西西里的涉世不深的意大利人和来自那不勒斯坚强的纽约人①——大多是男性。突然，女性人类学家从路斯的想象中消失了。这段关于路斯围观他人"升空"的想象所隐含的意义是，无论女性的智力如何，在男性的表演中她们都会被取代。

　　路斯的想象或者也可以说是"幻呈"让人想起辛西娅·奥兹克目睹的一场辩论——一位女性人类学家试图论证女性教育的必要性，结果反而因为自己的智慧而被嘲笑，恰似路斯想象的意大利人，在她辩论时观众竟然大笑起来，嘲笑那个女知识分子居然会有这样荒谬的想法——女性应该与男性一样得到平等的教育机会。路斯和辛西娅·奥兹克都曾遭遇毫不在乎女性智力的性别偏见。

....

① Ozick, Cynthia. Levitation. *Levitation*. New York: Alfred A. Knopf, 1982: 17.

路斯想象结束返回客厅时,看到犹太人变得多么"小"[1],"渺小"。

如果说《升空》针对的是妇女遭受的不公平的偏见——婚姻压迫的直接投射,那么《普特梅瑟和赞西佩》关注的则是职业压迫。

(二)社会职场中受压迫的犹太女性——《普特梅瑟和赞西佩》

《升空》摒弃了犹太教关于女性的观念,《普特梅瑟和赞西佩》则讽刺了男性对女性的统治。《普特梅瑟和赞西佩》中的路斯·普特梅瑟是女主角,她被刻画成了一个尽管有改变生活的潜在智力但职业发展受到了基于性别的不安全感限制的女性。作为父权制下的牺牲品,普特梅瑟既是女权主义者又是犹太人。

普特梅瑟违反了贬低女性的教育和职业的正统犹太教义,她是个女权主义者,而且具有非凡的教育和职业记录,其中包括"全市一级管理考试最高分"《耶鲁法学院法律评论》(*Law Review at Yale Law School*)主编"和在巴纳德学院(Barnard)拿到了学业成绩最优的历史学位。然而她的工作被电影艺术专业的亚当·马梅尔(Adam Marmel)抢走了,因为他是她上司阿尔义·特尔曼(Alvin Turtleman)纽约大学的校友——阿尔文·特尔曼是她

---

[1] Ozick, Cynthia. Levitation. *Levitation*. New York: Alfred A. Knopf, 1982: 19.

在纽约市收入和支出部的老板。① 尽管普特梅瑟有较丰富的经验和教育背景，但她被男性取代只是因性别，只因她是女性。

　频繁降级、职位被提供给不太合格的男人，继此之后，普特梅瑟创造了一个女性泥人赞西佩。在犹太民间传说中，泥人是沉默的类人体，只要能解决创造者的困境就能复活。泥人的创造者通常是智慧男人或者说知识男性，他们可以将黏土和呼吸结合，通过魔法符咒或神圣的话语，赋予黏土人以活力。她创作的赞西佩有助于她职业上的提升。凭着普特梅瑟的智慧、欲望和满足欲望的知识，作为普特梅瑟的泥人，赞西佩先是帮普特梅瑟获得了比规定多 14562 份的签名，以便恳请参与市长选举，最终帮助普特梅瑟成为市长。得益于赞西佩的振兴纽约"计划"，她实现了普特梅瑟的希望。②

　普特梅瑟无意识下幸运地创造了她的泥人，这与男人们在创造他们的泥人时饱受磨难形成了对比。她没有意识到自己在做什么，她只是把从室内植物那里弄到的泥土塑造成了一个年轻女孩的形状，第二天就发现她的创作有了生命。她毫不费力地完成了泥人创作的基本仪式，就那样创造出了赞西佩。与此相反，一般认为拉比和他们的学生要在荒野度过数个夜晚来制作泥人身体，

....

① Ozick, Cynthia. Puttermesser and Xanthippe. *Levitation*. New York: Alfred A. Knopf, 1982: 7.

② Ozick, Cynthia. Puttermesser and Xanthippe. *Levitation*. New York: Alfred A. Knopf, 1982: 128.

祈祷他们的泥人能获得活力，并且其他人无法创造真正的泥人，反而只制造一些小牛或矮人。①

普特梅瑟和从事泥人创作的男人们之间的经验的对比表明，她很容易完成了男人们花费无数个小时的劳动才能完成的事。可以说，普特梅瑟有女权主义特征，因为她希望如果在智力方面不能处于比男性优越的地位，至少要有可能享有与男性智力平等的地位。

普特梅瑟的崛起源于赞西佩的贡献，赞西佩的"计划"则源自普特梅瑟通过呼吸传给赞西佩的知识，这表明普特梅瑟有改变自己生活的潜力，只是父权制给她带来的不安全感阻碍了她。

普特梅瑟改变自己生活的潜力也体现在她实现了自己的母性愿望，这是女人一生中的一个重大变化。除了事业上的成功之外，普特梅瑟还渴望有一个女儿。创作的泥人赞西佩实现了她的心愿，她得到了一个她"有时觉得自己永远不会孕育的"女儿。②

然而，普特梅瑟既是犹太人又是女权主义者。当《升空》中的路斯·范戈尔德意识到自己在他人眼中的卑微地位时，就出现了对性别偏见的反抗；而《普特梅瑟和赞西佩》中的反抗更多地与普特梅瑟自己对卑微地位的屈服有关。

....

① Ozick, Cynthia. Puttermesser and Xanthippe. *Levitation*. New York: Alfred A. Knopf, 1982: 99-105.

② Ozick, Cynthia. Puttermesser and Xanthippe. *Levitation*. New York: Alfred A. Knopf, 1982: 91.

　　普特梅瑟被刻画成了一个依赖型格的人物。她没有超越性别限制，而是通过他人的帮助实现了自己的目标。她的市长地位是通过赞西佩实现的，然而后者狂热的性欲战胜了理智，最终摧毁了普特梅瑟的领导班子。

　　赞西佩与普特梅瑟的前任情人莫里斯·拉波波特（Morris Rappoport）发生了性关系。当普特梅瑟试图阻止时，赞西佩又与市长内阁高级行政职位上的男人都发生了性关系。普特梅瑟和她的政府迄今为止建立的和谐关系被破坏了。为了防止泥人日益增长的性欲引发更多的灾难，普特梅瑟恳求莫里斯·拉波波特帮忙毁掉赞西佩，因为她认为自己难以独自完成。

　　普特梅瑟认为毁掉赞西佩是一项艰巨的任务，无法独自完成，而她依靠拉波波特来进行毁灭仪式这件事意味着女性对男性的顺从和依赖。

　　为了将泥人毁灭，执行者首先需要沿着创造者通过呼吸向泥人注入生命时相反的行走方向绕着泥人走七圈，然后从泥人的额头去掉三个希伯来文字母——aleph、mem、tav，分别是希伯来字母表的第一个、第十三个和第二十三个字母，放在一起时指"真理"中的 aleph。没有了 aleph，剩下的 mem 和 tav 就构成 met，其意为"死的"[1]。拉波波特遵循仪式，用小刀从赞西佩的额头擦

----

① Ozick, Cynthia. Puttermesser and Xanthippe. *Levitation*. New York: Alfred A. Knopf, 1982: 101.

掉了 aleph。正是拉波波特完成了关键性的工作，因此，尽管普特梅瑟配合了毁灭行动，就像她创造赞西佩和后来取得事业上的成功一样，她仍然没有采取积极的行动来实现自己的理想。

虽然普特梅瑟的不独立令女权主义的追求蒙羞，但她在荣升市长时对泥人的依赖以及在毁灭泥人时对莫里斯·拉波波特的依赖都透露着犹太色彩。正是根据犹太民间传说，她创造了一个女性泥人。正是由于犹太女性总是充当支持性的角色，不够独立，她才会依赖她创造的泥人和她的前任情人拉波波特。

普特梅瑟的犹太色彩与她对性别平等的渴望相矛盾，这种犹太色彩也反映在她对待赞西佩的方式上。普特梅瑟是第一个创造出女性泥人的女性，在这个意义上，她似乎有女权主义特征。然而，尽管在给市长马维特（Mavett）的信中她表示应该根据能力和智力而非性别来判断男人和女人，她自己却未能把赞西佩视为一个智力平等的存在。相反，赞西佩被当作犹太妻子和家庭佣人对待，她的工作就是打扫清洁和保持安静。普特梅瑟称赞赞西佩是"快乐、高效、勤劳的工作者"，这源于她对普特梅瑟荣升市长的事做出了贡献，但这种赞美仅仅类似于赞扬赞西佩的"狂热"烹饪能力。普特梅瑟在创造泥人的过程中试图追求性别平等，但实际上她对待赞西佩的方式又与之相悖，二者之间存在矛盾。

一般来说，泥人是哑巴，没有语言能力，然而，赞西佩虽然是哑巴，但能够书写。在准备将赞西佩拆解和毁灭的仪式中，当普特梅瑟感伤地盯着赞西佩时，赞西佩甚至能说出"my mother"

（我的母亲）这两个词。① 根据历史学家格希姆·肖勒姆（Gershom
Sholem）的说法："无罪的人能够传递生命的灵魂，包括言语力量，
即使对象是泥人。因此，泥人并不是天生的哑巴，只是因为正义
的灵魂不再纯粹。"② 只有当创造者拥有纯净的灵魂时，泥人才会
获得说话的能力。

赞西佩最后的话证明了普特梅瑟行为和行动的正当性。既然
赞西佩有能力说话，如果辛西娅·奥兹克遵循了肖勒姆的理论，
那么普特梅瑟一定是无罪的，她一定拥有一个纯洁的灵魂。在流
散空间，普特梅瑟被刻画成这样一种形象：没有身负罪恶的花蕾
却有纯洁的灵魂，既是女权主义者又是犹太人——表现了犹太
性与女权主义之间的裂隙和融合。

某种意义上，《升空》中的路斯·范戈尔德和《普特梅瑟和赞
西佩》中的路斯·普特梅瑟都有犹太性和女权主义的痕迹，二者
均代表了辛西娅·奥兹克的努力：她消解了女权主义与犹太教之
间的裂隙，并试图使它们融合。作为犹太女性，流散背景下的路
斯和普特梅瑟都面临着双重边缘化。辛西娅·奥兹克的努力是在
双重边缘化的情况下将少数塑造成多数，并在她的文学创作中表
现出来，以便借助自身犹太女作家的文学力量发声。

......

① Ozick, Cynthia. Puttermesser and Xanthippe. *Levitation*. New York: Alfred A.
Knopf, 1982: 155.

② Ozick, Cynthia. Puttermesser and Xanthippe. *Levitation*. New York: Alfred A.
Knopf, 1982: 193.

由于受婚姻和职业压迫，路斯和普特梅瑟都是流散空间中女性和犹太性的载体，除了她们，在辛西娅·奥兹克的作品中，还有其他形形色色的母亲形象。由于大屠杀及其余波下的压迫和种族主义，她笔下的母亲人物呈现出有别于典型的犹太母亲形象的特征，比如《披肩》中的罗莎和《同类相食的星球》中的海丝特·利尔特（Hester Lilt）。她们的母性表现出了极端情况下犹太母亲偏离典型传统母亲形象的面貌。

三、犹太女性的大屠杀叙事

《韦氏词典》（*Merriam Webster Dictionary*）中英语"mother"一词被定义为"来源、起源、权威的女性"，而它作为动词的意思则是"关怀或保护"。柴多罗夫（Nancy J. Chodorow）强调她所提出的孩子与母亲间的"一体感"[①]。她进一步证明了一个孩子"只有让自己相信他事实上是一个独立于母亲的存在，才能形成自我"。通过内化与母亲的关系中最重要的方面，婴儿维持着与母亲的联系，通过这种联系才能将自己定义为一个人。

戴安·艾耶（Diane Eyer）认为"心理学上最流行的概念之一是依附（attachment）……这种理论认为母亲是出于生理本能来照

....

① Chodorow, Nancy J. *The Reproduction of Mothering*. Berkeley: University of California Press, 1978: 78.

顾他们的孩子的……这个观点是我们当代好母亲标准的基石"①。

"依附理论"和"一体感"都强调保护，然而，这些观点忽略了两个基本问题：首先，将当代标准应用于其他时代背景下承受特定社会影响的母亲身上是否妥当？其次，是什么决定了一个母亲的育儿方式？本性和教养都应该被考虑在内，因此才有女性的本质主义和社会建构主义方面的研究。

（一）女性的本质和社会建构

黛安娜·福斯（Diana Fuss）针对女性提出了本质主义和社会建构主义的有用定义。她把本质主义定义为：

> 对最不可还原的、不变的、因此构成某个给定的人或事物的真实本质的信仰。……在女权主义理论中……本质主义可以指对一种纯粹的或原始的女性气质、一种女性本质的追求，这种气质或本质不受社会界限的约束，因而未被父权秩序所玷污（尽管可能被压抑了）。②

根据本质主义的理论，"母亲"有一些先天品质是遗传（女性的内在特质）决定的。正是这些品质决定她的思维方式并操控她的决策过程。然而，这些共生的先天品质也受外在环境因素影

---

① Eyer, Diane. *Mother Guilt: How Our Culture Blames Mothers for What's Wrong with Society*. New York: Random House, 1996: 69.

② Fuss, Diana. *Essentially Speaking*. New York: Routledge, 1989: 2.

响，即：社会性别化的行为是社会建构的产物，并不是由生理性别而是由个体的社会地位所塑造的。由此，当代女性主义心理学对于社会性别的研究从本质论走向了社会建构论。

何谓建构主义？福斯指出：

> 建构主义是与本质主义对立提出的理论，与它的哲学反驳相关，认为本质本身就是一种历史建构……建构主义者最关注的是差异的产生和组织，因此他们排斥任何先于社会决定过程的本质的或自然的假设。[1]

福斯还进一步借鉴了厄内斯特·琼斯（Ernest Jones）的问题："女人是生出来的还是'造'出来的？"用以讨论哲学立场上的差异。在她看来，对于一个像琼斯这样的本质主义者来说，女人是生出来的，不是造出来的；对于像西蒙娜·德·波伏娃（Simone de Beauvoir）这样的反本质主义者来说，女人是"造"出来的，不是生出来的。[2] 那么母亲是生出来的还是"造"出来的？

母亲的主要义务是养育子女。没有一个女性是生而具备养育后代能力的母亲，所以需要向外界寻求建议。莎伦·海斯（Sharon Hays）在《母亲身份的文化矛盾》（*The Cultural Contradictions of Motherhood*）中强调，母亲们会从各种渠道寻求建议，包括"她们过去和现在的社会地位以及她们过去和现在的文化背景……

....

[1] Fuss, Diana. *Essentially Speaking*. New York: Routledge, 1989: 2-3.

[2] Fuss, Diana. *Essentially Speaking*. New York: Routledge, 1989: 3.

（从而）决定什么值得做，母亲们会积极参与重塑适当育儿的社会意识形态"①。在寻求建议的过程中，母亲们既重塑了社会意识形态，自身也不可避免地会被重塑。海斯重申：

> 每一位母亲的育儿观都是由很多复杂因素共同影响而形成的，包括她的阶级地位、种族、民族传统、宗教背景、政治信仰、性偏好、身体能力或残疾情况、公民身份、参与各种亚文化的情况、居住地、工作环境、正规教育、父母养育她的技巧等。②

因此，母亲的育儿方式和决策过程会受到外部事件的影响，她的决定常常会受影响并进行调整。大屠杀时期的母亲形象注定与典型的传统母亲形象有所不同，这些偏差与母亲的生存能力以及养活后代的能力有关。

笔者认为，不同的环境下会有不同形象的母亲，每个母亲都会受到她独立的自我的各个本质方面的影响，她是"造"出来的。辛西娅·奥兹克小说中涉及的犹太裔美籍母亲都有其特定的生存环境，面目各异的"母亲们"是在特定的社会建构下"造"出来的。

伊芙琳·中野·格伦（Evelyn Nakano Glenn）支持社会建构主义观点，尤其是用以讨论易于因性别之外的差异在社会中被边

---

① Hays, Sharon. *The Cultural Contradictions of Motherhood*. New Haven: Yale University Press, 1996: 72.

② Hays, Sharon. *The Cultural Contradictions of Motherhood*. New Haven: Yale University Press, 1996: 76.

缘化的妇女和母亲。她指出:

> 第三世界的女性、有色人种、女同性恋和工薪阶层的
> 女性开始挑战欧洲和美国主流的女性观念,并开始主张女
> 性之间的差异和共性一样重要,(因此)重点提出了替代性
> 的母亲身份的建构。[①]

这一观点证实了身为母亲的身份是社会建构的,而不是生物
性或生理性的自然属性。

辛西娅·奥兹克在《披肩》中塑造了一个极端残酷的境况下
面临种族和文化压迫的犹太母亲,即大屠杀中的犹太母亲,为了
她的后代,她既温柔又严厉,既慈爱又残忍。最后,这位母亲因
现实做出了选择——选择抛弃幼儿保全自己。她的选择证明了
犹太母亲偏离典型传统母亲形象的一面,这关系到犹太母亲和广
义上的犹太女性身份应该如何界定和行事。

(二)《披肩》中的罗莎

尽管社会普遍认为身为人母意味着承担照料、养育和教导后
代之责,但主要的责任是保护,这源于自我和后代的生存的需要,
以便能保障家庭后代的存在和延续。

生存是《披肩》中罗莎不得不处理的问题——纳粹统治期

----

① Glenn, Evelyn Nakano. Social Constructions of Mothering: A Thematic
Overview. *Mothering: Ideology, Experience, and Agency*. Eds. Evelyn Nakano
Glenn, Grace Chang, and Linda Rennie Forcey. New York: Routledge, 1994: 3.

间在集中营中她自己的生存、她女儿的生存以及她侄女的生存。此外，她面临着冲突下的抉择——保命还是保声音？因为在纳粹统治下，犹太人四处流散，生命和声音无法两全。她必须决定是否让她的女儿继续失声下去，她觉得女儿已经安静好几个月了。是要保住这个孩子的命，还是由着她释放最近得以发出的声音然后死去？两个都想要，却无法都保全，生死之间罗莎仍犹豫不决，结局就是女儿惨遭纳粹毒手被扔向了带电的栅栏，死了！

薇拉·基尔斯基（Vera Kielsky）说辛西娅·奥兹克"把大屠杀当作了犹太历史上的中心事件"[①]。而且，对于犹太人来说，大屠杀是"对连续性和完整性的根本威胁"[②]。不足为奇的是，伴随着种族、性别偏见和迫害的大屠杀在《披肩》中的罗莎——这个母亲形象身上留下了它的印记。

作为母亲的罗莎是社会建构的，她的母亲身份受到了历史和文化的影响，因为她的育儿方式和决策过程都受到具体的外部环境的影响。

作为母亲，罗莎的首要本能是不惜一切代价保护她的女儿

....

① Kielsky, Vera Emuna. *Inevitable Exiles: Cynthia Ozick's View of the Precariousness of Jewish Existence in a Gentile Society.* New York: Peter Lang, 1989: 28.

② Powers, Peter Kerry. *Recalling Religions*：*Resistance, Memory, and Cultural Revision in Ethnic Women's Literature.* Knoxvill: University of Tennessee Press, 2001: 23.

玛格达。正如犹太群体所期待的那样，"女人是载体、监护人和保护者……而且只有在她履行这一点、发挥她的主要作用的时候……她才算进入了自己的领地"①。从小说的最开始，罗莎就在扮演玛格达的全能母亲。她是玛格达的"行走摇篮"，总是让玛格达"蜷缩在酸痛的乳房之间"②。在纳粹统治下流亡的过程中，她不得不"把她的宝宝深深地埋在魔法披肩里，让人误以为披肩的蠕动之处是罗莎颤抖的乳峰"③，如此对世界假装孩子不存在。她不得不决定是把玛格达放在"披肩的小房子里"还是"离开队列一分钟，把玛格达推到路边的任何女人手上"④，否认她、抛弃她，借由这种方法保护她。由于玛格达是罗莎遭受纳粹分子强奸后留下的孩子，她看上去像雅利安人，所以很可能会躲过一劫被抚养成人。

罗莎那看似没有母性的异常想法和行为是由生命和声音无法两全的集中营中决定性的外在环境因素所造成的。她不得不否认女儿的存在，让她失声，以便保住她的性命。此外，由于纳粹政策规定不放过任何婴儿，她必须决定是否抛弃孩子，以便保全她

---

① Pappenheim, Bertha. The Jewish Woman in Religious Life. *Four Centuries of Jewish Women's Spirituality*. Trans. Margery Bentwich. Eds. Ellen M. Umansky and Diane Ashton. Boston: Beacon Press 1992: 148-149.

② Ozick, Cynthia. *The Shawl*. New York: Random House, 1990: 3-4.

③ Ozick, Cynthia. *The Shawl*. New York: Random House, 1990: 5-6.

④ Ozick, Cynthia. *The Shawl*. New York: Random House, 1990: 4.

的性命。

她的母亲身份滋生的是恐惧。她害怕被枪毙。她也害怕她把女儿交托去的女人不会带她走，或者那女人会出于惊吓或害怕而抛弃玛格达，那样的话玛格达会死掉。[1]

罗莎是根据决定性的外在环境因素做决定的，而她的母亲身份也是在此基础上建构的。各种各样的恐惧迫使罗莎得出这样的结论：把女儿藏起来，"用披肩紧紧裹着她，让披肩看上去只遮了自己"，这是保护她的最好办法。[2]罗莎扼杀了声音，否认了孩子的存在，以确保她能生存下来。

堵住孩子的声音、否认她的存在，每天在集中营行进和点名时都必须重复这样的事：

> 罗莎不得不把玛格达藏在披肩里，放在一面营地墙下，然后出去，和斯黛拉以及其他几百人一起站在竞技场里，有时一站就是几个小时，被留下的玛格达安静地藏在披肩下，吮吸着它的角。每天玛格达都默不作声，所以她没有死。[3]

为了保护她，罗莎每天都得抛弃这个才十五个月大的婴儿，否认她的存在，以此保护她。为了生存，孩子的存在和她的声音

[1] Ozick, Cynthia. *The Shawl*. New York: Random House, 1990: 4.

[2] Ozick, Cynthia. *The Shawl*. New York: Random House, 1990: 4.

[3] Ozick, Cynthia. *The Shawl*. New York: Random House, 1990: 7.

都被否认了。为了生存，孩子必须被抛弃，沉默着留在黑暗处。由于极端的环境，罗莎改变了她的为母之道，并采取在一个慈爱的母亲看来算是异常的方法来保护她的孩子。罗莎不敢入睡，睡觉时会把大腿压在玛格达身上。她害怕她的大腿会把玛格达憋死，但她别无选择，因为她既害怕纳粹也害怕营地里的其他受害者，包括斯黛拉，他们食不果腹下为续命可能会吃掉玛格达。为了避免幼儿被他人杀害，她不得不冒着令玛格达窒息的危险。对罗莎来说，就算保护时自己可能会因种种意外因素害死孩子，也好过让孩子被恶意屠戮。

　　除了与典型母亲形象有所偏差，社会建构的罗莎的母亲形象也反映在她的自我适应上。罗莎自己的身体必须学会适应，以便她能把所有的食物都给女儿。在他们关于大屠杀的评论集的引言中，达莉亚·奥费尔（Dalia Ofer）和李诺尔·J. 韦茨曼（Lenore J. Weitzman）指出，女性"看到自己的孩子和丈夫濒危就会充满使命感和超人力量……她们花了很长的时间去做令人筋疲力尽的工作……努力忽略她们自己的饥饿也要把自己微薄的口粮分给他们，而且……善于应对猖獗的疾病"[①]。这正是身为母亲的罗莎所做的。此外，她还学会了把手指放进嘴里舔味道。她从孩子玛格达身上学到了这点，披肩上没有别的东西的时候，玛格达仍会吮

---

① Ofer, Dalia and Lenore J. Weitzman. *Women in the Holocaust*. New Haven: Yale University Press, 1998: 10.

吸披肩。

罗莎的育儿方式和自我适应都表明她准备屈服于纳粹秩序和统治。事实上，她所做的是学会在不断变化的环境内改变自己的养育技巧，以便在不稳定的世界中做到稳定，保护好她的后代。即使慈爱的母亲天生就有保护后代的本能，母亲的养育过程也是社会建构的。因此，当环境改变时，母亲必须相应地适应。适应育儿生活的过程中，罗莎不得不面对最大的挑战。

由于纳粹统治下难以想象的恐怖之处，罗莎有违母性的异常养育方式有所变化。伊莲·考瓦尔（Elaine Kauvar）写道："沉默是救赎……是沉默和黑暗创造了生机。"[1]

然而，有一天玛格达打破了沉默，闯到了光明处，罗莎意识到"今天玛格达会死"，但作为一个母亲，她尽其所能去推迟不可避免的结果。

> 玛格达挥舞着她那铅笔般纤细的小腿，蠕动着寻找披肩；然后铅笔腿蹒跚到了营地开口处，那里是开始明亮的地方。……但是……玛格达在营房外面的广场上，在欢乐的光明中。那是点名场。[2]

玛格达走到明亮处，发出一个声音重申一直被母亲否认的她

....

① Kauvar, Elaine M. *Cynthia Ozick's Fiction: Tradition and Invention.* Bloomington: Indiana University Press, 1993: 182.

② Ozick, Cynthia. *The Shawl.* New York: Random House, 1990: 7.

的存在。看着玛格达,"一阵担忧的喜悦在罗莎的两个手掌中漫延,她的手指变得发烫,她震惊了,只觉得发热……因为玛格达在号啕大哭"①。几个月来,罗莎一直认为玛格达由于营养不良和环境问题变成哑巴了。

> 罗莎以为玛格达的声带、气管或喉腔出了问题;玛格达有缺陷,自生下来她没有发出声音;也许她是聋子;她的智力也可能有点不对劲;玛格达是哑巴。甚至当夹杂着灰烬的风把玛格达的披肩吹得像小丑时,她发出的笑声也只是空气吹过牙齿的摩擦声。甚至当虱子、头虱和身体虱子令她抓狂、让她变得像拂晓时在营房中大肆寻找腐肉的大鼠一样野蛮时,她也只是擦来擦去,抓来抓去,踢了又滚,但仍旧没有哭声。而现在,玛格达的嘴巴吐出了长长的连贯的响声。"妈……"②

对罗莎来说,玛格达的声音是一种希望,一直以来没有声音才被当作正常情况。然而,由于声音和生命难以两全,短暂的希望也和死亡的气息交织在一起。罗莎的胸口传来一连串命令:去取,去拿,带过来!但她不知道该先去哪,玛格达还是披肩那。③

罗莎必须解决的冲突并不是简单地先找玛格达还是先找披肩,而是去拯救孩子,让她在没有明确前途的营地过着沉默和恐

....

① Ozick, Cynthia. *The Shawl*. New York: Random House, 1990: 7.

② Ozick, Cynthia. *The Shawl*. New York: Random House, 1990: 7-8.

③ Ozick, Cynthia. *The Shawl*. New York: Random House, 1990: 8.

怖的生活，还是由着她死掉，至少她用声音不仅仅表达了她的需要、怒火、沮丧、愤慨，也表达了她的爱。罗莎陷入了困境：

> 如果她冲到竞技场抢过玛格达，号哭就不会停止，因为玛格达仍然没有披肩；但是如果她跑回营房去寻找披肩，如果她找到了它，如果她把它拿给玛格达摇来晃去，她就能把玛格达带回来，玛格达会把披肩放在嘴里，又变回哑巴。①

在这种异常又可怕的情况下，罗莎不得不做出同样可怕的决定。为了女儿的生命，她选择先去找披肩，坚信自己会以牺牲女儿的声音为代价来拯救女儿的生命。电篱笆嗡嗡声中的"声音"告诉她"拿着披肩，举高些……摇动它，用它抽打，把它像平面一样展开"，她"举了，摇了，抽了，展开了"②。然而，玛格达"靠着她气胀的肚子，伸出棍子似的胳膊"③，已经被一个纳粹士兵抓起然后摔到了电篱笆上。

洛维认为，在这一刻，"罗莎体内的母性本能和自我保护本能进行了一场暗斗，无能为力的她眼看着纳粹把她的女儿甩到篱笆上，任由她的女儿被电击"④。最后，当"篱笆内爆发出了咆哮，催促罗莎跑到玛格达从电篱笆上飞落的地方"，出人意料的是，

....

① Ozick, Cynthia. *The Shawl*. New York: Random House, 1990: 8.

② Ozick, Cynthia. *The Shawl*. New York: Random House, 1990: 9.

③ Ozick, Cynthia. *The Shawl*. New York: Random House, 1990: 9.

④ Lowin, Joseph. *Cynthia Ozick*. Boston: Twayne Publishers, 1988: 107.

罗莎"没有听他们的话"①。辛西娅·奥兹克解释说:

> (罗莎)只是站着,因为如果她跑,他们会开枪,如
> 果她试图抱起玛格达的僵硬身体,他们会开枪,如果她放
> 纵脊背的寒意,像狼一样号叫,他们会开枪;所以她拿出
> 玛格达的披肩,用它塞住了自己的嘴。她把它往里面塞了
> 又塞,直到她吞下体内的号叫之势,尝到玛格达唾液中的
> 肉桂和杏仁;罗莎吮吸着玛格达的披肩,直到再吸不出东
> 西。②

萨拉·科恩(Sarah Cohen)认为为了保住自己的性命,"濒死的罗莎必须放弃自己的孩子"。由于罗莎不能"公开为她哀悼",她就不得不"把自己当成孩子裹在披肩里"。③罗莎为了保住自己的身体,不得不克制自己的母性本能;为了生存,她不得不保持沉默。正如 S. 莉莲·克雷默所说:

> 罗莎必须抵制本能的母性反应。……为了保住自己的
> 身体,她必须克制母性本能;为了生存,她必须抑制她的
> 母性冲动、压抑绝望的声音、按捺幼女惨死的悲痛、阻止
> 她的双腿跑向被电死的孩子,因为要取回她的孩子那烧焦
> 的尸体,就会刺激卫兵射出子弹,甚至她的尖叫也会招致

---

① Ozick, Cynthia. *The Shawl*. New York: Random House, 1990: 10.

② Ozick, Cynthia. *The Shawl*. New York: Random House, 1990: 10.

③ Cohen, Sarah Blacher. *Cynthia Ozick's Comic Art: From Levity to Liturgy*. Bloomington: Indiana University Press, 1994: 148, 152-153.

死亡。罗莎用披肩掩盖自己的哭声，现在披肩成了她的救
生衣。[1]

罗莎被失去女儿的悲痛、无法公开悼念她的事实和最后一点
的自我保护欲纠缠着。罗莎动弹不得、无法发声，就像曾经她眼
中的女儿一样。克制身体以求保命、压抑声音以换生存，玛格达
和罗莎都有这样的经历，这个事实表明了犹太大屠杀中环境的决
定性和犹太女性遭受的边缘化。罗莎的决定和选择是由她经过批
判性的思考后根据她对被迫面对的实际情况的评估做出的判断。
尽管表面上偏离了典型的传统母亲形象，罗莎的母性本能依旧是
保护和拯救。把婴儿裹在披肩里并否认她的存在，这被认为是最
好的保护方法，而在保护过程中可能造成的杀戮被认为比让孩子
遭受恶意杀害要好得多。

虽然典型的传统母亲是温柔、无私、极具耐心的人，然而事
实上，在保护她们照管的人的过程中，她们会根据需要变得自私、
愤怒或残忍。

对于母亲，或者说广义上的女性而言，工作是为了维持她
们经过批判性思考而认为生命中重要的东西。艾德丽安·里奇认
为，女性，或者说母亲的"选择会根据法律、职业规范、历史上

....

[1] Kremer, Lillian S. Post-Alienation: Recent Directions in Jewish-American
    Literature. *Contemporary Literature*. Vol.34, No.3, Special Issue: *Contemporary
    Jewish American Literature*. University of Wisconsin Press, 1993: 152.

女性一直无缘参与制定的宗教制裁和民族传统被判定为有效或无效"[1]。尽管母亲们会被要求以任何代价来保护她们诞生或监护的孩子，但她们被剥夺了在具体保护过程中制定相应规则的必要权利或权力。

然后，母亲，或者说广义上的女性，必须显示自身真正的价值。莎拉·鲁迪克（Sarah Ruddick）重新确立了母亲身份，她主张"母亲是有思想的，具体表现在她养成的才智、她做出的判断、她所抱有的形而上学的态度、她认可的价值上"[2]。鲁迪克认为母亲具有权力和本质，并指出母亲"会为提出的答案确立真实性、充分性和相关性标准；她关心自己的发现并能相应地采取行动"[3]。她还认识到，"母性思维体现在确立失败和成功的标准、制定优先顺序、明确标准相关的优势和责任"[4]。她用权力和本质重建母亲身份，使人们能够真正审视受胁迫的犹太母亲。例如，罗莎选择把女儿藏在披肩里，堵住孩子的声音，否认孩子的存在，以保障孩

---

[1] Rich, Adrienne. *Of Woman Born: Motherhood as Experience and Institution.* New York: W. W. Norton and Co., 1995: 128.

[2] Ruddick, Sarah. Maternal Thinking. *Mothering: Essays in Feminist Theory.* Ed. Joyce Trebilcot. New Jersey: Rowman & Allanheid, 1983: 214.

[3] Ruddick, Sarah. Maternal Thinking. *Mothering: Essays in Feminist Theory.* Ed. Joyce Trebilcot. New Jersey: Rowman & Allanheid, 1983: 214.

[4] Ruddick, Sarah. Maternal Thinking. *Mothering: Essays in Feminist Theory.* Ed. Joyce Trebilcot. New Jersey: Rowman & Allanheid, 1983: 214.

子的生存；为了拯救女儿，她考虑过把生有雅利安人长相的女儿送人，虽然心知她很可能被敌人抚养；她睡觉时会用腿压着孩子，虽然有压伤孩子的风险，但这也是为了确保她不会失去孩子；为了压抑失去女儿的悲痛，她抵抗着势要做出反应的母性本能。简而言之，罗莎这个母亲形象是根据她在特定场合基于自己的才智做出的各种判断刻画的，她的判断令她能够保证自己和她所监护的人活着或处于最好的状态。

作为母亲的罗莎有义务决定在她所处的形势下什么样的养育才是合适的。她做决定和选择时依靠的是莎拉·鲁迪克所说的"母亲的思想"。在罗莎的"母亲的思想"中，相应的优势是通过保持不动和沉默不语营造的不存在的表象、表面上的否认和遗弃，以及胜过让孩子遭恶意杀害的、有致死风险的保护手段。

她的"母亲的思想"主要是通过社会现实刻画的，现实就是一个女性，例如玛格达和罗莎，在被否认存在、被抛弃和被迫沉默的情况下，可以暂时幸存，然而，一旦她作势表露自己，她必须以生命为代价被压制下来。罗莎是因为纳粹强奸被迫成为母亲的，而她对孩子的养育是在一个并不总是对犹太女性——大屠杀中被双重边缘化的人物——友好的环境中进行的。变质的养育方式并不是她的错。选择把生命看得比声音重要不是她的错。牺牲玛格达的声音以便保全她的性命并不是她的错。牺牲自己的声音以便保全自己的性命不是她的错。如果罗莎的为母之道看上去有违母性，那是因为"文化把社会的错误归咎在母亲身上"。

正如罗莎在大屠杀中的母亲形象所反映的那样，辛西娅·奥兹克眼中的犹太女性不仅通过典型的保护性角色也通过随环境而改变的保护方式刻画了出来。女性根据给定的决定性环境条件，做出主观判断，从而决定保护方式。需要强调的是，女性的主观判断是思考的结果，即发挥被正统犹太教所忽视的智力能力的结果。

对压迫下的犹太女性的建构，包括遭受婚姻压迫的路斯和面临职业压迫的普特梅瑟，以及饱受大屠杀的压迫和迫害的罗莎，揭示了辛西娅·奥兹克试图将女权主义观点融入犹太教的努力，以便消解犹太性和女性之间的裂隙，令二者融合，将犹太性和女性从少数变成多数。

由于犹太性的边缘化，对犹太教和犹太价值观的忠诚最终成为"少数"。辛西娅·奥兹克将女权主义观点灌输进犹太教的做法证明了她对犹太教的忠贞不渝，这体现在她对正统犹太性别观所做的女权主义改良上。

四、正统犹太教女性观的女权主义改良

在《蜂蜜疯女人：女性写作中的解放策略》(*Honey Mad Women: Emancipatory Strategies in Women's Writing*)一书中，帕特里夏·雅格尔（Patricia Yaeger）将女性通过写作来寻求自由的方法称为"解放策略"，包括"碎片文本的使用"和"语言游戏"，

她认为女作家乐于通过策略性写作来摆脱父权束缚。^① 由于辛西娅·奥兹克自己会通过"借用"和"篡夺"策略采用其他作家的作品，经过转换用在她自己的作品中，所以辛西娅·奥兹克从中借鉴了帕特里夏·雅格的"蜂蜜疯女人"的隐喻 —— 雅格研究了19世纪女作家的作品，她用这个隐喻来表达女作家如何如饥似渴地吸收语言以便改造语言。例如,在《流血和三个中篇》的序言中，辛西娅·奥兹克承认了她为了自己的中篇小说进行的"掠夺",即"篡夺":

> 我小说中叫作《魔法王冠》(*The Magic Crown*)的故事是一种改写，只不过结局不同于马拉默德的《银色王冠》(*The Silver Crown*);"失望的弥赛亚"的内容来源于阿格农·希穆尔·约瑟夫;大卫·斯特恩(David Stern)的《阿格农^②，一个故事》(*Agnon, A Story*)则是令我改用诺贝尔奖得主阿格农作品的万恶之源。^③

《同类相食的星球》《男性》(*Virility*)和"普特梅瑟(Puttermesser)"系列小说中也有类似的主题。

....

① Yaeger, Patricia. *Honey Mad Women: Emancipatory Strategies in Women's Writing*. New York: Columbia University Press, 1988: 18.

② 阿格农·希穆尔·约瑟夫(1888—1970)，波兰裔以色列作家，用希伯来文写作，其戏剧小说包括《夜晚的客人》(1939)，于1966年获诺贝尔文学奖。

③ Ozick, Cynthia. *Bloodshed and Three Novellas*. New York: Random House Inc, 1976: 7-8.

雅格尔进一步指出，女作家们"如饥似渴地吸收并改造对女性身份不友好的父权语言"[①]。要改造既与自己的女性身份也与犹太人身份对立的神话，辛西娅·奥兹克面临着一个双重挑战。

虽然辛西娅·奥兹克抗拒"女作家"的标签，但她实际上使用了一些所谓的女权主义文学策略，特别是语言游戏。这些文学策略是否有女权主义色彩并不重要，重要的是她运用这些策略的方式本质上是否有女权主义色彩。

（一）思想的厄洛斯

"厄洛斯"（Eros）：爱之神；自混沌中诞生、参与世界创造的一位原始神，是世界之初创造万物的基本动力，是宇宙最初诞生新生命的原动力和自然力创造本原的化身。柏拉图《会饮篇》讲述了苏格拉底和女巫第俄提玛的对话，第俄提玛谈到对爱情的看法时，把厄洛斯看作丰富神和贫乏神的儿子。她认为厄洛斯介于人与神、知与不知、美与丑、贫乏与丰富之间，是一个精灵；他既不美也不善，而是生性欠缺，但是他对于至善至美有着无法抵抗的渴望。[②] 从这里可以看出，柏拉图把爱欲"厄洛斯"看成一个介乎人和神之间的"精灵"，他具有最终的拯救功能，起着沟通神与人、沟通两性、沟通自我与他者的作用。本质上，厄洛斯

---

① Yaeger, Patricia. *Honey Mad Women: Emancipatory Strategies in Women's Writing*. New York: Columbia University Press, 1988: 134.

② 柏拉图. 柏拉图文艺对话集 [M]. 北京：人民文学出版社，2005: 205.

具有双重性，具有转化性，"没有厄洛斯，人就是魔鬼，但如果有了厄洛斯，就可能是魔鬼，可能是苏格拉底"[①]。实际上，"厄洛斯"就是欲望，它既可能由于自我膨胀成为恶，也可能由于爱而成为至善。

那么，辛西娅·奥兹克"思想的厄洛斯"又能起到何种沟通功能？又是如何令个体走出自我的囚笼，使个体与他者和世界联系在一起，进而寻归本质，从而走向至善？

身为女性的辛西娅·奥兹克不愿像女人那样写作，她将自己与其他犹太女作家区别开来了，如埃丝特·M. 勃朗纳（Esther M. Broner）、艾瑞克·琼（Erica Jong）和格雷斯·佩里等围绕女性身体写作的作家。辛西娅·奥兹克拒绝接受从身体写作的观念，而试图创造乔·M. 莫里斯（Joan M. Moelis）所说的"思想的厄洛斯"[②]。辛西娅·奥兹克被评论为一个"过度理智的作家"，讽刺的是，这也是她通过普特梅瑟想要戏仿自己的地方。有评论家认为普特梅瑟就是辛西娅·奥兹克的第二自我。另外，在关于辛西娅·奥兹克的《斯德哥尔摩的弥赛亚》和菲利普·罗斯的《反生活》的书评中，《捍卫想象》（*Defenses of the Imagination*，1977）的作者美国学者罗伯特·奥特（Robert Alter）指出辛西娅·奥兹克缺乏想

---

① 岳国法.类型修辞与伦理叙事：艾丽丝·默多克小说研究 [M].哈尔滨：黑龙江人民出版社，2008.

② Yaeger, Patricia. *Honey Mad Women: Emancipatory Strategies in Women's Writing*. New York: Columbia University Press, 1988: 105.

象力,并评论说她试图通过"语言杂耍"来弥补不足。他认为:"她对隐喻的大肆运用暴露了她用修辞力度取代经验深度的企图。"①

然而,辛西娅·奥兹克的风格不仅反映了她是犹太身份的"捍卫者",也反映了她是被犹太文学圈排斥在外的一个有点自卫的女性。她"理智"且"无关性别"地润色语言,下决心不被误认为是"女作家"。

对辛西娅·奥兹克来说,写作和思想本身就是一种激情,就像普特梅瑟一样,她有"因为种种思想脸红的习惯,就像激情会令人脸红一样"②,而且会"亲切对待律法及其语言"的"微妙之处"③。罗伯特·奥特所说的辛西娅·奥兹克的"大肆夸张没有极限"④和波特诺伊的"当众发狂"之间没有什么区别(Roth,1985)。正如乔·M. 莫里斯(Joan M. Moelis)所说:"如果菲利普·罗斯笔下的波特诺伊在谈论自慰时能获得乐趣,并且能从性压抑中解脱出来,那么辛西娅·奥兹克塑造的人物在谈及语言和自发

① Alter, Robert. Defenders of the Faith. *Commentary* 1987: 53-54.

② Ozick, Cynthia. Puttermesser and Xanthippe. *Levitation*. New York: Alfred A. Knopf, 1982: 99.

③ Ozick, Cynthia. Puttermesser and Xanthippe. *Levitation*. New York: Alfred A. Knopf, 1982: 82.

④ Alter, Robert. Defenders of the Faith. *Commentary* 1987: 53.

地玩文字游戏时也能获得色情乐趣和解放乐趣。"① 因此，辛西娅·奥兹克的写作和思想就是她自己的一种"色情"，反映的既不是"人"也不是"性"，而是体现了激情。

辛西娅·奥兹克所追求的既不是埃莱娜·西苏（Helene Cixous，法国当代最有影响力的小说家、戏剧家和文学理论家之一）的享乐观——提倡尽情享乐和想象自由，也不是罗兰·巴特对语言的纯粹沉溺，因为她的想象无论多么具有女权主义特点，前提都是犹太想象，而她对语言的沉溺是局限性的，不会出现偶像崇拜的风险。相反，她的色情更像是女权主义作家奥德·罗德（Audre Lorde）在她的文章《色情的用处：以色情为力量》（"Uses of the Erotic: The Erotic as Power"）中描述的激情。根据奥德·罗德的解释，色情并不局限于性欲，而是与任何身体、情感或智力上的追求密切相关的。②

犹太女权主义者朱迪丝·普拉科夫（Judith Plaskow）借鉴罗德的理论，在她的《再次站在西奈：女权主义视角下的犹太教》（*Standing Again at Sinai*: *Judaism from a Feminist Perspective*）中

① Moelis, Joan M. *Writing Selves: Constructing Jewish American Feminine Literary Identity*. Dissertation. University of Massachusetts Amherst, 1996: 113. UMI Number: 9709630.

② Lorde, Audre. Uses of the Erotic: The Erotic as Power. *Sister Outsider*. Trumansburg: Crossing Press, 1984: 53-59.

说明了色情对女权主义者的精神追求的影响。[①]帕特里夏·雅格尔认为以女性身份说话和写作就是受苦，但她也表示，女作家通过写作脱离父权束缚，其中自有乐趣，而且这也令色情与辛西娅·奥兹克的智力追求之间的联系更加明了。[②]

然而，辛西娅·奥兹克与雅格尔的主题的区别在于为了摆脱父权制度他们是否会进行反抗。奥兹克将自己融入犹太文学和宗教传统中，具体体现在奥兹克以"思想的厄洛斯"为动力，采用了一些评论家认为的女权主义文学策略，即幻呈与净化的"语言游戏"的想象之旅。

（二）奥兹克笔下女性的想象之旅

辛西娅·奥兹克坚持说自己的作品充斥着犹太教元素，而不是女性色彩，她建议评论家们好好阅读她的作品，并且暗示或经常提醒他们说她是一位犹太作家，而不是女作家。在这方面她比较明确的一次表态在《文学与性别政治：一种异议》里，在这本书中，她把"女作家"称为"新政治术语"，并声称"除了其政治用途之外，'女作家'这个表达没有意义——无论是知识上、道德上还是历史上都没有意义"。对于"女作家"这个词，其实

---

① Plaskow, Judith. *Standing Again at Sinai: Judaism from a Feminist Perspective.* San Francisco: Harper & Row: 196-206.

② Yaeger, Patricia. *Honey Mad Women: Emancipatory Strategies in Women's Writing.* New York: Columbia University Press, 1988: 18.

她排斥的是它所传达的作为一个女人写作的作家身份。[①]

　　然而，笔者认为，辛西娅·奥兹克与其他犹太女作家的区别更在于她为女性和犹太教而执笔的作家身份，而非她作为一个女人写作的作家身份。关于正统犹太教对女性的禁锢以及在文学创作中对此进行女权主义改良的必要性，辛西娅·奥兹克进行了道德权衡，在此基础上实现对正统犹太性别观的文学改写，借此最终实现她对犹太教的忠诚。

　　因此，强调女权主义观念而不是女性个性的辛西娅·奥兹克以"思想的厄洛斯"贯穿女性表征过程。构建虚幻的想象之旅本身很有可能受到偶像崇拜的不良影响。在辛西娅·奥兹克看来，"犹太作家"必须在"幻呈"和"净化"之间进行辩证的转换。[②] 辛西娅·奥兹克为女主人公构建的想象之旅的不同之处在于，她不仅构建了想象之旅，而且对其加以道德净化。"幻呈"想象之旅的过程是由激情驱动的，而且体现了"思想的厄洛斯"，而"净化"的过程本质上是观念导向的。

　　在《升空》《罗莎》《披肩》《普特梅瑟和赞西佩》中，辛西娅·奥兹克对虚幻的想象之旅的"幻呈"和"净化"被展现得淋漓酣畅。

．．．．．．．．．．．．．．．．．．．．．．．．．．．．．．．．．．．．．

① Ozick, Cynthia. Literature and the Politics of Sex: A Dissent. *Art and Ardor*. New York: E. P. Dutton, 1983: 284-285.

② Ozick, Cynthia. Literature and the Politics of Sex: A Dissent. *Art and Ardor*. New York: E. P. Dutton, 1983: 198.

1. 女作家路斯的想象之旅

辛西娅・奥兹克在书中描写了路斯的写作与她作为吉米的妻子的身份之间的关系，她的描写符合正统犹太教教义规定的女性传统地位：家庭的支持性角色。然而，身为作家的路斯在宴会上放弃了她作为女主人的责任，而且她选择反抗正统犹太教教义，这两点都反映了辛西娅・奥兹克的愿望，即女作家能在男性主导的犹太文学传统中开辟一席之地。

为路斯构建的想象是她看到丈夫和其他犹太人飘向空中，而且越升越高。在她想象中的舞蹈演员的表演暗示了男性同性恋的性向。

在想象中，她站在一个小公园里，看到了一场音乐表演，其中十几个人挤满了舞台，他们大多是中年人，有几个年轻人和一个老人。其中一个年轻人搅着黄油开始了仪式，其他人跟着表演吹管。从修辞意义上来说，这种表演中的搅黄油暗指鸡奸，而吹管暗指口淫。"乐器"所创作的歌曲也具有暗示性。在路斯幻想的想象中，只有男人表演"乐器"，而舞台上唯一的女性 —— 女人类学家，则从想象中消失了。这暗示着跳舞的男人正沉溺于同性情欲："一对男舞者捉住了彼此。腿与腿交缠，腹部与腹部贴合，每个人只凭着一条自由腿跳跃。他们交缠着，重复着蹲下—站起—蹲下—站起的动作。他们还发出了有弹性的叫声，看着幻想中的舞蹈表演，路斯感到一种荣耀感……得意感。她理解了。"[1]

同性恋与犹太教的宗旨有冲突，正统派犹太人认为上帝让人类有性行为只是为了生育。同性性行为是对上帝的亵渎，因为它无法按照圣约带来后代。犹太教义认为同性恋是罪。路斯目睹到非犹太男子公开进行有同性恋性暗示的行为，这是在向她揭示正统犹太教的限制性。小说中的路斯是个皈依的犹太人，其思想不一定就是辛西娅·奥兹克的思想，但是，通过路斯的理解，奥兹克表达了她的思想激情。犹太教义限制女性的知识自由，使女性在她们激情的文学创作中被边缘化。奥兹克为路斯构建的虚幻的想象之旅反映了她对犹太教义的这种限制性的批判。

当意识到她嫁给吉米后就丧失了智力独立性时，路斯开始反抗。她拒绝接受阻碍她的艺术进步的犹太教义。她再也不必依赖丈夫的创造力了。辛西娅·奥兹克的目标是倡导美国社会、小说界和犹太教中的性别平等。借着虚幻的想象之旅，奥兹克使路斯能够摆脱婚姻的压迫。她认为婚姻的压迫堪比影响女作家的批评接受的性别偏见。在《艺术与热情》中，辛西娅·奥兹克讨论了一些评论家关于男性小说和女性小说的观点：

> 政治术语中的"女作家"预先传达了一系列先入为主的观点。例如，智力和情感分为"男性"和"女性"状态；

---

[1] Ozick, Cynthia. Puttermesser and Xanthippe. *Levitation*. New York: Alfred A. Knopf, 1982: 18.

比如散文方面，并不存在气质和性格方面的个性，或者说
至少不多；而且所有从事写作的女性都有一个瞬间能感知
到的共同点——不是因为她是作家，而是因为她是女人。①

奥兹克的观点是，女性智力的边缘化会导致性别不平等一直
持续下去，她认为这会损害女性可以贡献给文学界的创造力。

辛西娅·奥兹克让路斯在她构建的想象之旅中看到了男人在
表达自我时可以自由体会到的乐趣。她也为罗莎构建了大屠杀后
的想象之旅，以便她能从身为母亲的创伤记忆和失去女儿的悲痛
中恢复过来，并实现重生。

2. "作家"罗莎的想象之旅

"对于母亲而言,失去女儿……是女性最为惨烈的悲剧。"② 目
睹女儿之死后，罗莎被失去女儿的悲痛和无法公开悼念她的事实
纠缠着，她变得动弹不得、无法发声。大屠杀过后，由于顾客们
对她的大屠杀言论漠不关心，她拆除了在纽约的古董店，之后住
到迈阿密的一家旅馆里，还不时地捡纸，以便能给她死去的女儿
写信。

写信变成了罗莎的生活。借着辛西娅·奥兹克所构建的虚幻

---

① Ozick, Cynthia. Literature and the Politics of Sex: A Dissent. *Art and Ardor*. New York: E. P. Dutton, 1983: 284.

② Rich, Adrienne. *Of Woman Born: Motherhood as Experience and Institution*. New York: W. W. Norton and Co., 1995: 237.

的想象之旅，罗莎成为一个女作家，而且凭借一种富有想象力的感性、利用家庭题材和普通材料创作的能力以及通过写作创造意义和秩序的愿望而闻名于世。

对于辛西娅·奥兹克来说，写作是想要表达思想的那种心智上的激动，但对于罗莎来说，想象之旅在某种程度上是别无他法时治疗创伤的一种途径。通过写作，罗莎能把自己从悲痛中解脱出来。辛西娅·奥兹克在构建虚幻的想象之旅时运用消解策略，也就是在给女作家——一个被压迫、受迫害、被描写成富有想象力的创造者的人一个发声的机会：

其一，罗莎富有想象力的感性体现在信中既提到了过去，也写了未来。她的感性也同样反映在祖母和孙女之间建立的联系上，以及孩子继承了母亲的性别这点上。富有想象力的感性凸显了实际上不存在的连续性。罗莎的写作具有历史意义。在信中，罗莎不仅讲述了她的过去，还重塑了时间，以便为她死去的女儿创造一个想象的未来。她希望在一个没有标记的领域，提供的可能性比她自己经历的还要多。罗莎关于女儿三个阶段的幻想揭示了她期望玛格达能拥有母亲为她"创造"的生活：起初，罗莎把玛格达想象成了一个即将成年的、可爱的16岁女孩；接着，罗莎又想象31岁时的玛格达是个医生，而且嫁给了住在纽约郊区大房子里的医生；随后，玛格达又成了一所著名大学的希腊哲学教授。

其二，母亲和孩子之间的联系跳过了一代，在祖母和孙女之间也形成了联系。罗莎非常喜欢回忆她祖母曾唱给她听的意第绪摇篮曲。她自己的母亲不许说意第绪语，因为它被当成混杂语言而受轻视。再者，辛西娅·奥兹克把孙子的性别设计成女性，这样就建立起了一条"母亲线"，将罗莎定位为文化的继承者和传播者，还使她摆脱了沉默无声的状态。尤其是在罗莎的想象中，玛格达会成为画家或音乐家。

其三，罗莎把家庭生活从平凡的日常提升到了美丽超然的水平。披肩是小说的中心符号，它曾经是包裹婴儿玛格达的衣物，后来变成了承载一个母亲的祷告的工具。无论作为家庭的还是神圣的物件，它都能引起共鸣。通过改变家庭生活，女性同时从家庭角色变成了富有想象力的创作者。因此，罗莎的写作具有知识上的意义。

其四，罗莎是目击者也是幸存者，她处于历史的内侧而非边缘。她的经历成为批判种族压迫和迫害的工具。罗莎被刻画成了一个愤怒的先知，她警告说，灾变已经到来，并且是以大屠杀的形式突如其来。

此外，罗莎对意义和秩序的探索以及她想要讲述自己经历的欲望使她能够将自己的创作激情呈现在写作上，从而摆脱创伤记忆，实现自己的"重生"。作为一个无法正常育儿的母亲，罗莎目睹了女儿的死亡。她体验过内疚、绝望和忧郁。她给玛格达的信代表了她为了治愈自身伤痛所做的一种尝试。对创造力和自我表达的追求令她得到了再生的机会。因此，罗莎的写作具有道德上的意义。

　　辛西娅·奥兹克通过构建想象之旅而促成的罗莎的写作在历史上、知识上和道德上都是有意义的。这让人想起辛西娅·奥兹克在《艺术与热情》中就"女作家"这个标签的发言："除了其政治用途之外，'女作家'这个表达没有意义 —— 无论是知识上、道德上还是历史上都没有意义。"① 在辛西娅·奥兹克构建的想象之旅中罗莎被刻画成了一个女作家，而且她的写作无论在知识上、道德上还是在历史上都有意义，这个事实揭示了辛西娅·奥兹克的观点，即罗莎 —— 一个女人，是以与男作家智力平等的身份在写作。由此，构建的想象之旅得到了净化。

　　与路斯和罗莎一样，普特梅瑟被刻画成一个遭受压迫的边缘化的女主人公。路斯和罗莎由别人构建了虚幻的想象之旅，普特梅瑟则是自己构建了自己的想象之旅。

3. 职场女性普特梅瑟的想象之旅 —— 想象的津德尔叔叔和想象的女泥人

　　普特梅瑟试图在纽约市收入和支出部获得与男性同事同等的地位，如果这不是徒劳的话，那就面临着很大的困难。尽管她勤奋努力，却处于没有人注意的地位，甚至变成了一个被排斥的人。辛西娅·奥兹克为普特梅瑟构建了两个想象之旅，一个是想象的津德尔叔叔，一个是普特梅瑟创造的女泥人。

....

① Ozick, Cynthia. Literature and the Politics of Sex: A Dissent. *Art and Ardor*. New York: E. P. Dutton, 1983: 285.

4. 想象的津德尔叔叔

先构建的是津德尔叔叔的想象之旅，他是来自"故国"的老师，帮助普特梅瑟在夜间研究希伯来语。借着这个想象中的叔叔，普特梅瑟建立了与她的犹太过去的临时连接。每天晚上，她都会学习希伯来课程，跟这个生动想象的叔叔开轻松的玩笑。津德尔边咀嚼煮熟的鸡蛋，边生动地讲述希伯来文字。"先看一下怎样才是 gimmel，怎样才是 zayen。这是两个近似词，但一个是'向左踢腿'，一个是'向右踢腿'。你得练习这个不同之处。如果腿不管用，想想怀孕的肚子。Zayen 太太朝一个方向怀孕，Gimmel 太太则是朝另一个方向。"[1] 普特梅瑟沉溺于想象世界中，津德尔叔叔开始安排普特梅瑟搬到以色列，在那里她会找到丈夫。

然而，叙述者闯入想象的场景，插话道："停。停，停！普特梅瑟的传记作者，停！放手，拜托。虽然传记是创作出来的，而不是记录下来的，但你发挥过度了。一个象征还可以，但不能整个场景都用。"[2] 叙述者命令普特梅瑟的传记作家把津德尔还给他那早已尘封、崩塌的犹太会堂，这样就破坏了普特梅瑟的想象世界，强调了津德尔的会堂没有被拆毁，甚至没有被抛弃，但随着时间的推移，它瓦解了。"会众也开始减少，先是女人，一个妻

---

[1] Ozick, Cynthia. Puttermesser and Xanthippe. *Levitation*. New York: Alfred A. Knopf, 1982: 35.

[2] Ozick, Cynthia. Puttermesser and Xanthippe. *Levitation*. New York: Alfred A. Knopf, 1982: 35.

子跟着一个妻子，每人一件珍珠和一份安慰，直到最后只剩鳏夫们，他们一副脆弱的样子，凝视着，麻痹着［直到］他们也消失。"①尽管普特梅瑟"想要联系 —— 当然每一个犹太人必然有一段过去"②，但这种与移民过去的联系已经耗尽了。

辛西娅·奥兹克构建了想象世界，然后又将其粉碎。构建它是因为有必要建立与犹太人过去的联系，而粉碎它的原因是津德尔叔叔在某种意义上代表着犹太传统，它不承认女性是智力平等的存在，具体表现就是他试图安排普特梅瑟去以色列找丈夫。因此，对所构建的想象之旅的净化在于它的自动解构。

辛西娅·奥兹克对移民祖先津德尔的拒绝某种程度上表明了她将自己与其他同时代犹太作家区分开来的意图，毕竟那些作家写的是移民经历，并以此来定义自己。与之相反，辛西娅·奥兹克寻求的却是能进入犹太宗教和神话传统。辛西娅·奥兹克放下津德尔叔叔，为普特梅瑟构建了一个非同寻常的想象之旅。她让普特梅瑟充当起创造者的角色，不是诞育孩子的生物意义上的创造者，而是一个女泥人的创造者。这个泥人将满足普特梅瑟对想象力的渴望。尤为重要的是，通过这个非同寻常的想象之旅，她建立了与犹太人过去的联系。

....

① Ozick, Cynthia. Puttermesser and Xanthippe. *Levitation*. New York: Alfred A. Knopf, 1982: 36.

② Ozick, Cynthia. Puttermesser and Xanthippe. *Levitation*. New York: Alfred A. Knopf, 1982: 36.

普特梅瑟大声说出那个神圣的名字的字母，heh、shin、mem（希伯来语 hashem 的字面意思是"名字"，指上帝），在泥人舌头上的纸条上刻了字，就这样赋予了一个女泥人生命。

在辛西娅·奥兹克构建的想象之旅中，普特梅瑟创造了女泥人，这反映了辛西娅·奥兹克试图消解女权主义与犹太教之间的裂隙，并使它们融合。

5. 重写的泥人传说

在《泥人观》(*The Idea of the Golem*) 中，犹太神秘主义历史学家格希姆·G. 肖勒姆介绍了与泥人有关的各种神话历史。一般来说，泥人是用黏土和水制成的东西，对它吹气，并说出圣名，这样就能赋予它生命。根据传说，泥人的作用，如拉比裘德·勒夫创造的布拉格著名的泥人，是为了拯救犹太群体。完成任务后的泥人必须被摧毁。泥人最显著的特点之一是它不会说话或者去爱，而且缺乏性欲，以免对女性有害。格希姆·G. 肖勒姆记录了他所认为的："说出名字……一个倾向于卡巴拉主义的现代作家……借由裘德·勒夫之口发声……""制造出的泥人不得有生殖能力或性冲动，因为如果他有这种冲动，就算是与比人类性冲动弱很多的动物同样的级别，也会给我们带来很多麻烦，因为没有一个女人能够抵抗得了他。"[①] 虽然大部分的泥人是男性，格希姆·G. 肖

----

① Scholem, Gershom G. *On the Kabbalah and Its Symbolism*. Trans. Ralph Manheim. New York: Schocken Books, 1965: 194.

勒姆表示也有一些女性泥人，她们是由男性创造的，发挥家庭和性方面的功能。其中最著名的是所罗门·伊本·盖比罗（Solomon Ibn Gabirol，另译名为所罗门·伊本·加比罗，是西班牙 11 世纪的诗人和哲学家）创造的女泥人。格希姆·G. 肖勒姆指出，一位 17 世纪的犹太作家曾这样说："盖比罗创造了一个伺候他的女人。当他被控告到政府时（显然是以施巫术的罪名），他向政府证明了她不是一个真正的完整的生命体，而是仅由木头块和铰链组成的东西，并把她还原成了原始的部件。世上流传着许多这样的女性泥人传说，尤其是在德国。"[①]

　　普特梅瑟被频繁降职后创造了泥人。出于对平等的女权主义的追求，她求助于犹太的泥人创造传说。虽然普特梅瑟是率先创造泥人的女性中的一个，但作者辛西娅·奥兹克在女性声音和女性性欲方面对泥人传说进行了创新。[②]

　　普特梅瑟注意到这种生物的不完美，于是开始重塑它们，而且特别注意其嘴部的塑造，这个部位暗示着性欲和表达："首先需

① Scholem, Gershom G. *On the Kabbalah and Its Symbolism*. Trans. Ralph Manheim. New York: Schocken Books, 1965: 199-200.

② Moelis, Joan M. *Writing Selves: Constructing Jewish American Feminine Literary Identity*. Dissertation. University of Massachusetts Amherst, 1996: 124. UMI Number: 9709630.

要完成它。"① 就像普特梅瑟重塑了泥人的身体,辛西娅·奥兹克重塑了泥人传说,借此改变并重塑了犹太文学传统和宗教传统。

像其他传统泥人一样,赞西佩不能说话。然而,辛西娅·奥兹克对泥人传说进行了改写,她赋予了赞西佩书写的能力。此外,她予泥人的自行命名也明显反映了她的自我主张 —— 她的声音的象征。普特梅瑟最初用想象的女儿的名字"利亚"给泥人命名,被拒绝了。她坚持用"赞西佩"这个名字,该命名来源于苏格拉底的刁泼妻子,这是唯一一个"有勇气反驳他"的人。②

辛西娅·奥兹克不仅给了女泥人声音,也使她摆脱了用性取悦男性和做家事的传统角色。如此,实现了对父权制犹太神话的女权主义重写。

所罗门·伊本·盖比罗的女泥人是为了服务和伺候他而创造的,与之相比,赞西佩是一个自我满足且野心勃勃的泥人。赞西佩很快就厌倦了清扫、烹饪和购物,她跨越了家庭界限,帮助普特梅瑟实现职业成长,使普特梅瑟最终成为纽约市市长。辛西娅·奥兹克改变了"泥人"的含义,它不再是犹太法典《塔木德》中

① Ozick, Cynthia. Puttermesser and Xanthippe. *Levitation*. New York: Alfred A. Knopf, 1982: 94.

② Ozick, Cynthia. Puttermesser and Xanthippe. *Levitation*. New York: Alfred A. Knopf, 1982: 97-98.

所说的不能生育的女人，而是具有智力的存在。[1]

　　然而，随着无法遏制的性欲失控，赞西佩的自我满足变得具有毁灭性。她吞噬了一个又一个人，摧毁了她帮助重建的纽约，破坏了普特梅瑟作为市长"当之无愧的"地位。赞西佩无法遏制的性欲某种程度上是对女权主义和想象力过度的嘲弄。

　　通过自我满足、雄心勃勃的女泥人，辛西娅·奥兹克戏仿了一个一般被认为有性别歧视的传说，并对它进行了改写。辛西娅·奥兹克通过文学创作，将女性的角色从性对象和家务佣人转变为积极的与男性智力平等的存在，同时找到了与犹太传统建立联系的方法。

　　在构建想象之旅的过程中，辛西娅·奥兹克总是牢记与他拉的"幻呈"对立的亚伯拉罕的"净化"[2]，因此才能将自己的观点融入每一次构建的想象之旅中。

　　路斯的故事要表达的观点是，女性智力的边缘化会导致性别不平等一直持续下去，她认为这会损害女性可以贡献给文学界的创造力。罗莎的故事要表达的观点是，一个女作家无论如何都可以像男人一样写作，而且以一种在历史上、知识上和道德上都有意义的方式写作。普特梅瑟的故事要表达的观点是，作为与男性智力平等的活跃存在，女性能够建立与犹太传统的联系，并在男

....

[1] Goldsmith, Arnold. *The Golem Remembered 1909-1980: Variations of a Jewish Legend*. Detroit: Wayne State University Press, 1981: 16.

[2] Ozick, Cynthia. *Art and Ardor*. New York: E. P. Dutton, 1983:198.

权世界开辟出自己的一席之地。

由于结合了亚伯拉罕的"净化"和他拉的"幻呈",辛西娅·奥兹克的犹太女权主义想象本质上还是具有犹太色彩的想象。辛西娅·奥兹克的所有观点均脱胎于"净化"神话,她不仅传达了一种对抗犹太教的父权本质的女权主义世界观,还打算改良犹太教教义,就像她在文章《关于找到正确问题的感想》(*Notes Toward Finding the Right Question*)的结尾部分所提倡的,要将遗漏的戒律写进《妥拉》,从而实现对它的"改良":"你不能削弱女人的人性。"①

辛西娅·奥兹克否认了改良《妥拉》的女权主义动机,因为她强调这种改良的目的不是为了女性,也不是为了犹太人民的更广大的利益,而是为了"保护和巩固《妥拉》本身",这进一步证明了她的女权主义想象的犹太性。②因此,同样地,辛西娅·奥兹克将女权主义思想融入犹太教,是打算保护和巩固犹太教本身,这证明了她的作品的真实的犹太性。

简而言之,通过对既默默接受过也反抗过正统犹太性别教义的女主人公的文学呈现,辛西娅·奥兹克旨在彰显犹太性和女性特性。通过刻画大屠杀中的犹太母亲,奥兹克突显了"母亲的思

....

① Ozick, Cynthia. Literature and the Politics of Sex: A Dissent. *Art and Ardor*. New York: E. P. Dutton, 1983: 150.

② Ozick, Cynthia. Literature and the Politics of Sex: A Dissent. *Art and Ardor*. New York: E. P. Dutton, 1983: 151.

想"，并将女权主义的洞见融入犹太女性身上。通过"幻呈"和"净化"的想象之旅，她实现了"思想的厄洛斯"，揭示了奥兹克的女权主义想象的犹太本性。奥兹克坚持为了犹太教而改良犹太教，她真正的犹太性也因此不言自明。因此，奥兹克在塑造女主人公和大屠杀中的犹太母亲时，将兼具犹太性和女性特性的双重"少数"刻画成了"多数"。正统犹太性别教义禁止女性成为与男性智力平等的存在，基于道德意识，奥兹克提倡改良正统犹太教性别观，并创造了"思想的厄洛斯"，借此最终实现她对犹太教的忠诚。

第六章　菲利普·罗斯和辛西娅·奥兹克年谱

第一节　菲利普·罗斯年谱

菲利普·罗斯（Philip Roth，1933—2018）是当代美国文坛极具代表性的犹太文学巨擘，在当代美国文坛占有非常重要的地位，曾被认为是"最有才气、最有争议并且对同化的复杂情形及犹太性最为敏感的作家"。

1933年3月19日，罗斯出生于新泽西州纽瓦克市（Newark，New Jersey）的一个犹太人家庭。他与哥哥桑迪·罗斯（Sandy Roth）生于纽瓦克，长于纽瓦克。其父系祖辈是奥匈帝国的移民，母系是美籍犹裔家族。菲利普·罗斯的母亲贝斯·芬考·罗斯（Bess Finkel Roth）是一位十分可亲、可敬的女性。她细心照料丈夫、孩子，不声不响地把家务安排得井井有条。罗斯对母亲充满敬爱之情，曾回忆说母亲是他孩童时代的历史学家。父亲赫曼·罗斯（Herman Roth）是美国出生的犹太移民的儿子，来自东欧的加利西亚地区（目前属波兰和乌克兰）。赫曼·罗斯信仰正统犹太教，他从加利西亚移居美国，为生活而计，曾从事过多种低收入的工作。

20 世纪 30 年代美国经济大萧条期间，赫曼·罗斯在一家城市人寿保险公司谋到一个推销员的职务，使全家人得以渡过难关。赫曼在公司时受到反犹情绪的困扰。和他的父亲一样，菲利普·罗斯也面临着类似的偏见，这些偏见破坏了他原本"非常安全、受到保护"的童年。罗斯幼年时在纽瓦克市求学。他在新泽西州海滨的布拉德利海滩（Bradley Beach）的夏日度假时光有时会被针对犹太人的帮派袭击破坏。甚至在几乎完全是犹太人的维夸希高中（Weequahic High School），罗斯也会受到邻近非犹太学校学生的欺凌。

1945 年，罗斯 12 岁时，立志长大后将"反对暴力和特权阶层造成的不公正，成为帮扶弱者的律师"。他年轻时的一个爱好是棒球。他认为，棒球为他提供了"一个伟大的世俗民族主义教会的会员资格，在这个教会里，似乎没有人建议犹太人应该被排除在外"。

罗斯 1946 年到 1950 年间在维夸希中学读高中。在此期间，他阅读了大量有关欧洲移民的史料，并且深入了解了哈德逊河两岸的移民情况。这为他后来在作品中写下许多栩栩如生的人物形象奠定了基础。

1950 年，罗斯中学毕业后先在罗特格斯大学（Rutgers University）纽瓦克分院注册读大学，后为摆脱此地狭隘的"地方主义"以及心怀开阔视野的念想而转入位于宾夕法尼亚州刘易斯堡（Lewisburg, Pennsylvania）的巴克内尔大学（Bucknell University）就读。在巴克内尔学习期间，罗斯帮助创建并参与编辑了 *Et Cetera* 杂志，并成为美国大学优等生荣誉学会的一员（Phi Beta Kappa）。1952 年，罗斯在 *Et Cetera* 上发表了他的第一部短篇小说《哲学之类的东西》（*Philosophy, or Something Like That*）。自此，罗斯开始对文学创作产生了浓厚的兴趣，陆续在各种杂志上发表十多篇短篇小说和论文。

1955 年，罗斯以优异的成绩毕业于巴克内尔大学并获得英语学士学位。

1955 年，罗斯在芝加哥大学（University of Chicago）获得英语文学硕士学位。

1955 年，罗斯应征入伍，在美国陆军服役，在华盛顿的公众情报局工作，后因背部受伤而退役。

1956 年罗斯回到芝加哥大学后，开始在攻读博士学位的同时教授一门完整的大一写作课程（他在第一季度放弃了这个目标）。罗斯在芝加哥大学担任英语教师的两年时间里，继续写短篇小说。早在 1955 年他就开始写短篇小说了。在阅读他的作品的人当中，还有当时早已享誉文坛的犹太作家索尔·贝娄。然而，罗斯说，他最初并不把自己的写作当回事，因为"每个学英语的人都写故事"。在与贝娄交往的日子里，罗斯从贝娄那里获得不少指导与启发。这种文学创作上的启蒙对罗斯以后走上文学创作之路产生了深刻的影响。

　　1957 年罗斯因某种原因放弃学位学习，专事写作。截至 1957 年，罗斯一共发表了 7 篇短篇小说，其中 2 篇获奖。随后，他获得霍顿·米夫林文学研究基金和古根海姆研究基金（Guggenheim Fellowship）的资助。罗斯笔下的故事往往被证明是获奖之作，使他能够全职从事写作和教学工作。

　　1959 年，在为著名的自由主义周刊《新共和》(*The New Republic*）做了一段时间的电视和电影评论员后，罗斯发表第一部小说《再见，哥伦布》与《五部短篇小说》(*Five Short Stories*）。《再见，哥伦布》获 1960 年美国全国图书奖。在这部中篇小说中，贫穷的城市居民尼尔·克勒门和富裕的犹太裔美国"公主"布兰达·帕丁金的价值观相冲突，他们的郊区、中上阶层的生活方式被无情地讽刺，破坏了两人的关系。在大多数评论家看来，这本书展现了巨大的希望，预示着一位重要的新作家 —— "一位横空出世的才华横溢的天才"——的到来。1959 年 5 月 16 日，阿诺德·多林（Arnold Dolin）在《周六评论》(*Saturday Review*）中写道："菲利普·罗斯已经深入地审视了美国犹太人的内心，他们正面临着犹太身份的丧失。在两个世界之间的选择所涉及的冲突为一部令人难忘的短篇小说集提供了戏剧的焦点。"这部小说因描述了一个年轻的犹太裔美国人寻找自我身份的过程中传统道德与当代道德之间的冲突，而再次引发了一场持久的争论（早在两年前，这场争议自罗斯在《纽约客》上发表第一部短篇小说就已经开始了）。此书为罗斯赢得了美国国家图书奖、美国国家文学院奖（The

National Institute of Arts and Letters）、美国犹太图书业委员会的达洛夫奖（Daroff Award from the Jewish Book Council of America）以及古根海姆奖，使他因此获得资助而得以前往罗马。

1960 年，罗斯开始在爱荷华大学作家工作坊（The University of Iowa Writers' Workshop）做了两年的访问讲师，之后在新泽西州普林斯顿大学（Princeton University）做了两年的驻校作家。

1962 年，罗斯出版了自己的第一部长篇小说《随波逐流》。这部小说描写芝加哥和纽约等地年轻犹太知识分子的生活，聚焦芝加哥大学一位年轻犹太学者的道德困境。尽管罗斯的散文具有"敏锐的观察力"（这一点在评论家们的口中屡见不鲜），但《随波逐流》总是因为篇幅太长、叙事面太广而遭到批评。罗斯自此大作迭出，卷帙浩繁。

1967 年，罗斯出版《当她是好人》（*When She Was Good*），他称此书是一本"没有犹太人的书"，也是他唯一一部以女性为主角的小说。1967 年 6 月 4 日，乔希·格林菲尔德（Josh Greenfeld）在 *Book Week* 上将该书列为"美国第二次世界大战以来为数不多的 25 年后可能依旧值得一读的小说"。

从 1962 年到 1967 年，罗斯在纽约生活并接受精神治疗，这段时间是他所经历过的最长的创作中断期。在接受《巴黎评论》（*The Paris Review*，1983—1984 年冬夏季）的赫敏·李（Hermione Lee）访谈时，他将这段时期描述为"文学上的不确定性"，并补充道："我不知道该怎么做。我写什么？我是继续追求这些犹太主题还是摆脱它们？在我年轻的时候，那是一段使我衰弱的精神失常的时期。"究其因，罗斯直言灾难性的婚姻给了他重创。1959 年，罗斯与玛格丽特·马丁森·威廉姆斯（Margaret Martinson Williams）结为连理。1963 年二人正式分居。1968 年罗斯前妻玛格丽特死于车祸。这段婚姻耗尽了他的情感和财力。"我需要精神治疗，"他说，"主要是为了防止我去干傻事，因为我得为一段没有孩子的婚姻支付赡养费和法庭诉讼费。讽刺的是，那些年所发生的一切徒留在我脑海中的竟只是一列火车跑到错误的轨道上的画面。在我二十出头的时候，我一直在那里快速前进，你知道的，当快车停站时最后的目的地在我脑海中清晰地浮现；突然之间，我跑错了路，飞快地跑进了荒野。我会问自己，'你怎么能让这东西回到正确的轨道上来？''嗯，你不能。多年来，每当我发现自己，深夜，被推进错站的时候，我都会感到惊讶。'"

罗斯在 20 世纪 60 年代后期重拾文笔，当时他开始在宾夕法尼亚大学（University of Pennsylvania）教授文学，在那里他任教员，一直待了大约 11 年。

1969 年，他的小说《波特诺伊的怨诉》的发表引起了轰动，因为它对一位年轻律师的性自传进行了详尽的叙述，主人公试图通过不断的手淫和性征服，将自己从犹太家庭的严格束缚中消解出来。从 1969 年起，罗斯的作品从聚焦于狂放的喜剧和政治讽刺转变为关注对自己作为作家和儿子的角色的审视，以及对艺术与生活、小说与现实、想象力与事实之间关系的元哲学探索。

1969 年，由阿里·麦克·格罗（Ali Mac Graw）和理查德·
本杰明（Richard Benjamin）主演的电影《再见，哥伦布》改编自
《波特诺伊的怨诉》。与此同时，《波特诺伊的怨诉》精装版也迅
速卖出了 39.3 万册。罗斯一夜成名。然而，公众对罗斯的过分关
注令他不堪其扰，迫使他离开纽约，搬到位于纽约州北部萨拉托
加斯普林斯（Saratoga Springs）的亚多艺术家聚居地（The Yaddo
Artist Colony）。

1970 年，罗斯当选美国国家艺术与文学学院院长（the National
Institute of Arts and Letters）。

在 20 世纪 70 年代早期，罗斯写了一系列与之前创作风格完
全不同的讽刺小说。1971 年，《我们这一伙人》（Our Gang）出版。

1972 年，罗斯出版《乳房》（The Breast）。书中，主角大卫·
凯普什教授被改造成一个六英尺高的乳腺，他试图调和自己的智
力和性之间的冲突。虽然他并没有完全成功，但他的努力给他带
来了宝贵的见解，让他明白如何应对自我的冲动。

1973 年，罗斯出版讽刺小说《伟大的美国小说》（The Great
American Novel）。它的多层故事集中在小说家彼得·塔诺波尔
（Peter Tarnopol）试图通过写关于犹太人作家内森·祖克曼（Nathan
Zuckerman）的"有用的小说"来解决自己的困境。祖克曼成了
罗斯后来的几部小说中反复出现的人物。

1974 年，罗斯出版《我作为男人的一生》（My Life as a Man）。
1974 年 6 月 3 日，彼得·S. 普雷斯科特（Peter S. Prescott）在

《新闻周刊》(*Newsweek*)上撰文称《我作为男人的一生》是"罗斯最好的小说",是"他最复杂、最雄心勃勃的小说"。

1975 年,罗斯出版了文集《解读自我和他人》(*Reading Myself and Others*)。

1979 年,罗斯创作了《鬼作家》(*The Ghost Writer*)。书中年轻的祖克曼拜访了他的文学导师,在导师家中他遇到了一个神秘的客人,名叫艾米·贝雷特(Amy Belette),他认为这是安妮·弗兰克(Anne Frank)复活了。1979 年 9 月 2 日,乔纳森·彭纳(Jonathan Penner)在为《华盛顿邮报》(*Washington Post*)撰写的一篇评论文章中写道,《鬼作家》"提供了进一步的证据,表明罗斯几乎可以用小说做任何事情。他的叙事能力是一流的"。

1981 年,罗斯出版《解放了的祖克曼》(*Zuckerman Unbound*)。该书讲述了祖克曼的故事,他因自己的小说《卡诺夫斯基》(*Carnovsky*)声名狼藉而名声尽毁,最终毁了他的爱情、生活和与家人的关系。

1983 年,罗斯出版《解剖课》(*The Anatomy Lesson*)。主角祖克曼决定放弃写作,成为一名医生。约翰·厄普代克在为《纽约客》撰写书评时说:"人们可能会认为,罗斯之前的小说探索耗尽了这些素材,而人们可能一直认为这些材料会消解、燃烧得比以往任何时候都要旺;然而,该书对主旨的呈现却以一种温和的野性展开,既引人入胜又令人反感,自我放纵但又以某种方式纯朴、坚定、纯净,带有高度现代主义的风格,对 20 世纪 50 年代的所有受过艺术教育的年轻人都是一种诱惑。"

1985 年,《鬼作家》《解放了的祖克曼》《解剖课》这三部小说合成一卷出版了,书名为《被缚的祖克曼:三部曲和后记》(*Zuckerman Bound*: *A Trilogy and an Epilogue*)。尽管《后记》与《布拉格的狂欢》(*The Prague Orgy*)被许多评论家认为是这套祖克曼系列小说中最好的部分,但似乎也标志着祖克曼系列的终结。

1986 年,罗斯在《反生活》中再次复活他笔下的主角。这本非系列小说为他赢得了美国国家书评奖(National Book Critics Circle Award)。1987 年 1 月 4 日, 威廉·H. 盖斯(William H. Gass)为《纽约时报书评》撰文称《反生活》取得了"胜利",评价这部小说得出的结论是"圆满完成思想倾向的构建,成功凸显了主题,最终使以往创作中困扰的问题得以迎刃而解"。

1987 年,罗斯身体抱恙,做了小膝盖手术。

1988 年,罗斯在创作了那么多"虚构的自传"后,写下了回忆录《事实:小说家的自传》(*The Facts: A Novelist's Autobiography*),讲述了他前半生 36 年的经历,初衷是为了帮助自己从 1987 年的小膝盖手术后陷入的深度抑郁症中恢复过来。由于手术后服用的两种药物相互作用,长达三个月,罗斯出现了幻觉、惊惧、自杀冲动和其他虚弱症状。1990 年 4 月, 他接受《名利场》(*Vanity Fair*)杂志斯蒂芬·希夫(Stephen Schiff)的采访时说:"我曾想过那些正发生在我身上的事情,我必须努力摆脱它。我会试着写下我是谁,记住我是谁。"罗斯也曾就评论的非议对默文·罗斯斯坦（Mervyn Rothstein）说："我把这本书叫作事实，而不是'肮脏'。我没写'脏东西'。这是一本与众不同的书。"

1991 年，罗斯出版《遗产：一个真实的故事》（*Patrimony: A True Story*），讲述了赫尔曼·罗斯于 1989 年 10 月因脑瘤去世，享年 86 岁的故事。1991 年 1 月 21 日，谢帕德（R. Z. Sheppard）在《时代》杂志上写道："罗斯在怀念他父亲时，暗示自己性格养成的原因，并没有偏离他为自己开辟的漫长道路：在所有焦虑、幽默和丰富的幻觉中戏剧化地再现同化的历程。"

1991 年，罗斯被授予美国国家艺术俱乐部荣誉勋章（National Arts Club's Medal of Honor for Literature）。

1993 年，罗斯出版《夏洛克行动》（*Operation Shylock*）。罗斯将其描述为一部类似自传的作品，以两个名字都叫菲利普·罗斯的人物为中心展开叙事：一个罗斯是患有抑郁症的作家，他前往以色列参加一场对战争罪犯的审判；另一个罗斯是以色列情报机构的间谍，假扮成作家罗斯。当"真正的"罗斯面临双重挑战时，两人开始就大屠杀到中东政治的滑坡问题激烈交锋、争论不休。[罗斯作品的出版商和评论家称这是一部虚构的作品，但罗斯本人坚称故事是真实的，尽管许多评论家质疑罗斯是否为以色列情报机构摩萨德（the Mossad）效力。] 这部小说受到的评论褒贬不一。1993 年 3 月 8 日，保罗·格雷（Paul Gray）在《时代》杂志上写道："自从《波特诺伊的怨诉》之后，罗斯就再也没有像现在这样疯狂地放纵自己了。"夏洛克所处的社会和历史背景比作者以前尝试过的任何东西都要深广。然而，1993 年 3 月 8 日，马尔科姆·琼斯（Malcolm Jones）在《新闻周刊》的评论中写道："如果（罗斯）想要复制中东地区具有讽刺意味的矛盾，他就太成功了，耗尽了我们在谈判中的耐心。我们一直以来对罗斯的印象是一个天才的作家在寻找更复杂和神秘的方法来让自己开心。"

1995 年，罗斯出版小说《萨巴斯剧场》(*Sabbath's Theater*)。书中围绕着米奇在德伦卡死于卵巢癌之后，在痛苦的安息日回忆起他们的关系，以便更好地了解他他自己的不受约束的生活展开叙事。1995 年 9 月 10 日，威廉·H. 普里查德（William H. Pritchard）在《纽约时报书评》把《萨巴斯剧场》称为罗斯"最富有、最有价值的小说"。罗斯凭借自己的努力赢得了 1995 年美国国家图书奖。

1997 年，罗斯创作了《美国牧歌》，这是描写战后美国生活的三部曲中的第一本书（另两本分别为《我嫁给了共产党人》《人性的污秽》）。故事发生在越战时期，由内森·祖克曼讲述，讲述了赛莫尔·欧文·列沃夫（Seymour Irving Levov）的俗世沉浮，他因拥有雅利安人的美貌而被称为"瑞典人"。虽然列沃夫是犹太人，但他并不像罗斯笔下的其他犹太角色那样与主流社会疏离；事实上，他先是一名指挥家、运动员，后来成为一名成功的丈夫和父亲——一个真正实现了 20 世纪 50 年代犹裔美国梦想的人，因为他完全融入了美国生活。《美国牧歌》获得一致赞誉，并为罗斯赢得了普利策奖。1997 年 8 月 30 日至 9 月 6 日，在美国，西尔维娅·巴拉克·菲什曼（Sylvia Barack Fishman）评论道："菲利普·罗斯……他写了一部震撼人心的、感人肺腑的杰作，将会让许多熟悉他之前 22 本书的读者大吃一惊。"1997 年 6 月 16 日，梅尔·席勒（Mayer Schiller）在《国家评论》（*National Review*）上指出："《美国牧歌》拥有人们在小说中想要的一切。"它以蒙太奇的创作手法，以恰到好处的讽刺、模棱两可和谦逊的幽默展示了宏大的社会历史潮流对个人命运的掌控、玩弄和摧毁。

　　1998 年，罗斯发表描写战后美国生活的三部曲中的第二部——《我嫁给了共产党人》。祖克曼和他 90 岁的高中老师默里·林戈尔德（Murray Ringold）再次讲述了这个故事。小说讲述了林戈尔德的哥哥艾拉（Ira）的故事。他的妻子伊芙（Eve）写了一本关于她和艾拉一起生活的回忆录。众评论家对罗斯的这本小说褒贬不一。1998 年 10 月 8 日，角谷美智子（Michiko Kakutani，自 1983 年 1 月起,正式就任《纽约时报》文化新闻部的专职书评人）在《纽约时报》上评论《我嫁给了共产党人》时,将其描述为"一部极度失衡的小说，感觉既未完成又过于饱满，是一部摇摆不定的小说，是一部介于真诚与闹剧、发自内心的忧郁与傲慢的操控之间的小说"。1998 年 10 月 11 日，罗伯特·凯利（Robert Kelly）为《纽约时报》撰写的书评则对《我嫁给了共产党人》赞美有加，称这本书是"一本引人入胜的小说"。

　　2000 年,罗斯发表三部曲的最后一部——《人性的污秽》(*The Human Stain*),它是对当代美国人焦虑的写照。这部小说着眼于美国在性和隐私方面的常识和礼仪的衰落。内森·祖克曼再次担任叙述者，《人性的污秽》记录了科尔曼·西尔克（Coleman Silk）的一生。2000 年 5 月 7 日，洛里·摩尔（Lorrie Moore）在《纽约时报》上撰文称，《人性的污秽》是"一本令人吃惊的、非常漂亮的书"。2000 年 5 月 8 日，谢帕德在《时代》杂志的一篇评论文章中同样盛赞该书，他指出："67 岁的罗斯从未失去过一次让人愤怒和惊讶的力量……大多数小说家不会也不能处理罗斯在创作中呈现的各种各样的元素。鲜少有人像他那样富有激情，拥有超凡的想象力和娴熟的创作技巧，有他胆量的人更少之又少。"

2001 年，罗斯发表《垂死的肉身》（*The Dying Animal*）。书中重新塑造了大卫·凯普什的角色，"他"上一次出现在 1977 年的《欲望教授》一书中。尽管已年逾花甲，凯普什仍热衷于征服年轻的女学生。评论家对该书反应不佳。

2004 年，罗斯发表《反美阴谋》（*The Plot Against America*）。罗斯在这部作品中映射另一段历史：现实生活中臭名昭著的反犹太主义者——著名的飞行员查尔斯·林德伯格（Charles Lindbergh）被选为共和党总统候选人，于 1941 年取代富兰克林·D.罗斯福（Franklin D. Roosevelt）成为新一任美国总统。林德伯格没有加入第二次世界大战的盟国，而是与希特勒签署了一项协议，并开始实施反犹太政策。这部小说讲述的是一个七岁的男孩菲利普·罗斯（Philip Roth）的故事，他的家庭和家庭生活反映了作者自己的观点，受到的评论褒贬不一。2004 年 10 月 8 日，詹妮弗·

里斯（Jennifer Reese）曾为《娱乐周刊》（*Entertainment Weekly*）撰稿，称"虽然占有这些引人入胜、内容丰富的素材，但罗斯创作中想象建构的世界依旧无法令人信服，远远不及他最出色的作品"。尽管他对"罗斯"家庭田园般的前林德伯格式生活（以及菲利普充满活力、古怪的内心生活）的描述是详尽而有说服力的，但他却把它们放在了一个难以想象的替代美国的硬纸板式的背景下。虽然评论褒贬不一，但这本书还是赢得了许多荣誉，其中包括 2005 年的另类历史小说奖（Sidewise Award）和 2005 年的詹姆斯·费尼摩尔·库珀奖（James Fenimore Cooper Prize），这是最佳历史小说的奖项。

2005 年，罗斯的作品正式入选了"美国文库"（The Library of America）。"美国文库"收录的作品的作者大都是美国文学史上盖棺定论的经典作家。而罗斯则成为美国历史上作品进文库的最年轻作家，并且是唯一一位活着的时候全部作品便被收入"美国文库"的作家，因此罗斯有美国"活着的文学神话"之誉。

2006 年，罗斯发表小说《凡人》（*Everyman*）。罗斯目睹了一众朋友衰老和死亡后，将死亡作为他新书的主题。这本书为他赢得了 2007 年的笔会／福克纳文学奖，使他成为美国唯一三次获得该奖项的作家。罗斯还获得了终身成就奖（PEN/Nabokov Award）和 2007 年美国小说成就奖（PEN/Saul Bellow Award）。

2007 年，罗斯出版了祖克曼担当叙述者的第九本书《鬼退场》（*Exit Ghost*），书中讲述了罗斯的另一个"自我"，一个当下已经

71 岁，得找一个纽约的专家来做手术以治疗失禁和阳痿的"自我"，一个年逾古稀仍春心萌动狂追 30 岁短篇小说作家的"自我"。

2008 年，罗斯出版了小说《愤怒》（*Indignation*），小说的主角马库斯·梅斯纳（Marcus Messner）出生于纽瓦克，在朝鲜战争期间逃离了他那有过分保护欲的父亲，转学到俄亥俄州的温斯堡学院（Winesburg College），试图模仿他在学校目录封面上看到的预科生。2008 年 11 月 1 日，《今日世界文学》（*World Literature Today*）的评论家丽塔·D. 雅可布（Rita D. Jacobs）认为这本书承袭了罗斯以往作品的身份、性别和死亡的主题。之后，罗斯仍笔耕不辍。

2009 年秋罗斯出版《羞辱》（*The Humbling*），该书探讨一位上了年纪的舞台演员出人意料的性觉醒。

2010 年罗斯出版《复仇女神》（*Nemesis*），讲述了第二次世界大战时期纽瓦克的小儿麻痹症疫情。

至 2018 年 5 月 22 日离世，罗斯发表了共计三十余部作品，其中包括"祖克曼系列""罗斯系列""凯普什系列"三大系列小说，以及其他非系列小说、非小说、文集等。在长达半个多世纪的创作生涯中，有"获奖专业户"之称的罗斯获奖无数，囊括了美国国家图书小说奖、笔会／福克纳小说奖美国国家图书评论奖以及普利策小说奖。此外，罗斯还连续多年成为诺贝尔文学奖最具竞争力的候选者之一。

罗斯以其卓越的文学成就与索尔·贝娄、艾萨克·辛格、诺曼·

梅勒和伯纳德·马拉默德并称为"犹太小说家五杰",也正是因为其卓越的文学成就与在美国文坛举足轻重的地位,越来越多的中外学者日益关注、研究罗斯及其作品。

以下为菲利普·罗斯的主要作品:

Goodbye, Columbus《再见,哥伦布》(1959)

Letting Go《随波逐流》(1962)

When She Was Good《当她是好人》(1967)

Portnoy's Complaint《波特诺伊的怨诉》(1969)

Our Gang《我们这一伙人》(1971)

The Breast《乳房》(1972)

The Great American Novel《伟大的美国小说》(1973)

My Life as a Man《我作为男人的一生》(1974)

Reading Myself and Others《阅读自己和他人》(1975)

The Professor of Desire《欲望教授》(1977)

The Ghost Writer《鬼作家》(1979)

Zuckerman Unbound《解放了的祖克曼》(1981)

The Anatomy Lesson《解剖课》(1983)

The Counterlife《反生活》(1986)

The Facts: A Novelist's Autobiography《事实:小说家的自传》(1988)

Deception《欺骗》(1990)

Patrimony: A True Story《遗产:一个真实的故事》(1991)

Operation Shylock《夏洛克行动》（1993）

Sabbath's Theater《萨巴斯剧场》（1995）

American Pastoral《美国牧歌》（1997）

I Married a Communist《我嫁给了共产党人》（1998）

The Human Stain《人性的污秽》（2000）

The Dying Animal《垂死的肉身》（2001）

The Plot Against America《反美阴谋》（2004）

Everyman《凡人》（2006）

Exit Ghost《鬼退场》（2007）

Indignation《愤怒》（2008）

The Humbling《羞辱》（2009）

Nemesis《复仇女神》（2010）

第二节　辛西娅·奥兹克年谱

辛西娅·奥兹克（Cynthia Ozick，1928—）是美国当代最杰出的犹太作家之一，1928 年 4 月 17 日出生于纽约，是父母的第二个孩子。父辈是从立陶宛移民美国的俄裔犹太移民（the Litvak，Lithuanian）。父亲威廉·奥兹克（William Ozick）是一名药剂师，经营佩勒姆湾（Pelham Bay）区的"公园景观"药房（the Park View Pharmacy），同时也是研究希伯来语的学者、诗人。母亲西莉亚·里格尔森·奥兹克（Celia Regelson Ozick）。

1933 年，5 岁半的辛西娅·奥兹克被祖母送入犹太儿童宗教学校 heder（意第绪 - 希伯来语中 heder 是"房间"的意思，犹太学生被送到这里接受宗教教育）学习希伯来语。在她的童年时期，由于拉比坚决主张她只是个女孩子，没有理由学习犹太律法或历史，她被犹太神学院拒于门外。[①] 然而，奥兹克的祖母坚持要她接受"标准的（男性）犹太教育"[②]。辛西娅·奥兹克凭着自己的才智改变了拉比的看法。她很早就爱上了意第绪语和犹太文化，这也为她后来的创作注入了活力。

1933 年至 1942 年间，辛西娅·奥兹克是美国布朗克斯区的 71 公立学校（Public School 71 in the Bronx）唯一的犹太学生，这也导致她被老师和同学们"侮辱"和"欺凌"。在公立学校，女孩身份和犹太人身份都令辛西娅·奥兹克心生自卑感。根据丹尼尔·沃尔登（Daniel Walden）的研究，在 71 公立学校就读小学时，辛西娅·奥兹克没有朋友、孤独无依。因为集会时被发现没有唱圣诞颂歌，她遭到了当众羞辱，而且多次被指控为杀神者，即"杀

① Kauvar, Elaine M. *Cynthia Ozick's Fiction: Tradition and Invention.* Bloomington: Indiana University Press, 1993: 384.

② Klingenstein, Suzanne. Cynthia Ozick. *Contemporary Jewish-American Novelists: A Bio-Critical Sourcebook.* Ed. Joel Shatzky and Michael Yaub. Westport, CT: Greenwood Press, 1997: 252.

死基督的人"①。"71 公立学校造成的伤害至今仍令我难受，"1989年辛西娅·奥兹克这么说，"我的老师们伤害过我，他们让我觉得自己愚蠢又卑微。"②"一身两命的生活（对奥兹克而言）很不寻常：在学校里，我几乎总是唯一的犹太人，而在传统的犹太小学黑德尔（heder），我几乎总是唯一的女孩子。"③

1943 年辛西娅·奥兹克进入曼哈顿亨特高中学习。

1946 年辛西娅·奥兹克进入纽约大学学习。为迎接大学新生活的来临，辛西娅·奥兹克提前一天来到位于格林尼治村（Greenwich Village）的纽约大学华盛顿广场学院（Washington Square College of New York University）。在村里，她偶然发现一个报摊上有《党派评论》（*Partisan Review*，一家文学先锋杂志）。这是她第一次知道琼·斯塔福德（Jean Stafford）、玛丽·麦卡锡（Mary McCathy）、索尔·贝娄的名字，但是她感到他们引发的小火苗在她内心开始燃烧。自此后，她大部分的大学时光都耗费于阅读上了，也更坚定了她走作家之路的信心。

······

① Kremer, Lillian S. Cynthia Ozick. *Jewish American Women Writers: A Bio-Bibliographical and Critical Sourcebook*. Ed. Ann R. Shapiro. Westport, CY: Greenwood Press, 1994: 265.

② Strandberg, Victor. *Greek Mind/Jewish Soul: The Conflicted Art of Cynthm Ozick*. Madison: University of Wisconsi Press, 1994: 6.

③ Kauvar, Elaine M. *Cynthia Ozick's Fiction: Tradition and Invention*. Bloomington: Indiana University Press, 1993: 385.

1949 年辛西娅·奥兹克获得纽约大学（New York University）的文学学士学位（优等）。

1950 年辛西娅·奥兹克在俄亥俄州州立大学（Ohio State University）攻读英国文学的研究生学位，以《亨利·詹姆斯后期小说中的寓言》（*Parable in the Later Novels of Henry James*）获得美国俄亥俄州州立大学的文学硕士学位。

1952 年辛西娅·奥兹克与律师霍洛特·伯纳德（Hallote Bernard）结婚并育有一女莎拉·雷切尔（Sarah Rachel）。在结婚的头 13 年里，辛西娅·奥兹克完全致力于她所谓的"高雅艺术"，致力于一部哲学小说《慈悲、怜悯、和平与爱》（*Mercy, Pity, Peace, and Love*）的创作。几年之后，辛西娅·奥兹克放弃了这一努力。

1957 年至 1963 年，辛西娅·奥兹克耗费六年半的时间创作小说《信任》（*Trust*）。

1966 年辛西娅·奥兹克发表小说处女作《信任》，引发截然不同的评论。同年，大卫·L. 史蒂文森（David L. Stevenson）在《女儿的缓刑》（*Daughter's Reprieve*）中盛赞《信任》的巨大成功以及它的原创性特质。而在 1967 年，尤金·古德哈特（Eugene Goodheart）则发文指责该书"在语言与现实之间或在表达与感觉之间没有连续性"①。

....

① Bloom, Harold. Ed. *Cynthia Ozick*. New York: Chelsea House, 1986: 14.

1968 年辛西娅·奥兹克成为美国国家艺术基金会（National Endowment for the Arts）会员。

1971 年，辛西娅·奥兹克发表短篇小说集《异教徒拉比及其他故事》（*The Pagan Rabbi and Other Stories*）。对于辛西娅·奥兹克的第一卷故事集《异教徒拉比》，约翰娜·卡普兰（Johanna Kaplan）和保罗·塞鲁克斯（Paul Theroux）给出了相同的回应，都称赞她是一个极具生命力的故事讲述者。不同的是，卡普兰在其《异教徒拉比及其他故事》一文中关注的是辛西娅·奥兹克自然主义表现方面的技巧，而塞鲁克斯则在《关于异教徒拉比》（*On the Pagan Rabbi*，1972）中强调了她对奇幻和美学极限别具特长。

1972 年，辛西娅·奥兹克凭借《异教徒拉比及其他故事》包揽当年的布朗布里斯犹太文化遗产奖（B'nai B'rith Jewish Heritage Award）、爱德华·华伦纪念奖（Edward Lewis Wallant Memorial Award）、美国国家图书奖提名，以及爱泼斯坦奖和犹太图书委员会奖（Epstein Award, Jewish Book Council）。

1973 年辛西娅·奥兹克获美国艺术学会（American Academy of Arts for Literature）文学奖。

1974 年辛西娅·奥兹克获哈达萨桃金娘花环奖（Hadassah Myrtle Wreath Award）。

1975 年辛西娅·奥兹克获欧·亨利小说一等奖（O. Henry First Prize Award）。

1976 年，辛西娅·奥兹克创作发表了《流血和三个中篇》，再次获得爱泼斯坦奖和犹太图书委员会奖。对于《流血和三个中篇》，托马斯·R. 爱德华兹（Thomas R. Edwards）和路斯·R. 维斯（Ruth R. Wisse）的评价极具反差。爱德华兹对《篡夺》（*Usurpation*）持审美怀疑，但对《流血》中的其他小说极为称赞；然而，尽管对《篡夺》心存困惑，维斯在《作为美国犹太作家的辛西娅·奥兹克》（*Ozick as Jewish American Writer*，1976）一文中将它与卷中其他小说都归入当代犹太小说的语境，而避免去作审美判断。

1980 年辛西娅·奥兹克获推车出版社兰波特奖（Pushcart Press Lamport Prize）。

1981 年辛西娅·奥兹克再获欧·亨利小说一等奖。

1982 年，辛西娅·奥兹克发表《升空：五个短篇》。同年，莱斯利·爱泼斯坦和 A·阿尔瓦雷斯（A. Alvarez）分别在《故事及其他》（*Stories and Something Else*，1982）和《思如泉涌：升空》（*Flushed with Ideas*: *Levitation*，1982）中对《升空：五个短篇》进行了评论。爱泼斯坦因辛西娅·奥兹克对想象力的偏见感觉不自在。尽管欣赏身兼文体学家和幽默作家的辛西娅·奥兹克，但阿尔瓦雷斯也表达了自己对"她用扭曲自己奇怪的想象力来服务民间魔法"的方式感觉有些不自在。[①] 同年，辛西娅·奥兹克获得美国艺术文学院（American Academy and Institute of Arts and Letters）的哈罗德和米尔德里德·施特劳斯基金会（Mildred and Harold Strauss

---

① Bloom, Harold. Ed. *Cynthia Ozick*. New York: Chelsea House, 1986: 15.

Livings）资助。

1982 年辛西娅·奥兹克成为古根海姆会会员（Guggenheim Fellowship）。

1982 年辛西娅·奥兹克获得美国国家图书评论圈奖提名。

1983 年，辛西娅·奥兹克出版第一卷散文集《艺术与热情》，她的文学评论与其他思维严谨的散文均收录于此。同年，凯塔·波利特（Katha Pollitt）发表《辛西娅·奥兹克的三个本我》（*The Three Selves of Cynthia Ozick*），对辛西娅·奥兹克的《艺术与热情》进行探讨。波利特将这些散文归结为三个辛西娅·奥兹克：拉比、女权主义者和亨利·詹姆斯（Henry James）的信徒。这三个"本我"有时相互对立，有时又和谐共生。①

1983 年，辛西娅·奥兹克发表《同类相食的星球》。此书一经出版，引发评论热议。埃德蒙·怀特（Edmund White）发表《心灵思考的图像》（*Images of a Mind Thinking*，1983），将辛西娅·奥兹克比作弗兰纳里·奥康纳（Flannery O'Connor），因为两人都从自己的宗教信仰中获得了"自信、洞察力和愤慨"；A. 阿尔瓦雷斯在《关于〈同类相食的星球〉》（*On The Cannibal Galaxy*，1983）中指出，喜欢故事和中篇小说中的辛西娅·奥兹克胜过长篇小说中的辛西娅·奥兹克，因为情节并不是她的兴趣所在；麦克斯·埃普尔（Max Apple）的《从虚无中夺取生命》（*Wresting*

----

① Bloom, Harold. Ed. *Cynthia Ozick*. New York: Chelsea House, 1986: 64.

Life from the Void，1983）赞扬这本书具有布莱克式的勇气和窥视"创作核心奥秘"的透彻；而玛格丽特·威姆萨特（Margaret Wimsatt）在《隐喻与一神论》（*Metaphors and Monotheism*，1984）一书中则强调辛西娅·奥兹克更喜欢远见的卓识（知识崇拜）而非偶像崇拜。[①]

1983 年，辛西娅·奥兹克再次获美国国家图书评论圈奖提名。

1984 年，辛西娅·奥兹克获欧·亨利小说一等奖。

1984 年，辛西娅·奥兹克获犹太文学杰出贡献奖（Distinguished Service in Jewish Letters Award）、犹太神学院奖（Jewish Theological Seminary）。

1984 年，辛西娅·奥兹克获纽约大学杰出校友奖（Distinguished Alumnus Award）。

1984 年，辛西娅·奥兹克获国际笔会 / 福克纳奖提名。

1986年，辛西娅·奥兹克获邓甘侬基金会雷亚短篇小说奖（Rea Award for Short Story，Dungannon Foundation）。

1987 年，辛西娅·奥兹克发表《斯德哥尔摩的弥赛亚》，开拓了犹太人身份探索的主题。小说主人公拉斯本是一家报社的文学编辑，但事业遭遇滑铁卢，家庭破败。他沉迷于自己营造的虚幻生活，力图证明自己是波兰犹太作家布鲁诺·舒尔茨之子，因此拼命学习波兰语以便搜寻证据，结果却陷入海蒂一家精心策划

---

① Bloom, Harold. Ed. *Cynthia Ozick*. New York: Chelsea House, 1986: 139-140.

的阴谋中，寻父之梦就此破灭。拉斯亦真亦幻地追逐梦想到梦想破灭，回归现实生活，追溯民族历史以及回归犹太文化传统的整个历程，与辛西娅·奥兹克追求文学梦想、背离学界权威、探寻自我身份以及文化身份如出一辙，令人惊叹作者在小说创作上的独具匠心。

1989 年，辛西娅·奥兹克发表小说集《披肩》。

1989 年，辛西娅·奥兹克出版文学评论《隐喻与记忆》（*Metaphor and Memory* ）。

1990 年，辛西娅·奥兹克第三次获得美国国家图书评论圈奖提名。

1992 年，辛西娅·奥兹克成为布林茅尔学院路斯·马丁·唐纳利（Lucy Martin Donnelly, Bryn Mawr College）会员。

1996 年，经过 15 次左右的修改，《披肩》在百老汇外的美国犹太剧目剧院 91 号剧场上演。鉴于辛西娅·奥兹克在文学界的地位，这部剧受到了相当多的关注。[1996 年 6 月 21 日，本·布兰特利（Ben Brantley）在《纽约时报》上评论了这篇文章，声称被辛西娅·奥兹克的力量所折服，她"让我们暂时，却彻底地，停留在别人的脑海中"。]

1996 年秋，辛西娅·奥兹克在迈克尔·金斯利（Michael Kinsley）名下的电子杂志 *Slate* 上发表了十天的"日记"，见证了她接触网络的过程。（在《日记》中，辛西娅·奥兹克透露，她从 1953 年起就一直在写日记，她当时 25 岁。）

1996 年，辛西娅·奥兹克发表《名望与愚蠢》（*Fame and Folly* ）。

1997 年，辛西娅·奥兹克发表《普特梅瑟传记》（*The Pultermesser Papers* ），并凭借《普特梅瑟传记》获得欧·亨利小说奖。法国文学学者约瑟夫·洛维发文深入探讨了辛西娅·奥兹克在《普特梅瑟传记》中呈现的犹太式改写技巧。

1997 年，辛西娅·奥兹克获国际笔会 / 施皮格尔 - 戴蒙斯坦散文艺术奖（PEN/ Spiegel-Diamonstein Award for the Art of the Essay ）。

1997 年，辛西娅·奥兹克获得芝加哥市哈罗德华盛顿文学奖（ Harold Washington Literary Award ）。

1999 年，辛西娅·奥兹克获约翰·契弗奖（ John Cheever Award ）。

2000 年，辛西娅·奥兹克发表散文集《争吵与困惑》（*Quarrel and Quandary* ）。同年，该书获得美国国家图书评论圈奖评论提名。

2001 年，辛西娅·奥兹克从巴伊兰大学（ Bar-Ilan University ）获得 "犹太复国奖"（ The Guardian of Zion Award ），以表彰其对文学的贡献，特别是在非小说写作和公开演讲中对犹太民族和犹太复国主义的英勇辩护。

2004 年，辛西娅·奥兹克发表《微光世界的继承人》（*Heir to the Glimmering World* ）。

2006 年，辛西娅·奥兹克发表《脑中的喧闹》（*The Din in the*

Head）。

2008 年，辛西娅·奥兹克发表《听写：四重唱》（*Dictation: A Quartet*）。

2010 年，辛 西 娅·奥 兹 克 发 表《外 来 物 体》（*Foreign Bodies*）。书中有一个叫马文（Marvin）的角色，他很吵，很讨厌，但他的性格又令人同情：他的妻子指责他没有自我。他总是在寻找另一个自我，一个更好的自我，而不是自我贬低的自我。

辛西娅·奥兹克是国际笔会、美国作家联盟（Authors League of America）、美国艺术文学院（American Academy and Institute of Arts and Letters）、美国艺术和科学学院（American Academy of Arts and Science）、美国剧作家协会和世界文化学院（Dramatists Guild, Academie Universe des Cultures）的会员。

作为一名作家，辛西娅·奥兹克的才智令人印象非常深刻，她似乎总有选不尽的词汇，讲不完的故事，故事中还有许多精挑细选的短语和句子。伴随着行文间的超群智力，优雅而直切要害的笔触，以及尖锐且常常为讥讽式的机智，她的小说主要关注的是犹太人的生活和思想，其中包括大屠杀及其遗留问题、当代生活中的犹太人现状以及犹太神秘主义和传奇。

作为流散背景下的犹太作家，辛西娅·奥兹克成功地运用了她的文学力量来凸显她小说中所构建的流散空间中的故园"少数"和犹太性。她强烈地意识到了作为一个身在美国的敏锐的犹太人、女人和作家——流散背景下的身份认同所面临的矛盾。为了解决这些矛盾，辛西娅·奥兹克的创作呈现了因犹太性和想象力之间的困惑而生发的故事，探讨了犹太记忆的历史性和艺术性呈现之间的冲突，在流散空间建构并凸显道德意识，将代表故园的"少数"融入代表他乡的"多数"，在"家园中发现世界，世界中发现家园"。基于此，辛西娅·奥兹克丰富了当代美国犹太小说的犹太性，融合并扩展了当代犹太性的几个关键方面，即道德意识、犹太教渗透和呈现大屠杀时对历史记忆的忠实。无论是在犹太性还是在女性文学书写上，辛西娅·奥兹克都突破了传统判断的障碍，坚持历史具有判断和阐释的功用。事实证明她就是一个严肃的文学天才，因为她已经践行了她自己对天才的定义："我认为天才有可能突破所有传统的障碍。这很特别，这就是天才。但是我们怎样才能严肃地谈论文学且不需要对抗天才呢……很简单，那就是写作。"[1]

　　辛西娅·奥兹克是一位坚定的犹太女作家，也是一个严肃的文学天才。赋予她的小说持久吸引力的是犹太族裔的文化特质即犹太性，她的小说丰富了当代美国犹太文学。

以下为辛西娅·奥兹克的主要作品：

Trust《信任》（1966）

....

[1] Kauvar, Elaine M. The Interview Conducted by Elaine M. Kauvar. *Contemporary Literature* 1985, 26(4): 393.

The Pagan Rabbi and Other Stories《异教徒拉比及其他故事》（1971）

Bloodshed and Three Novellas《流血和三个中篇》（1976）

Levitation: Five Fictions《升空：五个短篇》（1982）

Art and Ardor《艺术与热情》（1983）

The Cannibal Galaxy《同类相食的星球》（1983）

The Messiah of Stockholm《斯德哥尔摩的弥赛亚》（1987）

The Shawl《披肩》（1989）

Metaphor and Memory《隐喻与记忆》（1989）

Fame and Folly《名望与愚蠢》（1996）

The Pultermesser Papers《普特梅瑟传记》（1997）

Quarrel and Quandary《争吵与困惑》（2000）

Heir to the Glimmering World《微光世界的继承人》（2004）

The Din in the Head《脑中的喧闹》（2006）

Dictation: A Quartet《听写：四重唱》（2008）

Foreign Bodies《外来物体》（2010）

结　语

被放逐了近 2000 年的犹太民族，没有因为是上帝的"特选子民"而备受宠爱、享有特权，反而饱尝了人世间一切的苦难，颠沛流离、漂泊无依。而恰恰是上帝"特选子民"的身份使命使犹太民族即使历经腥风血雨、惨绝人寰的大屠杀，依然屹立于世界民族之林，在近 2000 年的放逐中，在社会各个领域和层面依然保持着深深的犹太民族性。这与文学创作中以犹太性为主题的自觉表现、批判反省是分不开的，尤其是移居美国的犹太裔作家群更是功不可没：彪炳史册的菲利普·罗斯"强调所有的犹太人都是人"；饱受赞誉、有"最不妥协的美国犹太小说家"之称的辛西娅·奥兹克认为"世界应该被重新融入犹太传统。我希望我们社区的非犹太人谈论五旬节并去了解它的含义"[1]。

① 引自辛西娅·奥兹克 1984 年 6 月 13 日在纽约林肯艺术中心爱丽丝杜莉厅与威廉·伯科威茨"对话"中的陈述。五旬节即七七节，是一个纪念出埃及七周后在西奈山授予十诫的日子。

菲利普·罗斯和辛西娅·奥兹克在面临和解决犹太身份危机与建构的过程中分别以男性、女性叙事视角在各自小说里呈现犹太性，进而对其小说中呈现的犹太性进行观照和界定。

"犹太性"是指犹太人所独有的犹太民族特性。实质上，它与犹太民族的历史境遇、宗教思想、传统习俗、思维观念以及特殊的社会境遇联系密切。犹太性不是永恒不变的，而是随着社会的变迁和犹太民族的"流散"发生着重大的变化。

在美国犹太文学经历了边缘期犹太人"美国化"的主题探索以及灵魂漂浮、失意栖居的精神磨炼和沉淀后，菲利普·罗斯作为横跨犹太文学入主称雄美国文学的巨擘和美国犹太文学平稳发展期的常青树，以半个世纪的创作诠释了犹太民族的文化身份流变。与众多移居美国的犹太移民一样，生于美国、长于美国，身上流淌着犹太血液的罗斯，其内心同样纠葛着文化身份之焦虑。自小在美国犹太人聚居区——纽瓦克长大的罗斯以"美国作家"自居，却不喜欢被称为"犹太作家"；将美语视作自己的语言，却在创作中不断夹杂意第绪语；面对来自犹太组织与团体的抨击与指责，却言说自己对犹太文化及犹太传统的传承；关注大屠杀中犹太人的悲惨境遇，却反对流散在外的犹太人回归以色列；强调其美国人身份，却又坦言自小生存的犹太环境所给予他的影响。

辛西娅·奥兹克通过创作将两个对立世界——西方世界和犹太文化连接起来。奥兹克将犹太性定义为"与上帝订立盟约，融入历史，反偶像崇拜，区别于其他宗教，崇尚学习"，这五个层面互有重叠交汇之处。她通过文学创作将道德风尚与坚持反偶像崇拜的信仰融合在一起，解决了犹太一神论和"文学即偶像"之间的冲突，丰富并拓展了当代犹太性的内涵，由此丰富了当代犹太文化。她的小说将代表故园的"少数"与代表他乡的"多数"融合，通过对犹太性和"沦为偶像的文学叙事"、犹太性和历史呈现方式、犹太性和女性书写、犹太性和文学叙事策略之间冲突的考量，凸显道德意识：其一，在对写作的思考、研磨中，她将道德精神与犹太教渗透融合在一起，坚决抵制偶像崇拜，以解决犹太一神论和作为偶像的文学之间的冲突，并进一步在她的文学实践中凸显反偶像崇拜和代表故园的"少数"；其二，奥兹克小说对道德意识的凸显体现在她对犹太记忆的构建和解构，坚持历史性与艺术表现之间的平衡上，以及她就大屠杀的米德拉西式叙事表明历史就是判断和解释，倡导书写真实的犹太性。与此同时，她通过对正统犹太教性别歧视的道德判断，丰富了犹太教渗透的内涵，塑造了奥兹克式犹太女性形象，突出了"思想的厄洛斯"；其三，她赋予后现代主义文学叙事策略以现实功用，即目的明确地坚持犹太性。

纵览美国犹太小说，细观两位不同性别犹太作家的各异书写，发现两位作家最终都在传统犹太文化与美国主流文化两者之间找到了某种平衡，实现了对民族性与异质性的整合，"在世界中发现家园，在家园中发现世界"，从而重构了散居族裔的文化身份，从中也折射出两位作家文化身份观的流变过程，即面对犹太与美国双重文化身份的困惑、认同，在冲突中不断趋向交融，最终形成新的更加适应时代与环境的"混杂化"文化身份。罗斯与奥兹克于流散空间的文学书写，对当代犹太性的主要特点加以叠加和拓展，凸显别样的道德意识、道德观，从而拓展、丰富了当代犹太性。他们通过各自的文学实践，在"家园中发现世界，世界中发现家园"。

菲利普·罗斯与辛西娅·奥兹克的小说皆因浓厚的犹太性而卓尔不群，也必将因其民族性而走向世界，铸就不朽传奇。

参考文献

◎ 阿巴·埃班.犹太史 [M].阎瑞松，译.北京：中国社会科学出版社，1986.

◎ 埃里克·H.埃里克森.同一性：青少年与危机 [M].孙名之，译.杭州：浙江教育出版社，1998.

◎ 爱德华·W.萨义德.文化与帝国主义 [M].李琨，译.北京：生活·读书·新知三联书店，2003.

◎ 爱德华·W.萨义德.知识分子论 [M].单德兴，译.陆建德，校.北京：生活·读书·新知三联书店，2002.

◎ 安东尼·D.史密斯.全球化时代的民族与民族主义 [M].龚维斌，良警宇，译.北京：中央编译出版社，2002.

◎ 查尔斯·贝瑞曼.菲利普·罗斯与查克曼 [J].当代文学，1990,32(2).

◎ 查尔斯·泰勒.自我的根源：现代认同的形成 [M].韩震，等译.南京：译林出版社，2001.

◎ 程锡麟，王晓路.当代美国小说理论 [M].北京：外语教学与研究出版社，2001.

◎ 崔道怡."冰山"理论：对话与潜对话 [M].北京：工人出版社，1986.

◎ 丹尼尔·霍夫曼.美国当代文学 [M].林凡，译.北京：中国文联出版公司，1985.

◎ 董衡巽.海明威研究 [M].北京：中国社会科学出版社，1980.

◎ 董小川.美国文化概论 [M].北京：人民出版社，2006.

◎ 菲利普·罗斯.行话：与名作家论文艺 [M].蒋道超，译.南京：译林出版社，2010.

◎ 菲利普·罗斯.再见，哥伦布 [M].喻理明，等译.北京：人民文学出版社，2009.

◎ 傅勇.犹太人的困境与自救——论当代美国犹太文学的走向 [J].河北师范大学学报，2001（4）.

◎ 蒋梅玲.逆向认知——一种对传统的联结——从《再见，哥伦布》看菲利普·罗斯的"反叛" [J].绥化学院学报，2007（3）.

◎ 勒内·韦勒克.奥斯丁·沃伦文学理论 [M].刘象愚，等译.南京：江苏教育出版社，2005.

◎ 李丛立.从《老人与海》看海明威的"冰山"原则 [J].文科爱好者(教育教学版)，2010（3）.

◎ 刘洪一.犹太文化要义 [M].北京：商务印书馆，2004.

◎ 刘洪一.走向文化诗学：美国犹太小说研究 [M].北京：北京大学出版社，2002.

◎ 路凡.菲利普·罗斯新著《鬼作家》评介 [J].文史哲，1980（1）.

◎ 罗刚，刘象愚．文化研究读本 [M]．北京：中国社会科学出版社，
2000.

◎ 摩迪凯·开普兰．犹太教：一种文明 [M]．济南：山东大学出版社，
2002.

◎ 莫里斯·迪克斯坦．伊甸园之门：六十年代的美国文化 [M]．南京：
译林出版社，2007.

◎ 欧文·豪．父辈的世界 [M]．王海良，赵立行，译．上海：上海三
联书店，1995.

◎ 欧文·豪．重新审视菲利普·罗斯 [J]．评论，1972.

◎ 潘光．美国犹太人的成功与犹太文化特征 [J]．美国研究，1999（3）.

◎ 潘光．犹太人在亚洲：比较研究 [M]．上海：上海三联书店，2007.

◎ 钱满素．美国当代小说家论 [M]．北京：中国社会科学出版社，1987.

◎ 乔国强．后异化：菲利普·罗斯创作的新视域 [J]．外国文学研究，
2003（5）.

◎ 乔国强．美国犹太文学 [M]．北京：商务印书馆，2008.

◎ 乔纳森·弗里德曼．文化认同与全球性过程 [M]．郭建如，译．高丙
中，校．北京：商务印书馆，2003.

◎ 萨克文·博克维奇．剑桥美国文学史阅 [M]．孙宏，译．北京：中央
编译出版社，2005.

◎ 塞缪尔·亨廷顿．文明的冲突与世界秩序的重建 [M]．周琪，等译．
北京：新华出版社，2002.

◎ 孙文宪．语言的痛苦：文学言说的双重困境 [J]．湖北大学学报，

2002（2）.

◎ 孙延宁.菲利普罗斯的研究现状简述 [J].安徽文学，2008（9）.

◎ 陶家俊.身份认同导论 [J].外国文学，2004（2）.

◎ 童明.飞散 [J].外国文学，2004（6）.

◎ 万志祥.从《再见吧，哥伦布》到《欺骗》—— 论罗斯创作的阶段性特征 [J].外国文学研究，1993（1）.

◎ 王成兵.当代认同危机的人学解读 [M].北京：中国社会科学出版社，2004.

◎ 王若虚.滹南遗老集(第三册) [M].北京：商务印书馆，1935.

◎ 韦勒克·勒内，奥斯汀·沃沦.文学理论 [M].刘象愚，等译.南京：江苏教育出版社，2005.

◎ 徐崇亮.论"反叛"犹太传统的美国当代作家菲力普·罗思 [J].南昌大学学报，2003（1）.

◎ 薛春霞.反叛背后的真实 —— 从《再见，哥伦布》和《波特诺伊的怨诉》看罗斯的叛逆 [J].当代外国文学，2010（1）.

◎ 阎嘉.文学研究中的文化身份与文化认同问题 [J].江西社会科学，2006（9）.

◎ 袁雪生.论菲利普·罗斯小说的伦理道德指向 [J].江西社会科学，2008（9）.

◎ 曾艳钰.走向后现代文化多元主义 —— 从罗斯和里德看美国犹太、黑人文学的新趋向 [M].厦门：厦门大学出版社，2004.

◎ 张静.身份认同研究：观念态度理据 [M].上海：上海人民出版社，

2006.

◎ 张倩红.困顿与再生——犹太文化的现代化 [M].南京：江苏人民出版社，2003.

◎ 张旭东.全球化时代的文化认同 [M].北京：北京大学出版社，2005.

◎ 朱娟辉.菲利普·罗斯《凡人》的精神分析学解读 [J].云梦学刊，2011（6）.

◎ 朱娟辉.论菲利普·罗斯《再见，哥伦布》中犹裔文化身份流变 [J].长沙大学学报(社会科学版)，2015（4）.

◎ 朱娟辉.论菲利普·罗斯对犹太性的反叛与超越 [J].云梦学刊，2012（3）.

◎ 朱娟辉.求科尔曼内心阴影的面积——荣格人格理论视角下的《人性的污秽》[J].湖南科技学院学报，2018（6）.

◎ 朱娟辉.由小说观照 20 世纪美国犹太文学发展历程 [J].湖南社会科学，2012（1）.

◎ 朱立元.当代西方文艺理论 [M].上海：华东师范大学出版社，2005.

◎ 邹智勇.当代美国犹太文学中的异化主题及其世界化品性 [J].武汉大学学报，2000（4）.

◎ ALKANA J. Do we not know the meaning of aesthetic gratification? Cynthia Ozick's the shawl, the Akedah, and the ethics of holocaust literary aesthetics[J]. Modern fiction studies, 1997(43): 4.

◎ ALTER R. Defenders of the faith[J]. Commentary, 1987(7).

◎ ANTLER J. Sleeping with the other: the problem of gender in American-

Jewish literature[M]//Feminist perspectives on jewish studies. Eds. Lynn Davidman and Shelly Tenenbaum. New Haven: Yale University Press, 1994.

◎ ARONS V. Philip Roth and Bernard Malamud[J]. Spec. issue of Philip Roth studies, 2008, 4(1): 1-106.

◎ ARONS V. What happened to Abraham? Reinventing the covenant in American Jewish fiction[M]. Newark: University of Delaware Press, 2005.

◎ BAKHTIN M. The dialogic imagination: four essays[M]. Austin: The University of Texas Press, 1981.

◎ BAR-ON D. Transgenerational after-effects of the holocaust in Israel: three generations[M]. Breaking crystal. Writing and Memory after Auschqitz. Ed. Efrainm Sicher. Urbana-Champaign: University of Illinois Press, 1997.

◎ BASKIN J R. Women of the word: an introduction[M]//Women of the word: Jewish women and Jewish writing. Ed. Judith R. Baskin. Detroit:Wayne State University Press, 1994.

◎ BAUMGARTEN M, BARBARA G. Understanding Philip Roth[M]. Columbia, SC: University of South Carolina Press, 1990.

◎ BAUMGARTEN M. City scriptures[M]. Cambridge: Harvard University Press, 1982.

◎ BERGER A L. Jewish American fiction[M]//Modern judaism. Baltimore: The Johns Hopkins University Press, 1990.

◎ BLOOM H. Philip Roth: modern critical views[C]. Rev. ed. New York: Chelsea House, 2003.

◎ BLOOM H. Portnoy's complaint: modern critical interpretations[C]. New York: Chelsea House, 2004.

◎ BOTHWELL E K. Alienation in the Jewish American novel of the sixties[M]. Rio Piedras: University of Puerto Rico Editorial Universitaria, 1980.

◎ BOYARIN D. Intertextuality and the reading of Midrash[M]. Bloomington: Indiana UP, 1990.

◎ BRAH A. Cartographies of diaspora[M]. New York: Routledge Press, 1996.

◎ BRAUNER D. Philip Roth[M]. Manchester, UK: Manchester University Press, 2007.

◎ BRAUNER D. Post-war Jewish fiction: ambivalence, self-explanation and transatlantic connections[M]. New York: Palgrave, 2001.

◎ BROOKS C, LEWIS R W B, ROBEA P W. American literature: the makers and the making[M]. New York: St. Martin's Press, 1973.

◎ BROWNSTONE D M.The Jewish-American heritage[M]. New York: Facts on File Pubications, 1988.

◎ BUTLER K. Defining diaspora, refining a discourse[J]. Diaspora, 2001:195.

◎ CHODOROW N J. The reproduction of mothering[M]. Berkeley:

University of California Press, 1978.

◎ CLIFFORD J. Diasporas[J]. CuBural anthropology, 1994: 304-305.

◎ COHEN A. The natural and supernatural Jew[M]. New York: Berhman, 1979.

◎ COHEN R. Global diasporas: an introchtction[M]. London: UCL Press, 1997.

◎ COHEN S B. Cynthia Ozick's comic art: from levity to liturgy[M]. Bloomington: Indiana University Press, 1994.

◎ COOPER A. Philip Roth and the Jews[M]. Albany: State University of New York Press, 1996.

◎ COOPER J L. Triangles of history and the slippery slope of Jewish American identity in two stories by Cynthia Ozick[J]. MELUS, 2000, 25(1).

◎ CURRIER S, DANIEL J C. A bibliography of the writings of Cynthia Ozick[J]. Texas studies in literature and language, 1983, 25(2): 313-321.

◎ DAVISON N R. Jewishness and masculinity from the modern to the postmodern[M]. New York: Routledge, 2010.

◎ DELEUZE G, FELIX G.A Thousand plateaus: capitalism and Schizo-phrenia[M]. M.N. & London: University of Minnesota Press, 1987.

◎ DICKSTEIN M. Ghost stories: the new wave of Jewish writing[J]. Tikkun, 1987, 12(6).

◎ ENCYCLOPEDIA BRITANNICA. Britannica concise encyclopedia [M]. Shanghai: Encyclopedia Britannica, Inc. & Shanghai Foreign Language Education Press, 2006.

◎ EYER D. Mother guilt: how our culture blames mothers for what's wrong with society[M]. New York: Random House, 1996.

◎ FINKELSTEIN N. The ritual of new creation[M]. Albany: State University of New York Press, 1992.

◎ FISHMAN S B. A breath of life: Feminism in the Jewish American community[M]. New York: The Free Press, 1993.

◎ FLECKENSTEIN K S. Resistance, women, and dismissing the "I" [J]. Rhetoric Review, 1998, 17(1).

◎ FRANCO D J. Roth and race[J]. Spec. issue of Philip Roth studies, 2006, 2(2): 81-176.

◎ FUSS D. Essentially speaking[M]. New York: Routledge, 1989.

◎ GALZER N. American Judaism[M]. Chicago: University of Chicago Press, 1989.

◎ GILROY P. The black Atlantic: modernity and double consciousness [M]. Cambridge, MA: Harvard University Press, 1993.

◎ GLENN E N. Social constructions of mothering: a thematic overview [M]//Mothering: ldeology, Experience, and Agency. Eds. Evelyn Nakano Glenn, Grace Chang, and Linda Rennie Forcey. New York: Routledge, 1994.

◎ GOLDSMITH A. The golem remembered 1909-1980: variations of a Jewish legend[M]. Detroit: Wayne State University Press, 1981.

◎ GOOBLAR D. Roth and women[J]. Spec. issue of Philip Roth Studies, 2012, 8(1): 1-120.

◎ GOOBLAR D. The major phases of Philip Roth[M]. New York: Continuum, 2011.

◎ GOTTFRIED A. Fragmented art and the liturgical community of the dead in Cynthia Ozick's the Shawl' studies in Jewish American literature[J].1994, 2(l3).

◎ GREENBERG I. Polarity and perfection. Face to face 6[M]. New York: Anti-Defamation League, 1979.

◎ GREENBURG B. On women and Judaism: a view from tradition[M]. Philadelphia: Jewish Publication Society, 1981.

◎ GREGSON I. Character and satire in post-war fiction[M]. New York: Continuum, 2006.

◎ HALIO J L, BEN S. Turning up the flame: Philip Roth's later novels [C]. Newark, D.E.: University of Delaware Press, 2005.

◎ HALIO J L. Philip Roth[J]. Spec. issue of Shofar, 2000, 19(1): 1-216.

◎ HALIO J. Philip Roth revisited[M]. New York: Twayne, 1992.

◎ HANA W-N. Jewish American literature[M]. Cambridge: Cambridge University Press, 2004.

◎ HARTMAN G H, BUDICK S. Midrash and literature[M]. New Haven:

Yale University, 1986.

◎ HAYS S. The cultural contradictions of motherhood[M]. New Haven: Yale University Press, 1996.

◎ HERTZBERG A. The Jews in America: four centuries of an uneasy encounter: a history[M]. New York: Simon, 1989.

◎ HUTCHISON A. Writing the republic: liberalism and morality in American political fiction[M]. New York: Columbia University Press, 2007.

◎ IVANOVA V D. Reading Philip Roth's American pastoral[C]. Toulouse: Press Universitaires du Mirail, 2011.

◎ KAUVAR E M. Cynthia Ozick's fiction: tradition and invention[M]. Bloomington: Indiana University Press, 1993.

◎ KAUVAR E M. The interview conducted by Elaine M. Kauvar[J]. Contemporary Literature, 1985, 26(4).

◎ KIELSKY V E. Inevitable exiles: Cynthia Ozick's view of the precariousness of Jewish existence in a gentile society[M]. New York: Peter Lang, 1989.

◎ KLINGENSTEIN S. Cynthia Ozick[M]//Contemporary Jewish-American novelists: a bio-critical sourcebook. Eds. Joel Shatzky and Michael Taub. Westport, CT: Greenwood Press, 1997.

◎ KREMER L S. Cynthia Ozick[M]//Jewish American women writers: a bio-bibliographical and critical sourcebook. Ed. Ann R. Shapiro.

Westport, CY: Greenwood Press, 1994.

◎ KREMER L S. Post-alienation: recent directions in Jewish-American literature[C]//Contemporary Literature. Vol.34, No.3, Special Issue: Contemporary Jewish American Literature. University of Wisconsin Press, 1993.

◎ KREMER L S. Women's holocaust writing: memory & magination [M]. Lincoln: University OF Nebraska Press, 1999.

◎ KRYSTAL H. Integration and self-healing in psychotraumatic states [M]//Psychoanalystic reflections on the Holocaust. Eds. Steven A. Luel and Paul Marcus. New York: Ktav Publishing House, 1984.

◎ LEE H. Philip Roth[M]. New York: Methuen, 1982.

◎ LEHMANN S. "And here [their] troubles began": the legacy of the holocaust in the writing of Cynthia Ozick, art spiegelman, and Philip Roth[J]. Clio, 1998, 28(1).

◎ LOPATE P. Resistance to the holocaust, portrait of my body[M]. New York: Doubleday, 1996.

◎ LORDE A. Uses of the erotic: the erotic as power[M]. Sister Outsider. Trumansburg: Crossing Press, 1984.

◎ LOWIN J. Cynthia Ozick[M]. Boston: Twayne Publishers, 1988.

◎ MALIN I. Contemporary American-Jewish literature[M]. Bloomington: Indian University Press, 2004.

◎ MASIERO P. Philip Roth and the Zuckerman books: the making of a storyworld[M]. Amherst, N.Y.: Cambriage University Press, 2011.

◎ MEHEGAN D. Turning a page[J]. The Boston Globe, 2004, 11(15).

◎ MILBAUER A Z, DONALD G W. Reading Philip Roth[C]. New York: St. Martin's Press, 1988.

◎ MILOWITZ S. Philip Roth considered: the concentrationary universe of the American writer[M]. New York: Garland Press, 2000.

◎ MISHRA S. Diaspora criticism[M]. Edinburgh: Edinburgh University Press, 2006.

◎ MISHRA V. The diasporic imaginary: theorising the Indian diaspora [J]. Textual Practice, 1996: 433.

◎ MOYERS B. Heritage conversation with Cynthia Ozick[J]. Transcript, WNET-TV, New York, 1986, 4(3).

◎ NADEL I. Critical companion to Philip Roth: a literary reference to his life and work[M]. New York: Facts on File, 2011.

◎ OFER D, LENORE J W. Women in the Holocaust[M]. New Haven, CT, USA and London, UK: Yale University Press, 1998.

◎ OMER-SHERMAN R. Dispora and Zionism in Jewish American literature[M]. London: Brandeis University Press, 2002.

◎ OZICK C. Art & ardor[M]. New York: E. P. Durton, 1983.

◎ OZICK C. Bech, passing[M]//Art & ardor. New York: E. P. Durton, 1983.

◎ OZICK C. Bialik's hint[M]//Metaphor & memory. New York: Alfred A.

Knopf, 1989.

◎ OZICK C. Bloodshed and three novellas[M]. New York: Random House Inc, 1976.

◎ OZICK C. Cynthia Ozick[J]. Publisher's weekly, 1987(3).

◎ OZICK C. Innovation and redemption: what literature means[M]//Art & ardor. New York: E. P. Dutton, 1983.

◎ OZICK C. Levitation[M]//Levitation. New York: Alfred A. Knopf, 1982.

◎ OZICK C. Literature and the politics of sex: a dissent[M]//Art and ardor. New York: E. P. Dutton, 1983.

◎ OZICK C. Literature as Idol: Harold Bloom[M]//Art & ardor. New York: E. P. Dutton, 1983.

◎ OZICK C. Puttermesser and Xanthippe[M]//Levitation. New York: Alfred A. Knopf, 1982.

◎ OZICK C. Puttermesser: her work history, her ancestry, her afterlife [M]//Levitation. New York: Alfred A. Knopf, 1982.

◎ OZICK C. Roundtable discussion[M]//Writing and the holocaust conference (State University of New York at Albany, 5-7 April 1987). Writing and the Holocaust, ed. Berel Lang. New York: Holmes & Meier, 1988.

◎ OZICK C. The Messiah of Stockholm[M]. New York: Vintage Books, 1988.

◎ OZICK C. The Pagan Rabbi[M]//The Pagan Rabbi and other stories. New York: Syracuse University Press, 1995.

◎ OZICK C. The phantasmagoria of Bruno Schulz[M]//Art & ardor. New York: E. P. Dutton, 1983.

◎ OZICK C. The riddle of the ordinary[M]//Art & ardor. New York: E. P. Dutton, 1983.

◎ OZICK C. The shawl[M]. New York: Random House, 1990.

◎ OZICK C. Towards a new Yiddish[M]//Art & ardor. New York: E. P. Dutton, 1983.

◎ OZICK C. Writing and the Holocaust[M]. Berel Lang ed. New York: Holmes & Meier, 1988.

◎ PAPPENHEIM B. The Jewish woman in religious life[M]//Four centuries of Jewish women's spirituality. Trans. Margery Bentwich. eds. Ellen M. Umansky and Diane Ashton. Boston: Beacon Press, 1992.

◎ PARRISH T L. Creation's covenant: the art of Cynthia Ozick[J]. Texas studies in literature and language, 2001, 43(4).

◎ PARRISH T. The Cambridge companion to Philip Roth[M]. Cambridge, U. K. & New York: Cambridge University Press, 2007.

◎ PAUL G. Dispora and the detors or identity[M]//Kathryn Woodward ed. Identity and Difference. Sage Publications and Open University, 1997.

◎ PHILIP R. Project muse[M]//Philip Roth studies. Washington, D. C.:

Heldref Publications, 2005.

◎ PINSKER S. Critical essays on Philip Roth[C]. Boston: Hall, 1982.

◎ PINSKER S. The comedy that "Hoits": an essay on Philip Roth[M]. Columbia: University of Missouri Press, 1975.

◎ PLASKOW J. Standing again at Sinai: Judaism from a feminist perspective[M]. San Francisco: Harper & Row: 196-206.

◎ POSNOCK R. Philip Roth's rude truth: the art of immaturity[M]. Princeton: Princeton UP, 2006.

◎ POWERS P K. Disruptive memories: Cynthia Ozick, assimilation, and the invented past[J]. MELUS, 1995, 20(3).

◎ POWERS P K. Recalling religions: resistance, memory and cultural revision in ethnic women's literature[M]. Knoxvill: University of Tennessee Press, 2001.

◎ POZORSKI A, MIRIAM J F. Mourning Zuckerman[J]. Spec. issue of Philip Roth studies, 2009, 5(2): 151-301.

◎ POZORSKI A. Roth and Trauma: the problem of history in the later works (1995-2010)[M]. New York: Continuum, 2011.

◎ RICH A. Of woman born: motherhood as experience and institution [M]. New York: W. W. Norton and Co., 1995.

◎ RODGERS B F Jr. Philip Roth[M]. Boston: Twayne, 1978.

◎ ROSE E. Cynthia Ozick's Liturgical Postmodernism: the messiah of stockholm[J]. Studies in Jewish American literature, 1990, 9(1).

◎ ROSEN N. Accidents of influence: writing as a woman and a jew in America[M]. New York: State University of New York Press, 1992.

◎ ROSENBERG M. Cynthia Ozick's post-holocaust fiction: narration and morality in the midrashic mode[J]. Journal of the short story in English, 1999(32).

◎ ROSENFELD A H. Fiction and the Jewish idea[J]. Midstream, 1977, 23(7).

◎ ROTH P. Goodbye, columbus and five short stories[M]. NY: Vintage Books, 1993.

◎ ROTH P. Portnoy's complaint[M]. New York: Houghton Mifflin Co., 1970.

◎ ROTH P. Reading myself and others[M]. New York: Farrar, Straus, and Giroux, 1975.

◎ ROTH P. The counterlife[M]. New York: Penguin, 1986.

◎ ROTH P. The professor of desire[M]. New York: Bantam Books, 1978.

◎ ROYAL D P. Philip Roth: new perspectives on an American author [C]. Westport, CT: Greenwood-Praeger, 2005.

◎ ROYAL D P. Philip Roth: new perspectives on an American Author [M]. London: Westport Connection, 2005.

◎ ROYAL D P. Philip Roth's America: the later novels[J]. Spec. issue of studies in American Jewish literature, 2004(23): 1-181.

◎ RUDDICK S. Maternal thinking[M]//Mothering: essays in feminist theory. ed. Joyce Trebilcot. New Jersey: Rowman & Allanheid, 1983.

◎ SAFER E B. Mocking the age: the later novels of Phillip Roth[M]. New York: State University of NY, 2006.

◎ SCHNEIDER S W. Jewish and female: choices and changes in our lives today[M]. New York: Simon and Schuster, 1984.

◎ SCHOLEM G G. Isaac Luria: a central figure in Jewish mysticism [J]. Bulletin of the American academy of arts and sciences, 1976, 29(8).

◎ SCHOLEM G G. Major trends in Jewish mysticism[M]. New York: Marstin Press, 1946.

◎ SCHOLEM G G. On the Kabbalah and its symbolism[M]. Trans. Ralph Manheim. New York: Schocken Books, 1965.

◎ SEARLES G J. The fiction of Philip Roth and John Updike[M]. Carbondale: Southern Illinois UP, 1985.

◎ SHECHNER M. Up society's ass, copper: rereading Philip Roth[M]. Madison: University of Wisconsin Press, 2003.

◎ SHOSTAK D. Philip Roth: American pastoral, the human stain, the plot against America[C]. New York: Continuum, 2011.

◎ SHOSTAK D. Philip Roth: countertexts, counterlives[M]. Columbia, SC: University of South Carolina Press, 2004.

◎ SIEGEL B, JAY L H. Playful and serious: Philip Roth as comic writer [C]. Newark, DE: University of Delaware Press, 2010.

◎ SINGH B. The early fiction of Philip Roth[M]. New Dehli: Omega Publications, 2009.

◎ SINGH N. Philip Roth: a novelist in crisis[M]. New Delhi: Classical Publishing, 2001.

◎ STRANDBERG V. Greek Mind/Jewish Soul: the conflicted art of Cynthia Ozick[M]. Madison: University of Wisconsin Press, 1994.

◎ SWIDLER L. Women in Judaism: the status of women in formative Judaism[M]. Metuchen, NJ: Scarecrow Press, 1976.

◎ TEICHOLZ T. Paris review interview with Cynthia Ozick[J]. Paris Review, 1987(102): 154-190.

◎ The Holy Bible[M]. New Jersey: International Bible Society, 1984.

◎ TREPP L. The complete book of Jewish observance: a practical manual for the modern Jew[M]. New York: Behrman House, 1980.

◎ TRESA G. Identity matters: contemporary Jewish-American writing [M]//Michael P. Kramer & Hana Wirth-Nesher, ed. Jewish American Literature.Cambridge: Cambridge University Press, 2004.

◎ WADE S. Imagination in transit: the fiction of Philip Roth[M]. Sheffield: Sheffield Academic Press, 1996.

◎ WADE S. Jewish American literature since 1945[M]. Edinburgh: Edinburgh University Press, 1999.

◎ WALDEN D. Rev. of Greek Mind/Jewish soul: the conflicted art of Cynthia Ozick by victor strandberg[J]. American literature, 1995,

67(4).

◎ WATKINS-GOFFMAN L. Lives in two languages: an exploration of identity and culture[M]. Ann Arbor: The University of Michigan Press, 2001.

◎ WIRTH N H, MICHAEL E K. Introduction: Jewish American literature in the making[M]. The Cambridge companion to Jewish American literature. Cambridge: Cambridge University Press, 2003.

◎ WISSE R. Jewish American writing, act II[J]. Commentary, 1976, 7(61).

◎ YAEGER P. Honey mad women: emancipatory strategies in women's writing[M]. New York: Columbia University Press, 1988.

◎ YERUSHALMI Y H. Zakhor: Jewish history and Jewish memory[M]. Philadelphia: Jewish Publication Society of America, Seattle: University of Washington Press, 1982.